1인분의 삶

1인분의 삶

1판 1쇄 발행 2015년 10월 23일
1판 2쇄 발행 2015년 11월 5일

지은이 김리뷰
일러스트 노선경

발행인 양원석
본부장 김순미
책임편집 박정훈
해외저작권 황지현
제작 문태일
영업마케팅 이영인, 정상희, 전연교, 김민수, 장현기, 정미진, 이선미

펴낸 곳 ㈜알에이치코리아
주소 서울시 금천구 가산디지털2로 53, 20층 (가산동, 한라시그마밸리)
편집문의 02-6443-8867   **구입문의** 02-6443-8838
홈페이지 http://rhk.co.kr
등록 2004년 1월 15일 제2-3726호

ⓒ 김리뷰, 2015

ISBN 978-89-255-5753-3 03810

RHK는 랜덤하우스코리아의 새 이름입니다.

1인분의 삶

혼자라는 것을 잊게 해줄 쓸데없이 당돌한 생각들

김리뷰 글 | **노선경** 그림

알에이치코리아

머리말

솔직히 까놓고 말해서, 나는 속편을 그다지 좋아하지 않는다. 원작보다 나은 속편이 되기가 어렵기 때문이다. 애초에 속편이라는 것 자체가, 원작이라는 절대적 오리지널에 어느 정도 묻어가려는 의도가 있는 것이기도 하고. 게다가 '동어반복'이라는 것 자체가 글을 쓰는 사람에게는 꽤 무서운 말이다. 어휘력이 달려서 쓰는 단어가 무진장 제한적인 나에게는 더더욱 그렇다. 그래서 사실은 『세상의 모든 리뷰』를 낸 후에 출판사와 바로 후속편 계약을 하긴 했어도 그리 내키는 일은 아니었다. 또다시 『세상의 모든 리뷰』 같은 책을 온갖 인상을 쓰며 간신히 뽑아내는 내 모습이 머릿속에 그려져서… 재미없는 일이었다.

맨 처음 출판을 시작한 것도 원대한 계획이나 꿈이 있어서가 아니라 그냥 재미있을 것 같아서였다. 인터넷 서점에 내가 쓴 책이 올라가는 것, 교보문고나 영풍문고 같은 개 큰 서점에 내 책이 진열되어 있고, 그걸 사람들이 집어서 읽는 모습을 보는 것이 단순히 '재미있을 것 같아서' 이 모든 것을 시작했다고 하면, 보는 사람은 무게감이 좀 덜할지도 모르겠다. 그런데 나는 여기서 이 이상의 거창한 의미부여를 할 수가 없다. 떼돈을 벌려고 했다면 좀 우스운 일이다. 나 같은 놈이 쓴 책을 누가 얼마나 사서 읽는다고. …음, 5% 정도는 기대했던 것 같다. 그 이상은 아니다.

핵심은 '재미가 있느냐 없느냐'였다. 읽는 독자의 입장보다도, 쓰는 내 입장에서. 돈을 벌거나 꿈이 있어서 하는 일이 아니라면 일단 내가 재미있어야 하는 것 아닌가. 기회가 있을 때 잡아야 하는 것은 맞지만, 쓰기도 싫은 걸 억지로 쓰긴 싫었다. '내가 원하지는 않지만 왠지 잘 될 것 같은 일'은 내 입장에선 기회라고 할 수 없었으니까. 뭐가 됐든 이젠 내가 쓰고 싶은 글을 쓰고 싶었다. 불미스러운 일로 회사에서 나와, 무언가에 쫓기듯이 썼던『세상의 모든 리뷰』, 그 속편을 쓴다는 건 내 속이 편하지 않았다.

그래서 그냥 아예 새로 만들었다. 김리뷰라는 저자 이름 빼고 다 바꿨다. 그냥 내가 쓰고 싶은 대로 갈겼다. 아마 페이스북이나 블로그에서 봤던 '김리뷰'의 모습과는 어느 정도 차이가 있을지도 모르겠다. 그럼에도 불구하고 단언할 수 있는 것은, 이 책이 이전에 썼던 내 어떤 책들보다도 가장 '내가 쓰고 싶었던 책'에 가깝다는 것이다. 페이스북에 올렸던 모든 리뷰나 글들이 '이미지'라는 형태로 내 생각을 정제하는 과정을 거쳤다면, 이 책에 실린 모든 글들은 내가 살면서 해왔던, 그리고 지금도 하고 있는 생각들 그 자체다. 더도 덜도 말고 김리뷰라는 사람 딱 1인분의 삶이고, 딱 1인분의 생각이다. 존나 돈 많은 사람도 인생 두 번 살 수 없으니 1인분이고, 남들보다 덩치가 두 배로 크다고 2인분인 것도 아니다. 밥을 3인분, 4인분 먹는다 해도 사람 자체는 누구나 1인분일 수밖에 없다. 생각하는 것도 마찬가지다. 생각 역시 모두에게 평등하다. 이 책도 1인분이다. 그러니 남한테 빌려주지 말고 혼자 보기 바란다. 그래야 조금이라도 더 팔릴 테니까.

그래서 더더욱 글에 집중했다. 이전에 썼던 책들처럼 어마어마한 자료조사나, 글을 이미지로 변환하고 웹툰 형식으로 그려내는 과정이 필요하지 않았다. 그래서 작업시간은 생각보다 오래 걸리지 않았다. 지난 책 출판 직후에 바로 작업을 시작했으니, 3달 정도 걸린 셈이다. 그 중에서도 두 달은 책의 방향과 메시지를 구상했고, 빡세게 쓴 건 약 한 달 정도였던 것 같다. 나는 원래 글을 빨리 쓰고, 특히 쓰고 싶었던 글은 존나 빨리 쓴다. 이 책의 글들은 몽땅 내가 쓰고 싶었던 글들이고. 그래서 이번 책은 쓰는 내내 정말 즐겁고 행복했다. 그렇다고 절대 대충 썼다는 의미는 아니다. 작업방식이 그럴 뿐이지, 나름대로 어마어마한 공을 들여 쓴 글들이라는 것만 알아줬으면 좋겠다. 내 쓸모없고 병신 같은 생각을 '인간의 언어'로 번역하려고 부단히 노력했다. 왜냐하면, 생각에는 한국어도, 일본어도, 영어도 없기 때문이다. 번역하는 과정을 거치지 않는다면 나 빼고 다른 누구도 이해할 수 없다.

어쨌든 더 길게 얘기해봤자 감회도 없고 새로울 것도 없다. 내가 하고 싶은 얘기는 본문에 실컷 써놨으니 이제 그걸 보면 될 것 같다. 그래도 꽤 젊은 나이에 책이 벌써 세 권. 이력서에 한두 줄이라도 더 보태려고 몇 년을 그냥 보내는 시대인데, 불과 몇 달 만에 나를 설명해줄 글을 15만자나 더 쓸 수 있었다는 것에 새삼 감사한다.

마지막으로 고등학생이라 쉬지 않고 그릴 줄 알았더니 존나 쉬다가 마지막에 몰아서 다 그려버린 일러스트 작가 노선경 씨와 내 고집대로 책의 포맷을 이리저리 바꿔대는데도 묵묵히 도와주신 편집자님께 무한한 감사를 드린다. 나머지 땡스투는 맨 뒤쪽에 다 적어놨으니 그거 봐라.

김리뷰

목차

Chapter 1. 삶은 계란(Life is Egg)

Chapter 2. 정체성 없이 정체된 내 정체

Chapter 3. 리뷰 알지도 못하는 놈들아 니들이 와서 함 해볼래

Chapter 1.

삶은 계란(Life is Egg)

아날로그 Analogue

　　　　이 책은 아날로그Analogue한 책이다. 아날로그가 정확히 무슨 뜻인지, 당최 글이 아날로그할 수나 있는 것인지 잘 모르겠지만 대충 머릿속으로 '아날로그한 감성으로 써야지' 하는 마음으로 처음부터 끝까지 쓴 책이니 불만 갖지 마라. 우리가 일상생활에서 쓰는 단어라고 다 국어사전, 백과사전식으로 서술할 수 있는 것은 아니지 않은가. 국립국어원 원장님이 읽고 계시다면 죄송합니다. 이런 책 읽으실 줄은 몰랐어요….

　　하여튼, 요즘 사람들에게 '아날로그가 뭐냐'라고 묻는다면 대충 느낌은 알아도 설명을 하긴 어려운 게 사실일 것이다. 원래 '아날로그' 같은 단어들이 귀에 걸면 귀걸이고, 코에 걸면 코걸이라는 식이니까.

　　　　　　　　　　　　　　　　　　　　　　　　　1인분의 삶

아방가르드, 다다이즘, 초현실주의, 자연주의, 포스트모더니즘 같은 거. 정확한 정의가 없는 것은 아니지만 각자 다르게 해석하고 각자 관점에 차이가 있다(사실 잘 모르고 지껄인 말이다). 뭐가 옳고 뭐가 틀렸다고 할 수 없다. 그런 의미에서 내 리뷰에 이보다 적절한 소재도 없다. 애초부터 리뷰Review라는 건, 아니 '내가 생각하는 리뷰'라는 건 옳고 그름을 판단하는 게 전혀 아니기 때문이다. 그런 일 하는 건 존엄하신 판사님들이다.

이 책의 테마가 왜 아날로그냐고 묻는다면, '내가 아날로그한 감성으로 썼기 때문에 그렇다'라고 밖에 대답할 수 없는 이유가 여기 있다는 거다. 나는 정말 내가 생각하는 '아날로그'에 가장 적합한 글을 이 책에 죄다 우겨넣었다. 물론 출판사 편집자님은 '시발 이게 뭐야'라고 생각할지도 모른다. 실은 모른다가 아니라, 정말 이런 생각이 드셨을 것이다. 근데 상관없다. 정말 이번 책은 내가 쓰고 싶은 대로 쓰기로 작정을 했으니까. 아마 좀 더 출판사의 구미에 맞는 책을 내는 건 다음 책이 될 거다.

게다가 아날로그라는 건 애초에 외래어다. 원래 우리나라 말도 아니다. 그러니까 어떻게 해석해서 써먹든 내 맘이다. 왠지 아날로그라는 단어가 주는 그 특유의… '아날로그함'이랄까, 그런 게 좋아서 제목에도 아날로그라는 말을 넣으려 했다만… 뭐, 결국 빠졌다.

좀, 되돌아가야 할 필요를 느꼈다. 시공간적인 과거가 아니라, 보다 추상적이고… 정신적인 아날로그로. 살면서 원래는 이래야 하는 거 아닌가? 싶었던 것들에 대해서 생각을 많이 했다. 나란 존재란 대체 무엇인가, 《내셔널지오그래픽》에서 만든 우주 다큐멘터리를 보면서 나란 인간은 전 우주에서 얼마나 하찮고 보잘것없는 존재인가 하는 것부터 시작해서. 까놓고 말해서 나는 정말 전체 우주로 보면 먼지 같은, 먼지만도 못한 존재인데, 적어도 생각하고 밥 먹고 똥 쌀 줄은 아는 먼지라는 거다. 먼지라고 다 쓸모없다고 생각하면 큰 오산이다.

여기서 말하는 아날로그는 공대생이 생각하는 것처럼 시그널Signal을 한정해 말하는 것이 아니며 소위 말하는 '디지털 TV'나 '디지털 시대'의 반대말로 쓰이는 그 아날로그도 아니라는 것에 방점을 찍고 싶다. 자연Nature이나 회귀Reverse 같은 속성이 들어가긴 하지만, 일반적인 의미의 아날로그와는 묘한… 상당한 차이가 있다. 애초에 아날로그라는 단어 자체를 뜯어보면 그리 긍정적인 의미도 아니다. Anal + (R) ogue니까. 후장 도둑놈이라는 뜻인데. …말장난이었다. 진심으로 받아들이지 않았으면 좋겠다.

사실 '아날로그'라는 단어와 그 감성을 내 방식대로 책에 녹여내겠다, 라는 생각을 한 건 어떤 목표가 있었기 때문이었다. 거창하게 말하긴 했지만 그렇게 원대한 목표는 아니고, 책 표지나 속지를 '크라프트지Kraft paper'로 뽑아내고 싶었을 뿐이다. 왠지 아날로그라는 이름을 붙이면 출판사에서 책을 그렇게 디자인해줄 것 같았다(결국 제목은 교체됐지만). '그런 하잘것없는 이유로 책 이름을 정하냐!'라고 한다면 좀 어이없다. '세상의 모든 리뷰'는 생각을 많이 하고 만든 제목인 것 같니?

나는 원래부터 반질반질하고 하얀 A4용지보단 학교에서 가정통신문 뽑아줄 때 쓰는 갱지가 더 좋았다. 얼마 전에 명함을 만들었는데 그것도 크라프트지로 뽑았다. 그런 무늬를 좋아한다. 싸구려 나무느낌 나는 거. 값비싼 원목은 내 인생에 어울리지 않고, 나무 자르느라 여기저기 튄 톱밥 같은 것들을 벅벅 긁어모아 소재로 쓰는 그런 느낌. 그게 이 책이 전하고자 하는 느낌과 딱 일치한다. 굳이 많은 생각을 하지 않아도 일상은 돌아간다. 그래서 쓸데없어 보이는 생각들은 가지치기 할 때의 잔가지나 벌초 때의 잡초처럼 쉽게 내버려진다. 이건 그런 생각들을 모아서 재활용한, 대놓고 잡생각들을 '회귀'시킨 그런 책이다.

읽으면서 많은 의문이 들 것이다. '왜 이따위 필요 없는 말까지 써놨지?', '이건 대체 왜 리뷰한 거야?', '아니 애초에 이걸 리뷰라고 할 수 있나?', '내가 이 책을 왜 보고 있지?', '나무야 미안해ㅜㅜ' 같은.

하지만 내 생각엔, 여태껏 책이나 잡지, 신문기사 등으로 나오는 것들은 여과지에 몇 번씩 걸러서 나오는 글이었다. 우리가 흔히 정수기에서 뽑아먹는 생수처럼, 몇 단계의 필터를 거쳐 맑고 순수한 것들만 사람들 앞에 내놓는 글. 까놓고 얘기하면 그게 맞다. 굳이 틀린 쪽을 고르자면 여과도 안 하고 리미터도 없는 내 쪽일 것이다. 나는 오히려 '깨끗하고 맑고 자신 있는' 샘물들을 내 머릿속의 필터로 탁하게 만드는 작업을 했다. 더럽힌다면 더럽힌다고 할 수 있는 일이었고, 우려낸다면 우려낸다고도 할 수 있는 과정이었다.

아무리 이렇게 얘기해도 읽는 사람들에게는 여태껏 다른 출판물에선 겪어보지 못한 충격과 공포가 될 것 같다. 이해한다. 생각 없이 컵을 딱 정수기에 갖다 댔더니 묘하게 똥색 나는 물이 나오면 식겁을 할 수밖에 없다. 그래도 변명하자면, 똥물은 아니고 진-하게 우려진 곡차 정도로 봐주면 좋겠다. 물론 의문을 가지는 건 당연하다. 이 물에 뭐가 들었나, 미세하게 둥둥 떠다니는 이것들은 대체 무엇인가. 끝없이 생각하고 고뇌하게 될 것이다. 애초에 그러라고 만든 책이니 별 수 없다. 의문을 가진다는 건 꽤 좋은 일이다. 그 왜, 데카르트Descartes가 한 유명한 말도 있고.

슬슬 이 책을 쓴 이유에 대해서 얘기를 하자면, 지금 세상이 참 대단한 세상이기 때문이다. 아무 의미 없이 늘어놓은 것도 예술이 될 수 있는 세상. 점 하나 찍으면 몇 억짜리 미술작품이 되거나 《아내의 유혹》이 되는 세상. 그런 세상인데 이런 책 하나 나오는 것쯤은, 동쪽에서 뜬 해가 서쪽으로 지듯 당연한 귀결이라고 할 수도 있는 것이다. 사람들은 책을 사서 읽은 지 꽤 오래됐고, 요즘 10대 20대들은 책 대신 4.7인치짜리 스마트폰 화면과 감성을 나눈다. 덕분에 오늘날의 출판계는 아주 메말라 있다. 지금 상황에서 책을 뽑아내는 건, 내 책이 아니더라도 죄다 《아마존의 눈물》에 비견할 수 있는 상황이다. 내 목적은 그냥 재배열이다. 책을 읽는다는 거, 책에서 감성을 흡수한다는 거, 책으로 인생을 바꾼다는 거.

내가 아날로그와 아날로그 감성을 얘기한다는 게 따지고 보면 웃길 수도 있다는 생각이 들었다. '스마트폰으로 페이스북과 인스타그램 하고, 원고도 컴퓨터로 쓰면서 아날로그는 무슨! 약 처먹었냐?' 같은 일같을 배부르게 먹을 수도 있겠다.

그런데, 명확한 건 삶은 디지털이 될 수 있어도 정신은 디지털이 될 수 없다. 알다시피 우리의 뇌는 휴대폰처럼 존나 미세한 나노 철 쪼가리들로 이루어져 있지 않기 때문이다. 삑삑삐리릭하고 신호 준다고 행복해지지 않고, 삐리리릭삑삑삑한다고 급격하게 슬퍼지지도 않는다. 그럴 수 있다면 좀 더 멋진 신세계가 됐겠지. 말해놓고 보니 차라리 뇌도 디지털이었으면 좋았을 것 같다는 생각이 든다.

나에게 있어 아날로그는, 내가 생각하는 아날로그의 감성은, 담쟁이넝쿨이 주르르륵 뻗어있는 담장에 기대서서 아리따운 여인과 캐모마일을 마시는 그런 되도 안한 게 아니다. 당연한 것들에 대한 생각이다. 말로 설명하기란 불가능에 가깝지만, 굳이 말하자면 '당연한 것들에 대한 당연한 의심'이 가장 가까운 표현일 것이다. 수많은 에세이와 자기계발서들이 '왜 이렇게 해야 하는가', '왜 이렇게 하는 것이 당연한가'를 말할 때 이 책은 '왜 이렇게 하지 않으면 안 되지?', '왜 이렇게 하는 걸 당연하다고 생각하지? 오히려 당연한 건…' 이라고 말한다. 처음부터 끝까지 쿠사리와 겐세이로 점철된 책이다.

노예제도, 계급제도, 양반과 상놈, 남성우월과 여성차별(가부장제), 인종차별, 제3세계, 환경파괴, 종교, 혈연관계, 미디어와 맹신, 그외의 모든 편견들. 자연스럽지 못한 것과 당연하지 못한 것들이 연속되면 대부분의 사람들은 담담해진다. 불에 달군 바늘로 피부를 찌르면 처음은 아프지만, 두 번째는 덜 아프고, 다섯 번째가 되면 익숙해지고, 백 번째가 되면 무감각해진다. 사람이 생각하는 '당연한' 감각들은 실제로는 당연하지 않을 수 있다. 우리는 왜 가족을 부양해야 하는가, 많은 남자와 관계하는 여자는 왜 욕을 먹어야 하는가 같은.

놀라운 사실은, 현실의 인공적 부조리함을 깨부수는 데엔 항상 '인간은 원래 어때야 했나'라는 가장 본질적이고 가장 자연적인 질문이 결정적인 역할을 해왔다는 점이다. '왜 피부가 까만 애들이 노예여야 하지?', '왜 여성은 투표권이 없어야 하지?', '왜 대통령을 우리가 직접 못 뽑지?' 같은 것들. 우리가 당연하게 느껴왔던 것들에 대해, 생각해보면 '너무 당연한 질문'을 하는 것. 가장 자연적인 방법으로 우리의 생각과 행동을 결정하는 것. 그게 내가 이 책에서 정의하는 '아날로그'이고, 이 책은 전부 이러한 감성으로 쓰였다는 걸 얘기하고 싶다. 휴. 길었네.

나는 이 문장에 도달하기까지, '아날로그'라는 단어를 대강 26번 썼는데(아닐 수도 있다. 손으로 셌음), 앞으로 한두 번. 아니, 네 번 정도는 더 쓸 생각이다. 아날로그, 아날로그, 아날로그. 벌써 세 번 써버렸다. 이 책은 방금 느낀 것 같은 당혹감의 연속인 책이 될 것이다. 어딜 가든, 우리 세계에서 순도 100%는 찾기 힘들다. 99.9%만 널리고 널렸지. 나는 그 떨어져나간, 부족한 0.1%를 존나게 바가지 긁어 책으로 엮어냈다. 그래서 이것은 당신에게 보내는 거대하거나 미세한 아날로 그 신호들이다. 난 열심히 보냈으니 아마 느낄 수 있을 거라고 생각한 다. …아직 뇌가 디지털이 아니라면.

존 레논
John Lennon 1940. 10. 9 ~ 1980. 12. 8

가방 back

　　가방. 용도에 따라 이것저것 잡다한 것들을 넣어 다닐 수 있도록 한 거대 호주머니다. 몇몇 사람들에게는 좀 충격적인 말일지도 모르겠는데, 가방かばん(카방)은 사실 우리말이 아니라 일본어다. 영어로는 백bag이고, 우리나라 말로는 뭐… 나도 모른다. 보자기쯤 되지 않을까?

　　요즘 세상에 '은근히' 보편화 되어있는 아이템이 바로 이 가방이다. 생필품인 가방에 보편화라는 단어를 쓰는 것 자체가 어색할 만큼. 남녀노소 가릴 것 없다. 타박타박 집에 가는 유치원생이든, 방학이 끝나 아침 일찍 등교하는 고등학생이든, 지하철에서 졸고 있는 직장인이든, 애인이랑 데이트하러 가는 젊은 여자든, 관악산 등산하러 가는 할아버지든, 크고 작은 가방을 하나씩 꼭 메고 있다는 점에선 다 똑같다고 볼 수 있다. 그렇다. 뭐가 됐든 들고 다녀야 하는 세상인 것이다. 이쯤 되면 내가 무슨 소리를 하려는지 대충은 감이 올 것 같은데?

전혀‼

어릴 땐 그랬다. 바깥에 나갈 때 뭘 들고 나가는 게 오히려 어색했다. 주머니에 천 원, 아니 오백 원만 달랑 넣고 지갑도, 휴대폰도 없이 바깥으로 튀어나가서 동네를 누비고 다니던 시절이 있었다. 당연하다. 그땐 물가가 이렇게 높지 않아서 돈을 많이 들고 다닐 필요가 없었다. 휴대폰은 지금보다 훨씬 비쌌고 기능도 한참 떨어졌다.

뭐 그때가 더 좋았네, 그때가 더 순수했네, 마음이 편했네 하는 소리를 하는 게 아니다. 당연히 지금이 더 좋다. 그때 나는 다 낡은 티셔츠와 반바지, 오백 원짜리 밖에 없었지만, 난 지금 아이폰6도 갖고 있고,

1인분의 삶

지갑도 갖고 있고, 주민등록증도 갖고 있고, 천만 원 가까운 학자금 대출과 몇 백만 원의 빚도 갖고 있기 때문이다. 전혀 하나도 안 부럽다.

여하튼 나이가 들어갈수록 신경 써야 할 것들이 많아지고, 내게 스트레스를 주는 것들도 더욱 많아졌다. 거기에 비례해서 가방에 챙겨 가야 할 것들은 더더욱 늘어났고… 이렇게 보면 사는 게 RPG게임이랑 크게 다를 바가 없다. 시간이 흐를수록 점점 어려워지고, 더 어려운 스테이지를 공략하기 위해 끊임없이 능력치와 스킬을 올려야 하며, 포션과 기타 아이템들을 항상 준비하고 있어야 한다. 차이가 있다면 게임은 수틀릴 때 아예 꺼버리거나 새 캐릭터를 만들 수 있다는 점이다. 정작 인생은 디아블로의 하드코어 모드 같아서 죽으면 세이브파일 다 날아가고 복구도 안 되니까 죽지 않도록 하자.

유비무환이라는 말이 있다. 대강 기억하기론 항상 준비를 철저하게 해놓으면 좆 될 일이 없다, 뭐 그런 뜻이었던 것 같은데 자세한 건 사전 찾아보길 바란다. 요즘은 인터넷에 검색하면 바로바로 뜨니까. 그런데 우리는 가방에 너무 많은 걸 준비하고 다니는 것 같다. 비 올까 봐 우산 챙기고, 화장 지워질까 봐 화장품을 챙기고, 언제 카톡 올지 모르니까 휴대폰 들고 다니면서 10분에 한 번씩 봐야 하고, 그마저도 배터리가 떨어지면 안 되니 보조배터리까지 들고 다니며, 언제 일해야 할지 모르니까 노트북과 마우스를 가방 안에 넣고 다닌다. 나는 워낙 병신 짓을 많이 해서, 누구한테 총 맞을지 모르니 방탄복을 입고 다녀야 할 것 같다. 그래봤자 운석 떨어지면 다 한방이지만. 겁나 철저하게 준비해놓고 다녀도 얼마든지 좋 될 수 있다.

 그럼에도 불구하고, 나는 학창시절 때 가방에 뭔가 준비하고 다니는 걸 꽤 좋아했던 것 같다. 내가 준비해 간 것들이 맞아떨어질 때 묘한 희열, 오르가즘 같은 걸 느꼈던 것도 같고… 예컨대 가방 안에 손톱손질 세트나 폼 클렌징과 수건, 우산과 껌 그리고 다이어리 같은 걸 챙기고 다녔던 기억이 난다. 분명 남고생의 가방에 들어있을 물건들은 아니다. 이 습관이 요즘에도 좀 남아있어서, 오래 바깥에 있게 될 때면 꼭 가방에 이것저것 잡다한 것들을 꽉꽉 채워나가곤 한다. 휴대폰 충전기, 노트북, 무선 마우스와 키보드는 필수고 이쑤시개와 진통제, 대일밴드, 그냥 티슈와 물티슈 같은 것들을 넣고 나가면 마음이 든든하다. 그런데 떠올려 보면 정작 이것들을 챙겨나가서 잘 활용했던 적은 거의 없는 것 같다. 이렇게 챙기고 나가선 가방을 한 번도 안 열어볼 때도 있으니까. 그냥 학창시절 미술시간에 다른 애들이 거의 다 잊어버리고 온 준비물을 나만 들고 왔을 때의, 그런 느낌을 얻기 위해 들고 다니는 것만 같아서 요즘은 자제하고 있는 편이다.

 그래서 가끔은 아무것도 준비하지 않고 나간다. 가방도, 휴대폰도, 지갑도 없이, 신림동을 가로지르는 생명의 똥물줄기 도림천과, 분명 고시촌인데 PC방 불빛이 더 환한 녹두거리를 둘러보다 보면 기분이 오묘하다. 분명 스마트폰도 노트북도 없었던 몇 십 년 전 사람들은 매일 이렇게 다녔겠지. 몸이 겁나 가벼워졌음을 느낀다. 길거리를 미친 놈처럼 질주하고 싶어지지만 사람들 눈이 무서워서 그러진 못한다. 가방이 없다는 건 꽤 편하다. 무겁게 가방을 뒤로 메고 다니는 사람들은 이제 보니 모두 거북이 같아 보인다.

오늘날 가방은 단순히 물건을 잔뜩 들고 다니는 것만이 아니라 상당히 많은 의미를 갖고 있다. 눈치 빠른 사람은 가방 속 내용물만 보고 뭐하는 사람인지 알 수 있을 정도니까… 생각해보면 내 정체성이 가방에 들어있는 물건들로 정의된다는 건 참 괴이한 일이다.

감히 말하건대 가방(bag)은 '준비'와 같은 의미로 쓰여도 될 것이다. 차 사고가 날 때를 대비해 장치해놓는 건 에어백이다. 스트레스나 분노가 폭발할 때 마구 때리는 건 샌드백이다. 돈이 급할 때 중고나라에 팔아 보태 쓸 수 있는 건 명품백이다. 우리는 항상 뒷일(back)을 위해 가방(bag)을 준비한다. 어쩌면 나이를 먹을수록, 시간이 갈수록, 무슨 일이 일어날지 알 수도 없고 막을 수도 없는 두려움을 우리는 가방 속에 우겨넣으며 숨기고 있는지도 모른다. 사람은 커가면서 점점 두려움과 공포를 배우고, 그게 오롯이 가방의 무게가 되는 것일까. 많은 걸 준비해야 한다는 건 많이 두려워하고 있다는 뜻일지도, 무거운 가방을 메고 있다는 건 마음의 짐도 그만큼 무겁다는 뜻일지도 모르겠다. 써놓고 보니 무슨 말인지 나도 몰라 시발, 가방은 굴러다닐 수 있는 캐리어 가방으로 사야지.

뉴비|Newbie

어떤 게임이든, 새로 접하게 되면 그 게임에 대한 이해와 적응을 위해 어느 정도의 시간을 투자해야 한다. 그래서 게임에 적응하는 단계에 있는, 시작한지 얼마 되지 않은 유저를 흔히 뉴비Newbie라고 불렀던 기억이 난다. 나는 이게 우리나라에서만 쓰는 콩글리시인 줄 알았는데, 알고 보니 영국 군대에서 새내기를 부를 때 썼던 유서 깊은 단어라고 한다. 찾아보니 원어도 그리 긍정적인 의미가 아니라는 걸 보면 '초심자Rookie'보다는 '좆밥' 같은 어감에 가까운 모양이다.

뉴비라는 게 좀 부정적인 어감이긴 하지만, 누구라도 새로 접하게 되는 장소와 분야에선 어쩔 수 없이 뉴비로서의 과정을 거치게 된다. 학교생활, 군대생활, 사회생활, 직장생활까지. 낯설음을 익숙함으로 받아들이는 데에 속도의 차이는 있을지 몰라도, 누구나 '뉴비'로서의 곤혹스러움과 혼란스러움을 겪어봤을 것이라 장담할 수 있다.

그런데 문제는 개구리 올챙이 시절 모른다고 이런 뉴비들에 대한 모종의 차별과 따돌림과 무시가 가해지는 경우가 꽤 많다는 것이다. 솔직히 뉴비가 만만하긴 하다. 어리버리하고, 세상물정 모르고. 손도 어디 놓아야 할지 망설이는 듯한 눈빛, '난 좆밥이오' 하고 얼굴에 써 붙여놓은 것 같다. 그런데 그런 놈들을 골탕 먹이고 싶은 마음이 드는 것. 나는 이게 생각보다 어마어마한 문제라고 말하고 싶다. 상대적 약자를 괴롭히는 걸 당연하게 여기는 사회라니…

유독 우리나라에서는 뉴비를 괴롭히거나 따돌리는 과정을 하나의 관례, 혹은 즐거운 이벤트 같은 것으로 받아들이는 나쁜 경향이 있는 것 같다. 소위 말하는 '신고식'이라는 것인데, 몇 백 년 전 조선시대 신입 벼슬아치들에게 가해진 놀림부터 시작해서 오늘날의 대학 OT나 군대 신병 놀리기 등으로 이어지는 실로 유서 깊은 악습이다. 솔직히 말도 안 되는 발상이라고 생각한다. 좆밥이 들어왔으면 얼른 가르쳐서 하루 빨리 멋진 팀원이 되도록 도와주는 것이 기존 구성원의 몫 아닌가? '나보다 좆밥이 들어왔네ㅋㅋ 너 한번 좆 돼봐라' 같은 생각을 먼저 한다는 것은 결코 군기나 기강 같은 말로 미화할 수 없다.

날 때부터 존나 잘하는 놈은 없다. 그 축구 잘한다는 메시도 5살 땐 그저 동네에서 뽈 좀 차는 꼬맹이였을 것이다. 물론 뽈 차는 꼬맹이 중에서도 잘하긴 했겠지만… 여하튼 내가 말하고 싶은 건, 누구든지 이해와 적응의 과정을 거쳐 어엿한 구성원이 된다는 것이다. '인간은 적응하는 동물'이라는 얘긴 어쩌면 결과보다 시작과 그 과정에 더 큰 의미가 있는 것일지도.

어… 난 원래 잘 했는데…

태어나보니 메시였음ㅋ

나는 농구를 시작한 지 얼마 안됐다. 길게 쳐봐야 1년 정도다. 초등학생이나 중학생 때부터 취미로 해오던 애들에 비하면 턱없이 경력이 부족한 뉴비인 셈이다. 다른 애들이 농구하고 축구할 때 나는 야구를 했기 때문이다. 농구를 시작한 것도 사실 공 던지다 팔꿈치에 염증이 생기는 바람에 재활을 겸해서 한 게 계기였다. 난 야구에서는 꽤 경험자였을지 몰라도 농구에서는 완전히 좆밥이었다. 드리블하다 발에 부딪혀서 공을 놓치는 일이 다반사였고, 사실 지금도 다반사다. 그럼에도 불구하고 농구를 계속했다. 왜? 재밌으니까.

스포츠로 돈을 벌어먹는 프로선수가 아닌 다음에야, 스포츠란 건어디까지나 건강유지 및 스트레스 해소, 취미활동으로 의미가 있는 것이다. 물론 잘하면 좋긴 하겠지만, 못해도 딱히 상관없다는 얘기다. 당장 농구를 못한다고 굶어죽지 않는다. 그런데 내가 길거리에서 농구를 하면서 만났던 몇몇 사람들은 그걸 모르는 것 같았다. 패스 못 받는다고 대놓고 타박을 주고, 초면인 사람한테 반말을 하고, 소리를 지르고… 농구는 멋진 스포츠지만, 이런 사람들은 결코 멋지지 않았다. 부디 초심자에 대한 리스펙Respect이 있었으면 좋겠다. 누구나 한때는 뉴비 아니었나? 농구 까짓 거 못할 수 있지 개색기들아.

〈리그 오브 레전드League of Legend〉라는 게임이 있다. 줄여서 롤LOL이라고 부르는 이 게임은 데미지 계산부터 각양각색 챔피언들의 스킬분석까지 굉장히 복잡하고 진입장벽이 높은 게임이다. 나는 원래 치밀한 전략을 짜고, 정교한 작전을 구사하는 그런 머리 쓰는 게임을 좋아하지도 않고 잘 못한다. 그래서 〈스타크래프트〉도 유즈맵만 했다. 그냥하면 맨날 뮤탈, 레이스에 다크템플러 같은 놈들한테 수시로 찢겼기때문이다. 그런데 어느 날 친구들과 함께 PC방에 가게 됐고, 나는 딱히 PC방에서 게임을 하는 스타일이 아니라서 뭘 해야 할지 고민하고 있던 차에 옆에 있던 친구가 같이 롤이나 하자는 것이었다. 그래서 난생 처음으로 롤 회원가입을 하고, 플레이도 해보게 됐는데, 정말 그때의 기억은 아직도 잊을 수가 없다. 평소에 얌전하고 화도 잘 안내던 그 친구가 비명에 가까운 소리를 지르며 나를 갈궜던 기억을… "와드를 거기다 박으면 어떡해 병신아!!!!!", "손 병신이냐!! 왜 그걸 클릭을 못해!!! 누르라고!!!", "시발!!! 나 담배 피지도 않는데 너 때문에 폐암 걸리겠다 개색꺄!!!" 처음하는데 못할 수도 있지 왜 그렇게 화를 내는지는 몰랐지만, 게임이 끝난 후 귀에다 대고 내가 롤 하는 모습이 한 번 더 보이면 손가락을 도려내 버리겠다고 하는 걸 보면서 상황의 심각성을 깨달았다. 나는 그후로 롤을 안 하고 있다.

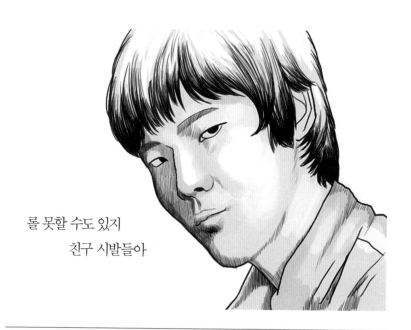

롤 못할 수도 있지
친구 시발들아

얼마 전 화제가 됐던 말 중에 '경력직만 다 뽑으면 나처럼 경력 없는 놈은 어디 가서 일을 구하냐'는 것이 있었다. 사실 이해가 안 되는 건 아니다. 요즘 같은 무한 경쟁사회에서 정보가 하나도 없는 애를 뽑아다가 매달 월급 줘가며 교육을 시키고 제 몫을 할 때까지 기다려줘서 '이야 이제 경험 쌓이니까 일 좀 하네' 싶으면 퇴직금 들고 뛰쳐나가 대기업으로 떠나는 상황을 겪고 싶은 사장은 그리 많지 않을 테니까. 차라리 그냥 놔둬도 지 알아서 잘하는 경력직 뽑아 굴린 뒤, 적당히 쓰고 갈아 치우는 게 편하다. 그런데 문제는, 사람이 그냥 기계부품처럼 쉽게 갈아 끼우거나 뺄 수 있는 게 아니라는 것이다. 어려운 문제다. 그냥 신입사원이나 존나 뽑으라고 할 수도 없는 것이고, 그 분야에서 경력을 쌓은 사람을 도외시하라는 것도 좀 아니며, 경험 쌓는 게 돈이라며 소위 말하는 '열정페이'로 인턴을 몇 년 동안 돌리는 것도 옳지는 않은 것 같다.

젊어서 고생을 사서 한다는 건 다 개 같은 소리다. 젊든 늙든 고생은 덜하면 덜할수록 좋은 거 아닌가… '고생'과 '경험'은 다르다. 고생하지 않고 경험할 수 있는 사회가 될 수 있으면 좋겠다. 뉴비들에 대한 존중과 배려가 많이 필요하다. 청출어람青出於藍, 후생가외後生可畏.

예의

　　당연한 얘기지만, 동방예의지국… 은 이제 옛말이 된 지 오래다. 애초에 그런 말이 있었는지도 잘 모르겠다. 진짜 요즘 애들(초중학생들)은 이 단어 물어보면 무슨 뜻이냐고 되물어오기도 한다. 난 차마 한 때 중국이 우리나라를 '동방에서 가장 예의바른 민족이 사는 나라'라고 평한 데에서 온 말이라고 얘기할 수가 없어서 그냥 '에버랜드가 환상의 나라이기 이전에 썼던 광고 슬로건'이라고 둘러댔다. 미안해 얘들아. 미안해 에버랜드. 근데 직원들이 하나같이 친절하니 딱히 틀린 말은 아니잖아.

　　까놓고 얘기해서 조선의 경우에는 중국한테 예의바른 나라로 보일 수밖에 없다. 알아서 신하국을 자처하질 않나, 나라를 세울 때 '우리나라 세웠어요! 새로 생긴 나라니까 잘 봐주시고, 국호 뭐가 좋을지 좀 정해주셈 헤헤'라고 일일이 보고도 해대는데 뭔 말을 못 해주겠는 가. 사실 대놓고 좆밥이었던 거다. 소싯적 나도 얼굴이 너무 좆밥처럼 생긴 나머지 선생님이나 어른들한테 '예의가 참 바르게 생겼네'라는 말을 꽤 자주 들었다. 진짜 예의가 있어서 그런 게 아니라 만만한 호구 라는 뜻. 그런데 우리나라는 꽤 최근까지 이 말을 우려먹으며 으쓱으 쓱 했으니 참 안타까운 일이 아닐 수 없겠다. 그렇게 예의 있는 나라가 왜 일본인한테는 왜놈이니 뭐니 하면서 차별과 멸시를 줬는지 알 수 없다. 사람 봐가면서 대하는 게 그 당시의 예의였다면 할 말은 없지만.

공자는 생전에 우리 민족을 '죽기 전에 뗏목이라도 타고 조선에 가 서 예의를 배우는 게 소원', '서로 양보하여 다투지 않고, 도둑이 없어 집에 문을 잠그는 법이 없으며, 여자들은 정숙하고 두터우며 음란하 지 않다'라고 평했다. 어… 공자는 물론 훌륭한 학자였지만, 가끔은 자 기가 가보지도 못한 나라에 대해서 함부로 속단하고 얘기하는 버릇이 있었던 것 같다. 진짜 뗏목이든 뭐든 타고 건너와서 일주일만 살아봤 다면 이런 말을 할 수가 없었을 텐데… 예전에도 자기가 보지 못한 장 소에 막연한 로망과 환상을 가졌던 것일까. 공자가 세계 4대성인에 꼽 힐 만큼 위대한 사람이었을지는 몰라도, 조선에 대해서는 '알못'이었 던 것 같다.

그나마 옛날에는 그럭저럭, 표면적으로나마 예의 같은 게 있었던 모양이지만 요즘은 그런 걸 찾아보기가 힘들다. 어쩌면 당연한 변화다. 예전에는 적어도 마을 단위로 사람들이 서로 얼굴과 이름, 사는 곳, 요즘 뭘 하는지까지 알 수 있었는데(주로 《전원일기》나 《대추나무 사랑 걸렸네》 같은 농촌 드라마에서 보이는 그거. 마을사람들끼리 텔레파시라도 공유하는지 소문이 존나 빠르다), 공동체의 범위가 점점 줄어들어서 이젠 아파트 옆집에 누가 사는지조차 모르는 시대가 왔으니까. 이게 잘못됐다는 건 아니다. 자기 가족만 챙긴다는 거, 내 몸 하나만 잘 건사한다는 게 뭐가 나쁜가? 매번 얘기하지만 방식의 문제다. 다른 사람한테 피해만 안 주면 뭘 하더라도 대개 상관없다. 단 불법적인 것만 빼고.

사람들이 생각하는 '공동체'가 마을 단위에서 점점 줄어들어 이젠 몇 평짜리 집 안으로 전락을 해버렸기 때문인지, 아니면 인터넷과 SNS가 사람들의 정서를 더더욱 고립시켰기 때문인지는 몰라도 예의라는 건 요즘 찾아보기 힘든 단어가 되어버렸다는 느낌이다. 한 때 지겹도록 올라오다가 지금도 잊을 만하면 타임라인에 올라오는 것들. '2호선 무개념녀', '지하철 쩍벌남', '노인에게 대드는 중학생', '길가다 노점상 수박을 발로 차서 깨는 미친놈', '주차요원에게 무릎 꿇게 만드는 아줌마', '학생식당에서 일하는 계약직 어머니께 막말하는 여대생' 그리고 VVIP석에 앉은 고객에게 땅콩을 안 까줬더니 비행기를… 여기까지 하겠다.

이런 걸 보면 뭐랄까, 단순히 요즘 사람들에게 예의를 찾아볼 수 없다느니, 초등교육과정에 예의범절 교육이 부족하다느니, 정서적으로 서구화가 되어서 개인주의 이기주의가 만연해졌다느니 하는 말로는 설명할 수 없을 듯하다. 그냥. 사회가 병들었다는 느낌이다. 수많은 미디어와 신경써야 할 것들에 둘러싸여 갈팡질팡하는 사람들. 끊임없이 스트레스와 분노를 견뎌야 하는 삶. 그걸 억지로 가두고 싸매서 겨우 지하철 의자에 앉아있는데, 얼굴 한 번 본적도 없는 사람이 이걸 자극하면 터질 수밖에 없다. 길 가는 사람 중 최소한 3할은 '건드리면 터질 것 같은' 느낌을 준다. 좀 무섭다.

예의를 찾아보기 힘든 세상, 아니 그보다도 예의를 차리기 어려운 세상이 됐다. 예의가 있는 사람이라도, 가정교육을 엄청 잘 받은 사람이라도 선뜻 예의 있게 행동하기가 쉽지만은 않다. 요즘 세상에 '뜬금없는 예의'는 사이비 종교단체로 오해받기 딱 좋기 때문이다. 그나마 남아있는 예의라는 개념은 잘못된 방식으로 악용되기 일쑤다. 실제로 예의라는 단어는 윗세대 꼰대들이 자기보다 나이가 어린 사람들에게 초면에 함부로 반말을 하고(처음 만난 사이라면 기본적으로 존댓말이다. 처음 만났으니까. 나이 지긋하신 할아버지가 5살짜리 꼬마를 만나도 존댓말을 해야 하는 이유다), 지하철에서 노약자석도 아닌데 자리를 비켜줄 것을 노골적으로 요구하거나, 아래 세대의 피드백과 비판을 무시하고 제멋대로 일을 처리할 수 있는 도구로 전락한 지 오래다. '감히 어른 말에 말대꾸를 해?', '자식 주제에 부모님 말을 어겨?', '나이도 어린 게, 시키면 재깍재깍 해야 할 것 아냐?' 같은. 웃긴 건 이렇게 말하는 사람들이 정작 본인보다 나이가 많은 사람에게 함부로 대하는 경우가 왕왕 있다는 거다. 예의를 따질 거면 좀 일관성 있게 따지든가….

'그래서 뭐 어쩌라고, 예의 같은 거 따지지 말자고? 이 예의 없는 놈아' 같은 생각을 할 수도 있는데 그런 얘기가 아니다. 나는 굳이 말하자면 '예의를 지키자'는 쪽이다. 당연히 사람은 같은 사람에게 최소한의 존중과 배려인 '예의'를 지켜야 한다. 이왕 지킬 거 세련된 방식으로 말이다. 나는 세상에는 쓸데없는 예의와 쓸 데 있는 예의가 있다고 생각한다. 전자의 경우에 속하는 것은 대개 예의가 권위의식과 결부됐을 때다. 사실 이런 건 예의가 아니다. 예의가 없다는 게(rude) 아니고 진짜 '예의'가 아닌 것이다. 애초에 예의의 카테고리에 들어가지도 않는다는 얘기다.

예컨대 대학에서 주장하는 '선배에 대한 예의'가 있다. 수도권 주요 대학을 중심으로 많은 대학에서는 이미 개선되긴 했지만(지방대 비하 아님), 여전히 겨우 일 년 늦게 대학에 들어온 후배가 선배에게 차려야 하는 예의가 지나치게 많다. 만약 이게 당연한 거 아니냐는 생각이 든다면 한 번 상상을 해봐라. 초등학교 2학년짜리가 초등학교 1학년한테 '어디 1학년이 우유에 네스퀵을 타먹어!!!'라고 한 바탕 면박을 주곤, 차렷과 열중쉬어, 엎드려뻗쳐를 10분 시킨 다음에 밖에 나가 오리걸음으로 운동장 2바퀴를 돌게 한다면 그야말로 현세의 《코미디 빅리그》일 것이다. 선배라고 후배에게 함부로 반말을 하고, 술을 억지로 먹이고, 되도 않는 일을 시키는 건, 예의도 아니고 당연히 해야 하는 일도 아니다. 교칙에도 없고 법에도 없다. 선배가 시키는 술 안 먹고 선배가 운동장 뛰라는 거 안 뛰면 퇴학이라도 당하나? 학교생활이 좀 힘들어질 수는 있겠지. 족보도 못 얻고, 정보도 한 발 늦고, 여러모로 불이익을 볼 수는 있을 테지만, 그따위 말도 안 되는 짓거리를 예의랍시고 강요받는 것보단 학교생활이 조금 불편한 게 훨씬 낫다는 생각이다.

이걸 안 지킨다고 세상이 멸망할 것 같은가? 이걸 안 한다고 조직이 안 굴러갈 것 같은가? 이건 씨발, 똥군기도 아니고 똥예의다. 옛날옛날 프레드릭 테일러라는 개똑똑한 사람이 작업 관리Job Management라는 방법으로 조직이 굴러가고 조직원이 업무를 수행하는 데 방해가 되는 모든 잡다한 요소를 배제시키려 노력했던 것이 20세기의 일인데(나도 자세히는 모른다. 궁금하면 검색해볼 것.), 우리는 사회와 조직이 돌아가는 데 방해가 되는 요소를 군이 예의라는 이름으로 덮어 악순환을 만들어 왔고, 만들어 가고 있다. 시대를 역행하는 지옥불반도. 동방예의지국이라는 단어만 보면 갈기갈기 찢어버리고 싶은 욕구가 솟아오르는 이유다.

내가 지켜야 한다고 생각하는 '예의'란 이런 거다. 우리는 살면서 정말 많은 사람들을 만난다. 정성스럽게 편지 써서 고백했는데 자비 없이 까버렸던 동아리 그 년, 온갖 썸이란 썸은 다 타고 다니더니 홀연히 군대를 가버렸던 미친놈, 거기에 지나가다 들른 편의점의 훈남 알바나 가슴 큰 PC방 누나. 회사나 학교처럼 내가 자주 드나드는 건물에 항상 청소를 하고 계시는 아주머니와 경비원 아저씨들 역시 우리가 살면서 만나는 수많은 '인연'의 카테고리에 있다. 나는 말하자면 이런 곳에 예의의 초점을 맞추자는 입장이다. 한 번은 그런 적이 있었다. 대학 새내기 시절, 친구까지는 아니고 그냥 오리엔테이션 때 만난 인연으로 1학기 강의까지 같이 듣게 되어서, 부득불 함께 다녔던 동갑내기 남자가 한 명 있었는데, 나는 원래 학교든 어디든 청소하는 아줌마를 만나면 인사하는 습관이 있다. '나는 내 방 청소하는 것도 졸라 힘든데, 저 분들은 얼마나 힘드실까. 정말 수고 많으시다'라는 생각이 항상 들기 때문이다. 결코 알량한 동정 같은 게 아니고 청소 노동자 분들에 대한 존중과 리스펙의 의미로 자연스럽게 체화된 행동이었는데, 같이 가던 그 자식이 옆에서 그걸 보더니 "야, 무슨 저런 사람들한테 인사를 하냐? 다 우리가 낸 등록금으로 일하시는 분들인데"라고 핀잔을 주는 것이었다. 이런 씨발, 내가 돈을 냈으면 사람을 함부로 대해도 되는 거냐? 나는 살짝 야마가 돌아서 윽박지르려 했지만 '하하. 뭐 그럴 수도 있지' 하고 넘어가 버렸다. 왜냐면 난 찌질이였기 때문이다. 아주 약간 덜한 찌질이가 된 지금은 그때 윽박지르지 않은 것이 후회된다.

그 사람이 나이가 많으니까, 웃어른이니까 존중하라는 게 아니다. 네가 서비스를 이용하거나 돈 주고 산다고 그 사람의 갑이 되는 게 아니다. 서비스 제공자와 구매자는 기본적으로 동등하다. 공급이 없으면 수요는 아무짝에도 쓸모없지 않은가. 나는 화장품 사지도 않고 살 생각도 없으며, 누가 주더라도 안 받을 거고, 집에 있어도 안 쓰고 버리는 사람이지만, '에뛰드하우스'에 대해서는 좀 좋은 이미지를 갖고 있다. 아는 사람은 다 알겠지만 '에뛰드하우스'에 들어가면 그곳의 점원들은 여성 고객을 '공주님', 남성 고객은 '왕자님'이라고 부르는데(그래서 남자들은 안 들어가고 밖에서 휴대폰 만지며 기다린다…), 이게 손님은 공주고 점원은 하녀라는 설정이 아니라 사실은 점원이 공주고 손님은 '이웃 나라에서 놀러온 공주'라고 한다. 아무리 설정이라지만 말이라도 얼마나 좋은 말인가. 너도 공주 나도 공주라는 거. 7살짜리 어린이들 소꿉놀이 같지만, 그게 좋은 거다.

손님은 왕이 아니다. 대한민국은 대통령제이기 때문이다. 당장 입헌군주제인 영국에 가도 왕세자는 있지만 왕은 없다. 지금 재위하고 있는 엘리자베스 2세는 여왕이니까.

내가 서비스를 이용할 수 있는 건, 내게 돈이 있기 이전에 서비스 제공자가 있기 때문이다. 아무리 내가 돈을 주고 뭔가를 이용하더라도 서비스 제공자에 대한 예의와 존중을 해줘야 한다. 갑질은 언제나 갑질로 되돌아오는 법이니까. 서비스는 돈 주고 사도, 사람은 돈 주고 살 수 없다. 내가 생각하는 '우리가 지켜야 하는 예의'는 이런 것이다, 하고 정신을 차리고 나아가면 우리의 에너지를 분산시키는 것을 막을 수 있다는 그런 마음을 가지셔야 한다고 생각한다. 끝.

우주 Space

■■■■■ 　어린 시절에는 누구나 우주Space를 바라본다. 나 역시 그
랬다. 내가 누군지도 몰랐던 시절, 학급문고에 먼지 쌓인 채 늙어가던
우주에 관련한 책들을 읽었다. 우주인이 살 거라 믿었던 화성, 왠지 금
金으로 되어 있을 것 같았던 금성, 지구보다 몇 백배는 거대한 토성과
목성, 그리고 그보다도 더 큰 태양… 수금지화목토천해명(그땐 명왕
성 있었음)과 태양이 모여서 태양계를 만들고, 그 바깥으로는 끝없이
거대한 우주가 있었다.

　책에서 지구와 가장 가까운 항성은 '알파 센타우리'라고 했다. 지구
에서 빛의 속도로 4~5년 정도를 가야 닿을 수 있는 곳. 지금의 기술력
으로는 모든 기술을 총동원해도 3만 년이라는 시간이 걸린다. 전파를

보내도 10년 정도가 지난 후에야 답장을 받을 수 있다. 가장 가까운 별만 해도 이 정도인데 다른 별들은 말할 것도 없을 것이다. 종종 보이던 몇몇 별빛들이 수십, 어쩌면 수백 년을 날아와 내 눈에 닿았다는 것을 상기하며. 도시 불빛 덕에 잘 보이지도 않던 별들을 저녁의 하늘마다 찾아댔던 기억이 난다.

우주의 밀도는 굉장히 낮다. 우리는 컴컴한 밤하늘에 투영된 우주의 별빛만을 보지만, 우주공간을 채우는 대부분은 사실 어둡고 추운 암흑이다. 나는 유라시아 대륙의 한반도에서 왼쪽 허리에 붙어있는 서울에 방을 빌려 살고 있지만, 우주라는 초 거대한 공간으로 봤을 땐 별은 하나하나가 모두 섬이고 우린 지구라는 좁디좁은 섬에서 살고 있는 원주민인 셈이다. 차이가 있다면 이 섬의 주위는 푸른 바다가 아니라 차갑고 까마득한 우주공간으로 메워져있다는 점 정도? 어쩌면 사람의 쓸쓸함이란 우주라는 거대한 바다의 섬에서 느끼는 지극히 자연스럽고 당연한 감정일지도 모른다.

우주와 관련된 그림책을 수도 없이 골라 읽으면서, 가장 무서워했던 건 블랙홀이었다. 세상에서 가장 빠르다는 빛조차 얄짤없이 흡수해서 무無로 만들어 버린다는 블랙홀. 2020년쯤 되면 우주에서 날아다니는 집에 살 텐데, 그러다 갑작스럽게 블랙홀을 마주치면 어떡하지? 끊임없이 빨려 들어가다가 결국 모든 형태를 잃고 죽는다는 게 너무 무서워서 악몽까지 꿨다. 이불에 오줌도 찔끔 쌌다. 그걸 본 할머니한테 효자손으로 두들겨 맞으면서 날 죽일 수도 있는 건 블랙홀이 아니라 사람이 휘두르는 효자손이라는 걸 깨달았다.

점점 나이가 들어가면서 내가 바라보는 세상은 점점 줄어들었다. 자유롭게 우주공간을 유영하다 학교 교실의자에 처박히게 된 나는, 세상에 블랙홀보다도 무서운 것이 무궁무진하다는 걸 알게 됐다. 시험이 끝난 후 나눠주는 성적표, 가정통신문에 동봉된 수학여행비 납부서, 매달 날아오는 관리비 지로명세서와 입대영장까지. 무서운 것들이 많아질수록 내 세상은 끊임없이 좁아졌다. 지금 나의 우주는 내 방구석 컴퓨터 모니터 앞이다.

조금 크고 난 다음엔, 저녁하늘을 바라보던 눈은 아래로 향해 호텔이 뿜는 불빛과 인공적 야경을 바라본다. 수십 년을 날아온 별빛에 비해, 야경이 뿜는 불빛은 더욱 밝고 환하다. 저 화려한 불빛 속으로 나도 들어갈 수 있을까? 하는 물음에는 역시 의문부호가 붙는다. 밤하늘의 별빛도 도시의 불빛도 내가 닿을 수 없다는 점에서는 다를 바 없다고 느낀다. 이집 저집의 지붕과 창문을 바라보면서 내 집 마련은 도대체 언제쯤이나 할 수 있을까 생각한다. 나는 우주Space에 살고 있지만 나의 우주宇宙는 없다. 쓸쓸하다. 그야 우주는 초 넓으니까, 당연한 일이겠지.

누군가의 말에 의하면 우리가 살고 있는 우주는 어떤 거대한 생물체의 세포고, 그게 끝없이 이어져서 무한한 우주를 이루고 있다고 한다. 혹시 모르는 일이다. 까놓고 보면 나는 내가 어디에서 살고 있는지조차 모른 채 부유하고 있다. 이 우주에 안정감이라는 게 있다 해도 나에게는 해당사항이 없을 것만 같다. 대체 난 어떤 우주에 살고 있나? 내 안에는 또 어떤 우주들이 있나? 설령 답이 던져져도 이해하지 못할 것이다. 질문만 공중에 붕붕 떠다닌다. 그걸 모조리 잡아서 모니터에 써재끼는 것이 내 일이다.

조금 거슬러 올라가보면, 내가 만화 『드래곤볼』을 특히 좋아했던 것은 그런 부분이었던 것 같다. 우리의 주인공 손오공은 존나 자유롭다. 비록 사이어인 주제에 지구에 불법체류하고 있긴 하지만, 캐사기 기술인 순간이동으로 우주 어디가 됐든 순식간에 이동이 가능하다. 게다가 힘은 무지막지하게 세서 에네르기파 한 방이면 달이고 태양계고 싹 다 날려버릴 수 있는 전全우주적 존재다. 난 비록 학교에선 찌질이였고 집에선 말썽만 많은 골칫덩이였지만, 만화책을 읽을 때만큼은 우주에서 가장 자유로운 초사이어인이 될 수 있었다. 하긴 요즘 나온 극장판 애니메이션에서는 웬 파괴신이란 놈이 나오고, 손오공보다 세다고 하는데… 아무리 몇 십 년을 수련해도 설정 한 번 바뀌면 다시 개처럼 굴러야 하는 손오공도 참 안타깝다는 생각이 들었다. 만화 속 외계인조차도 살기 어려운 세상이다.

정말 간절한 목표는 아니지만, '죽기 전에 이런 거 한 번 해봤으면 좋겠다' 싶은 것 중에 '우주를 경험해보는 것'이 있다. 사람이 태어난 별에서 한 번 벗어나보지도 못하고 죽는다는 건 너무 안타까운 일 같기 때문이다. 게임으로 치면 첫 스테이지도 못 벗어나고 있는 셈이 아닌가? 이왕 태어난 김에 금성, 화성은 아니더라도 달까지는 한 번 밟

아 너무 쎄네
도망쳐야징ㅋ

아주면 멋질 것 같다. 물론 이것은 나 혼자 할 수 있는 일은 아니다. NASA와 전 세계 수많은 이과생들의 노력이 필요하다. 앞으로의 대우주시대를 개척하는 것은 그들의 몫이고, 나는 거기에 숟가락을 얹을 정도의 능력밖에는 없기 때문이다. 생각해보면 아주 터무니없는 말은 아니다. 나는 6년 전만 해도 연아의 햅틱을 쓰고 있었는데, 2015년인 지금은 아이폰6를 쓰고 있다. 우리의 생각보다도 훨씬 빠르게 발전하는 세상이다. 나는 발전하지 않을지 몰라도 인류는 계속 발전하고 있다. 왠지 내가 다 흐뭇하네.

 NASA가 달에 로봇 하나 보내기 위해서는 수백, 수천 억의 예산과 겁나 똑똑한 두뇌 그리고 실수를 용납하지 않는 철두철미함, 성실함이 필요하다. 그런데 나는 생각 한 번이면 우주에서 우주 끝으로, 혹은 우주의 저 바깥으로도 나갈 수 있다. 우주의 수명은 유한할지 몰라도 사람의 생각은 무한하다. 어떤 우주에 발과 마음을 붙이고 있는지도 모르면서, 무한과 유한을 따져대는 것은 무한히 의미가 없는 일일지도 모른다. 그렇다고 우주를 바라보는 일에 의미가 없느냐 하면 그건 아니라고 하고 싶다. 태양이 있고, 달이 있고, 우주가 있고. 그걸 끊임없이 바라보는 사람들 때문에 우리는 여전히 우주의 양 끝을 잡고 우리만의 우주로 만들어 나가고 있지 않은가.

밤샘

곰곰이 생각해보면, 사람이 꼭 아침에 활동하고 밤에 자야한다는 건 편견일 수도 있다. 누가 정해준 것도 아니지 않은가. 조물주가 인간을 만들면서 '야ㅋㅋ 너네 꼭 아침에 일어나고 밤에 자라 ㅇㅋ? 안 그럼 지옥임ㅋ'이라며 룰을 정해준 것도 아니다. 인간의 본능이 주행성이라고 하기에는 오늘날 올빼미형 인간(밤에 활동하고 아침에 자는)이 꽤 많다. 오전 1시에 홍대나 강남에 가본다면 인간이 아침에 활동하는 동물이라는 게 얼마나 편견 쩌는 개소리인지 대강 이해할 수 있을 것이다.

그럼에도 불구하고 수천 년 전이든 지금이든 아침에 활동하는 사람들이 많은 것은 당연히 깜깜한 밤보다는 밝은 아침이 활동하기 좋기 때문이다. 원시시대, 선사시대에는 더더욱 그랬을 것이, 수렵이든 채집이든 뭐라도 보여야 할 것 아닌가. 당장 먹고살려면 일찍 일어나는 수밖에 없다. 밤이 되면 표범이나 늑대 같은 맹수들이 돌아다니기 때문에 밤에는 동굴이나 움집에 짱박혀 있는 게 최선이었을 거다. 물론 아침이 더 활동하기 좋은 것은 지금도 마찬가지인 게, 대부분의 밥집과 회사와 관공서와 어쨌든 존나 많은 것들이 해가 떠있을 때만 운영을 한다. 이유는 당연하다. 해가 떠있을 때 사람이 더 많으니까. 이쯤되면 '아침에 일어나고 밤에 잔다'는 건 본능이나 법칙 같은 게 아니라, 그냥 정상적인 삶을 위한 약속 같다는 느낌이다.

그래도 원시시대보다는 밤에 활동하기가 한 7만 배 정도는 더 수월해진 게 사실이다. 지금은 70년대처럼 야간 통금도 없고, PC방과 편의점은 24시간 운영하며, 대부분의 사람들이 작업하는데 쓰는 컴퓨터는 낮이든 밤이든 새벽이든 원하는 때 쓸 수가 있다. 결정적으로 맥도날드의 배달서비스인 맥딜리버리는 언제든 전화하면 베이컨 토마토 디럭스 세트와 컬리후라이를 가져다주는 세상인 것이다. 이런 문명의 이기를 등지고 밤에 전혀 활동하지 않는다는 건 좀 건방지다고 말할 수도 있겠다. 여하튼, 여러모로 밤을 새우기에 편한 세상이라는 건 확실하다.

매번 들쭉날쭉하긴 하지만, 나는 굳이 분류하자면 올빼미형 인간이다. 밤에 뭔가를 하는 게 집중이 좀 잘 되기도 하고, 동이 트는 새벽에 잠들어 늘어지게 잠을 자다 1~2시쯤의 햇빛을 받으며 일어나는 기분이 묘하게 좋다고나 할까? 난 어차피 출근도 안 하고, 책은 집에서 쓰는 것이기 때문에 별일이 없다면 기본적으로 자택근무다. 자고 일어나서 밥 먹고 글 쓰고 밥 먹고 똥 싸고 글 쓰다 자고. 이게 요즘의 내 삶이다. 이런 상황에서 오랫동안 규칙적이고 체계적인 삶을 산다는 건 내겐 〈바람기억〉을 세 번 연속으로 부르는 것만큼이나 어렵다.

잠시 기억을 더듬어보니 나의 밤샘 역사는 생각보다 아주 길었다. 7살 때쯤이었던 것 같다. 무슨 이유였는지 집에 아무도 없이 혼자 잠을 자야했던 때가 있었는데, 나는 혼자서 잠을 자는 게 무서워서, 이불속에 파묻혀 7시까지 뜬눈으로 보내다 지쳐 잠이 들었다. 그리고 정작 유치원에는 지각을 했었다. 잠 때문에 여기저기에 지각하는 버릇은 지금도 남아있다. 중고등학교 때부터는 뭐 말할 것도 없었다. 방학 때만 되면 나는 하루 12시간에서 많게는 20시간까지 게임을 했는데(직접 재봤다. 왠지 뿌듯했음), 그땐 사실상 밤과 낮의 경계가 없었던 것 같다. 그때 게임에 쏟은 시간과 노력만큼 내가 글을 썼다면 지금쯤 책을 10권은 냈을 것이다.

수험생 시절에는 훨씬 규칙적인 생활을 하긴 했는데, 그래도 새벽까지 깨어있는 건 여전했다. 난 고등학교 2학년 때까지 전문대도 못갈 수준의 성적을 찍고 있었던 상황이라, 하루에 적어도 10시간 이상씩을 공부에 투자해야 했다. 그런데 난 근본적으로 어둠의 자식이라 낮보다 밤에 공부가 훨씬 잘 됐다. 그래서 야간자율학습이 끝나면 밤 10시쯤에 집에 돌아와 책을 펴서 새벽 3시에야 공부를 끝내고 잠을 잤다. 이렇게 하고도 다음 날 6시에 일어나 가장 먼저 학교에 도착해 학급 자물쇠를 땄으니 내 인생에서 가장 부지런하고 건설적인 시절이었다. 어떻게 사람이 3시간을 자는가? 근데 그렇게 했다. 수험생은 존나 사람이 아니다. 진짜 지금 다시 하라고 하면 절대 못할 것 같다. 군대를 가지 않는 이상…

대학 초기에도 밤을 자주 샜다. 서울에 혼자 올라와 일을 해야 했기 때문이다. 아침에는 학교를 가고, 저녁에는 바로 아르바이트를 했다. 그리곤 밤에 돌아와 과제를 하거나 게임을 조금 하곤 했는데, 조별과제가 있는 경우에는 더욱 심했다. 비록 학점은 오승환 방어율 수준이었고 학사 경고도 먹긴 했지만, 그나마 나는 조별과제에는 꽤 열심히 참여하는 편이었다. 나 때문에 다른 학생들에게 피해가 가는 게 너무 싫었기 때문이다. 그래서 아르바이트를 마치고 돌아와선 PPT를 템플릿부터 시작해 3시간동안 만들고, 발표 대본을 만드느라 1시간을 더 쓰고 나면 해가 떠있었다. 강의 시작이 9시인데… 시발?

학교를 휴학하고 회사에 들어가서도 밤을 샜다. 이때는 딱히 일에 파묻혀서 그랬던 건 아니고, 그냥 정시퇴근해서 농구하러 나가거나 집에서 게임이나 하다 보니까 그렇게 됐다. 잠은 주로 회사에서 밥 먹고 난 후에 잤다. 몇몇 다른 동료직원 분이 한심한 눈으로 쳐다보는 게 느껴져서 좀 참으려고도 했지만 잘 안됐다. 그래도 난 할 일은 다 했으니까 뭐… 나 존나 재수 없었구나.

회사를 나오고 나서 반 백수로 지내다가 책이나 쓰는 지금도 툭하면 밤을 샌다. 일단, 글을 쓸 때 의자에 진득하게 앉아서 꾸준히 쓰는 스타일이 아니다. 대략 설명하자면 침대에서 1시간 정도 멍 때리면서 뒹굴다가, 갑자기 생각이 떠오르면 바로 의자에 앉아 쫙쫙 쓰는 타입이다. 글 쓰는 데에는 시간 얼마 안 걸린다. 생각하는 데 오래 걸릴 뿐이지. 한 번 쓸 때는 일시정지 없이 3시간이든 4시간이든 계속 쓴다. 그러다 보니 자정이 다 된 시간에 원고를 시작해선 새벽에 잠들거나 밤을 새는 경우가 자주 있다. 대체로 이렇게 쓰면 하루 분량이 꽉 차게 뽑힌다. 나는 게임하면서 키보드 배틀도 굉장히 많이 했기 때문에, 타자도 분당 800타를 넘게 친다. 한 번 키보드를 잡으면 존나 빨리 쓰고, 존나 많이 쓴다. 작업 시간이 존나 길어봤자 의미도 없고 피곤하다는 주의. 떠오를 때 집중 빡! 해서 줄줄줄 쓰는 게 내 방식이다.

그래도 내 경우는 아주 프리한 편이다. 왜냐하면 이건 어디까지나 내 작업방식에 따른 밤샘이고, 대부분의 사람들은 할 일이 너무 많아서 밤을 새기 때문이다. '아침에 끝내놓지 왜?'라고 하기에는 우리나라 사람들에게 하루 동안 주어진 숙제와 짐들이 너무 많다. 아침형 인간이 되라고 요구하는 세상. 그래서 아침형 인간이 되려고 노력하지만, 아침이 부족해 밤을 계속 쓰게 된다. 지금 하지 않으면 다음날 아침을 맞이할 수 없기 때문이다. 아침을 위해 밤과 새벽을 쓰고, 정작 아침은 계속 부족해진다. 아침 6시에 나와 밤 12시에 들어가는 사람들에게 아침은 너무 가혹하고 짧다. 겨울이 되면 더더욱 짧다.

밤을 새워서 무언가를 계속 해야 하는 삶. 오후 11시에 갑자기 닥친

업무 피드백, 3주째 밀린 구몬 학습, 연락도 안 되는 사람들과의 내일 아침 조별과제 대본, 불침번까지. 형설지공螢雪之功은 아니지만 백색 형광등 아래에서 일을 해도 피곤한 건 매한가지다. 성인의 적정 수면시간은 8시간 정도라는데 요즘은 이걸 줄여야 하는 이유가 너무나 많다. 10년 전까지는 에너지드링크라고 해봐야 박카스나 비타오백, 컨피던스 정도였는데, 지금은 핫식스, 레드불에 몬스터까지 편의점에 구비가 돼있는 게 새삼 놀랍다. 아침을 줄이고 밤을 늘려야 하는 사람들. 그럼에도 아침형 인간으로 살아야 하는 사람들. 태양에게 이 사람들을 위해서 아침을 늘려달라고 하고 싶지만 영 요원한 일이다. 태양은 그냥 YG엔터테인먼트 소속의 알앤비 가수이기 때문이다. 슬픈 일이다.

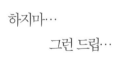

하지마…
　　그런 드립…

평균

■■■■■ 평균. 영어로는 애버리지Average. 표본을 쫙 뽑은 다음에 산출한 숫자를 모두 합산하고, 그걸 다시 표본의 개수만큼 나누면 나오는 수치다. 정확한 정의는 아닐지 몰라도 내가 알기엔 이렇다. 평균치 뽑는 방법은 굳이 설명하지 않아도 다들 알 테니까 대충 알아들으면 될 것 같다.

현대사회에서 통계라는 것의 종류는 셀 수 없을 만큼 다양하다. 그리고 통계 값이 현재 우리의 삶에 미치는 영향은 눈에 보이는 것이든 눈에 보이지 않는 것이든 어마어마하게 크다. 물론 그 중에서도 우리에게 가장 익숙한 것은 평균이다. 사람은 항상 중간이 어딘지를 알아야 위치를 알 수 있기 때문이다. 예를 들어? 북극성, 적도, 평균 학점

및 성적, 평균 연봉 같은 것들.

부모님 혹은 선생님에게, 또는 다른 어른에게든, '더도 말고 덜도 말고 딱 평균만큼만 해라' '가만히 있으면 중간은 간다' 같은 말들을 누구나 한 번쯤은 들어봤을 것 같다. 평균만, 중간만 하라는 것. 평균이 하로 떨어지지는 말되 위로 너무 툭 튀어나오지도 말라는 것. 평균을 한다는 건 대부분의 사람들과 달라지지 말라는 뜻과 완전히 동일하지는 않아도 비슷한 정도는 되는 것 같다.

그렇다면 정말 평균적인 가정에서 평균적인 성장과정을 겪고, 평균적인 학교생활을 하다 평균적인 성적을 받고, 평균적인 대학에 가서 평균적인 졸업 후 평균적인 직장에 들어가 나와 비슷한 평균적 여성을 만나서 평균적으로 결혼하면 평균적인 삶을 살 수 있을까? 글쎄…

이건 내가 어느 정도 확실하다고 생각하는 것 중 하나인데, 우리들 대부분이 생각하는 '평균'이라는 건, 실제의 평균과는 좀 괴리가 있다고 본다. 사람마다 각자 크고 작은 차이는 있을 수 있어도 대부분의 사람들이 생각하는 '평균'은 따지고 보면 '평균 이상'이다. 내 뇌의 세계가 아닌 현실세계에서의 평균은 대개 우리의 기준보다 낮다. 정말로.

아주 간단한 예를 들면, 수능에서 '평균적인 점수'라고 하면 딱 5등급이다. 정규분포로 1~9등급을 나누니까 정중앙에 있는 수치는 5등급이지 3등급이겠는가. 실제로는 5등급보다도 더 낮을지도 모른다. 옛날에 비해 고등학교 진학율이 훨씬 높아지긴 했지만, 전 국민 모두가 고등학교를 졸업(검정고시를 포함해)하는 것은 아니며, 고등학교를 다니더라도 모두 다 수능을 치지는 않기 때문이다. 수능을 칠 만한 나이의 사람들을 모두 표본에 포함시키면 평균은 5등급보다 더 떨어져서 실제로는 한 6등급쯤 되지 않을까. 6등급! 요즘은 공부하는 학생으로 쳐주지도 않는 등급이다. 수능 6등급으로는 흔히 말하는 인서울(서울내 4년제 대학)은커녕 수도권 대학에 진학하기도 어렵다. 이게 평균이다. 나 빼고 다른 사람들은 죄다 서연고 서성한에 최소한 중경외시는 다닐 것 같지만, 아니다. 평균은 5~6등급이다.

그래서 '평균적인 대학'이라고 한다면 지방 4년제 대학쯤 될 것이다. 남보다 공부를 못 해서 지방대를 간 게 아니다. 남보다 잘 한 사람들이 인서울을 갈 뿐이다. 그런데 평균은 여기서부터 이미 차별을 받기 시작한다. '지잡대생'라는 단어로. 덧붙여 '얼마나 공부를 안 했으면 지방대를 가냐' 같은 말도 듣게 된다. 야마가 돌 수밖에 없다. 다시 말하지만, 공부를 안 해서 지방대를 간 게 아니다. 평균적으로 공부하는 사람은 산술적으로 다 지방대에 가게 되기 때문이다. 누구 말마따나 더도 말고 덜도 말고 딱 중간만큼 했는데, 벌써부터 인생이 삐걱대는 느낌이다.

평균이 파놓은 함정은 절대 이것뿐이 아니다. 요즘은 남자라면 누구나 180cm는 되어야 하고, 많이 양보해서 178cm(신발 신으면 180이 되니까)는 되어야 하는 듯하지만, 정작 대한민국 성인 남자들의 평균키는 174cm 정도다. 아니, 실제로는 그것보다도 더 작을 것이다. 왜냐면 174cm라는 건 20대 초반, 그러니까 징병신체검사의 평균 키이기 때문이다. 나이가 30, 40대로 접어들면 키는 점점 작아진다. 그러니까 174cm는 우리나라 남성이 '인생에서 키가 가장 큰 나이일 때'의 평균이다. 이 글을 쓰고 있는 내가 딱 대한민국 평균 키(아침에 174cm고 밤에 173cm)인데, 만원 엘리베이터에 타서 내가 작다는 느낌을 받은 적은 체감상 몇 없었다. 그런데, 세간에선 180cm가 되지 않는 남자더러 루저loser라고 부르는 듯하다. 외톨이, 센 척하는 겁쟁이, 못된 양아치… (주륵)

당연히 여자도 예외는 없다. 철없는 남자들은 누구나 '내 여자는 얼굴은 아이돌, 연예인 급이며 무조건 C컵 D컵'이고, 간신히 양보해도 C컵 조금 안 되는 B컵이다. 그런데 우리나라 여성 평균 가슴크기는 75A다. 이게 평균이니까 실제로는 평균이 좀 안 되는 AA컵인 사람도 많을 것이고, 영혼까지 끌어 모아야 A+컵이 겨우 되는 사람도 있을 것이다. 근데 TV만 보면 가슴크기가 평균 C컵은 되는 것 같다. 도의적인 측면에서 한효주와 구하라는 응원을 받아야 마땅한 것이다. 결정적으로 남자들이 보는 야동에 A컵 배우는 잘 나오지도 않는다. 그게 콤플렉스가 돼서 수술이라도 하면 의젖이라고 깐다… 개시발놈들… (주륵)

또, 왜 우리가 생각하는 평균은 '회사원'인가. '평범한 회사원' 자체가 좀 말이 안 된다. '평범한 노동자'라고 바꿔 말한다면 몰라도. 지금은 2015년이고, 대한민국은 꽤 선진국이라(경제적으로) 사회의 많은 부분이 기계화되고 자동화됐지만, 여전히 회사보다는 현장에서 일하는 사람이 더 많다. 그냥 단순하게 생각하더라도 건설 프로젝트를 기획하는 사람, 계약하는 사람과 설계하는 사람을 모두 합쳐도 건물을 짓는 사람들의 숫자만큼은 못 될 것이다. 사무실에서 서류파일을 작성하고 결재하는 사람은 스무 명이어도, 생산 공장 조립라인에선 백 명, 이백 명이 일할 수 있다. 그럼 평균은 당연히 생산직이어야 하는 것 아닌가. 정장 입고 출근하는 회사원이 아니라.

하나 더. 우리나라 사람들의 토익 평균점수는 600점 중반대라고 한다. 그런데 웬만한 회사에 지원해 면접이라도 보려면 적어도 900점은 넘어야 한다. 이마저도 불안해 토익 스피킹에, 토플에, 텝스까지 준비한다. 어학연수와 해외인턴도 다녀온다. 결국 평균(토익 600점 중반)이 가져오는 결과는 취업도 못하고 쫄쫄 굶어죽는 것이다. '씨발…?' 뭔가 잘못됐다. 왜냐면 평균만 하면 그냥 공산품이고, 그 공산품들 중에서도 보급형 라인이기 때문이다. 똑같은 스펙에 똑같은 기능이 있는 평균적 사람들. 그런데 정작 잘 팔리는 건, 사람들이 원하는 건 평균이 아니라 항상 평균 이상이다. 어차피 돈 쓸 거 이왕이면 지문인식이 되는 휴대폰, 이왕이면 배틀필드Battlefield를 돌릴 수 있는 그래픽카드, 이왕이면 치아미백과 치석제거 기능이 있는 치약을 산다. 회사도 마찬가지다. 이왕이면 영어도 되고 중국어도 되고 일본어도 되고 불어도 조금 되고 외모도 반반 훈훈한데 붙임성도 좋으며 시키는 건 잘하고 시키지 않은 것도 눈치껏 척척 잘하는 사람을 직원으로 뽑고 싶어 한다. 여기서 중요한 건 그게 나는 아니라는 거다. 마음은 제갈량이고 싶은데 평균은 최대 간손미(삼국지의 간옹, 손건, 미축) 브라더스다.

모두가 평균 이상을 원하면 평균 이상이 평균이 된다. 또 평균 이상을 원하게 되면 또 그게 평균이 되고… 끊임없는 상향평준화다. 모두가 자리에서 일어나 영화를 보니까 나도 일어나지 않으면 화면을 볼 수 없고 다들 대학을 가니 나도 대학을 가지 않을 수 없다. 다들 토익 공부를 하니 나도 어학원을 다니지 않을 수 없고 다들 SSAT를 공부하니 나도 공부하지 않을 수 없다. 우리는 우리 기준에서 평범하게 살기 위해 평균 이상이 되어야 한다. 적당히 살기 위해서 적당하지 않도록 노력해야 한다.

수천 년 전 아리스토텔레스는 뭐든지 중간이 좋다는 '중용'의 미덕을 강요했지만, 그건 지옥불반도에서 태어나지 않았으니 할 수 있는 말이다. 여기는 애매하면 아리스토텔레스가 아니라 그냥 좆밥이 되는 곳이다. 너나 나나 평균을 강조하지만, 사실은 평균을 살짝 넘기를 원하는 게 아니다. 남보다 빠르게, 혹은 공중부양을 해서라도 훨씬 높게 넘어가길 원한다. 평균대고 뭐고 성층권 대기권을 뚫고 혹성탈출을 찍길 원한다. 그래서 정작 평범하게 건너는 사람은 평범 그 이하가 되어버린다. 요즘 세상에 평범함이란 매력 없음이기 때문이다.

단연코 모두가 평균 이상이 될 수는 없다. 모두가 평균 이상이 되면 그 평균 이상은 다시 평균이 되기 때문이다. 이게 '애버리지'의 무서움이다. 나를 기준으로 나를 평가하는 게 아니라 다른 모두를 기준으로 나를 평가하기 때문이다. 딱 중간만 하기엔 너무 두렵고 불안하다.

그럼 딱 평균이라서 좋은 점은 없느냐. 없지는 않다. 앞서 말했듯 내

키는 173~4cm다. 루저다. 190cm쯤 되어서 슬램덩크 쾅쾅! 꽂고 그러면 좋겠지만 어느 정도 만족한다. 사이드 쪽에서 쏘는 슛이 꽤 많이 늘었기 때문이다(연습을 많이 했다). 가장 좋은 건 어느 자리에서든 난 내 키로 판단되지 않는다는 거다. 내가 없는 자리에서 날 설명할 때 '아 그 키 작은애?' 혹은 '아 걔? 키 큰애?' 같은 말이 나올 수 없다. 난 크지도 않고 작지도 않으니까. 딱히 멸치는 아니지만 그렇다고 돼지나 파오후도 아니다. 그래서 체형으로 판단되지도 않는다. 생김새 역시 개성이라곤 전혀 없는 얼굴이라 외모로 판단되지도 않는다. 대신 '존나 재수없는 놈', '혼자 밥 먹는 놈', '인격적으로 문제가 심각한 놈' 정도로 얘기가 됐던 것 같다. 이게 적어도 마음은 편하다. 겉으로 드러나는 개성이 전혀 없어서, 사람들은 내가 어떤 놈인지 말하기 위해 최소한 관찰정도는 했다는 거니까. 왠지 고맙다.

어쩌면 평균만 간다는 것과 존재감을 얻는다는 건 함께 이루어질 수 없는 숙제 같다. 평균과 비평균 사이에서 작두를 탄다는 건 그 자체로 비평균일지도 모른다. 굴곡이 너무 심해서 금강산 찾아가자 일만이천봉이 될 것이냐, 아니면 호남평야나 한효주의 윗옷처럼 평평해질 것이냐. 뭐가 옳고 그르다는 게 아니다. 결론은 없다. 욕하지 마라. 내 글이 원래 다 그렇지 않은가. '중간이라도 가려면 지금 존나 노력해야 돼!', '게임 하지 마! 페이스북 하지 마! 예능이랑 드라마 보지 마! 그럴 시간이 어딨어? 존나 공부하고 존나 노력하라고! 중산층 되기가 얼마나 힘든지 아냐!' 또는 '어차피 아무 것도 안 돼. 존나 힘든 세상이

니까. 한강이나 가자고 친구, 하하!' …같은 얘기를 하고 싶지 않고, 할
생각도 처음부터 없었다. 이런 결론은 식상한 데다 없느니만 못하니
까. 그래서 결론 없다. 그냥 그렇다고. 이게 다. 다음 거 읽어라.

거짓말하는 평균 이상보다
솔직한 평균이 좋다
난 그래

단톡방

카카오톡이 만들어낸 가장 큰 재앙 중의 하나다. '단체카톡방'을 줄여서 단톡방이라고 부르는 이것. 카카오톡은 2010년 서비스를 시작한 이후로 메신저의 여러 기능을 서비스하여 우리의 삶을 아주 아주 많이 바꿔왔지만 그 중에서도 단톡방만큼 사악하고, 끔찍한 데다, 사악하고 끔찍한 만큼의 파급력을 지닌 기능은 없었던 것 같다. 좋은 점도 물론 있지만 나쁜 점이 너무나 명확한 그런 기능. 현대판 감시사회, 모바일 판옵티콘. 모두 단톡방을 수식하는 데 적절한 표현들이다.

처음 단체카톡이 업데이트 되었을 때의 공포를 아직 기억하고 있다. 당시 나는 보급형 스마트폰('옵티머스 빅'이라고 있었다. 그후로

LG 휴대폰 안 씀)을 쓰고 있었는데, 아마 잠을 자고 있었을 거다. 갑자기 겁나 크게 울리는 카톡 소리가 귀를 찢어대서 잠에서 깨어버렸는데, 정말 쉼 없이 카톡 소리가 들려서 무음으로 바꿨더니 진동이 존나 계속 울렸다. 그때 내 휴대폰은 무음상태에서 진동을 끌 수 있는 기능이 없었다. 아니 어쩌면 있었는데 내가 방법을 몰랐을지도. 그때 내 휴대폰은 전에 없이 진동이 계속되고 있었는데, 얼마나 강력한지 성인용품이나 안마기 대신으로 써도 될 것 같았다.

어쨌든 갑작스럽게 왜 카톡이 이렇게 쏟아지는가? 당시 내 카카오톡 친구목록은 20명 정도에 불과했다. 그마저도 잘 쓰지 않는 상태였는데… 내가 자는 동안 단체카톡이 자동으로 업데이트 된 것이었다. 생판 얼굴도 모르는 사람들이 웬 수십 명짜리 단톡방에 모여서 '이게 뭐야 시발', '나가게 해줘 시발', '아 잠 좀 자자고 시발', '다시 초대하지 마라 진짜 죽인다', '섹스섹스' 같은 말들을 하면서 요란하게 떠들고 있었다. 나는 '까짓 거 나가면 되지'라며 단체 카톡방을 지웠지만 카톡은 계속 울렸다. 그렇다. 그것은 감옥이었다. 누군지는 모르겠지만 수십 명의 불특정다수를 알람이 계속 울리는 단체 메신저 방에 모아놓는 악취미가 있었던 모양이다. 대체 뭐하는 변태새끼인지… 나는 휴대폰을 끄고 나서야 겨우 잠들 수 있었다.

그때의 카카오톡은 본인들의 이 업데이트가 어떤 결과를 가져올지 전혀 예상 못했던 것 같다. 카카오톡 단체 감옥은 얼마 안 가 패치가 됐는지 어쨌는지 잠잠해지긴 했지만, 2015년 현재 단톡방은 우리의 삶에 지대한 영향을 끼치고 있는 것들 중 하나다. 잘 활용하면 정말 좋은 콘텐츠지만 대부분은 그렇지 못하다는 게 함정이다. 잘 썼을 때의 긍정적인 효과보다 잘못 됐을 때 겪는 고통과 파멸이 비교할 수 없을 만큼 크다는 얘기다.

요즘 사람들의 단톡방은 꽤 전형적으로 카테고리가 나누어져 있다. 불알 친구 몇 명들과의 단톡, 고등학교 친구 및 동창들끼리의 단톡, 대학교 동기 단톡, 동아리 단톡, 회사 동료 / 동기 / 동성(남,여) 단톡 등 개많다. 또, 단체 카톡방을 개설하는 데 숫자제한이 전혀 없기 때문에 대학의 조별과제 단톡이나 회사의 TF팀 단톡처럼 금방 생겼다 사라지는 것들도 많다. 현재 카톡만큼 빠르고 정확하고 많은 사람들이 이용하는 커뮤니케이션 방법도 없기 때문이다. 효율 하나는 죽여준다. 물론 대체제로 네이버의 라인LINE이 있긴 하지만, 그건 우리나라보단 일본 같은 해외에서 더 잘나가는지라…

문제는 카카오톡의 이 장점들은 단점이 될 수도 있다는 것. 일단 카카오톡은 실시간 메신저라, 한 번 뱉은 톡은 되돌릴 수가 없다. 데이터 연결만 원활하다면 톡을 보내는 데에 0.1초도 걸리지 않기 때문이다. 사람은 0.1초 동안 본인이 단톡에 잘못 보낸 메시지를 인식하고 재빨리 휴대폰의 데이터 전원과 주위의 모든 와이파이 전원을 꺼서 전송을 취소할 수 있는 능력이 없다. e-메일은 보내고 나서 상대방이 읽지 않은 상태라면 전송 취소가 가능하지만 카톡은 아니다. 그냥 뱉으면 끝이다. 생각해보면 메시지 주제에 존나 현실적이다. 한 번 내뱉은 말은 쏘아진 화살처럼 되돌릴 수 없음을 가르쳐 주기라도 하려는 것일까? 아마 아닐 거고 그냥 별 생각 없이 만들었는데 이 지경이 됐을 가능성이 크다. 어쨌든 중요한 건 지금 이 순간에도 많은 사람들이 단톡방을 혼동해 심각한 멘탈 쇼크를 겪고 있다는 거다.

작금의 현실 속에서, 우리의 카톡 목록에 떠있는 단톡방들은 매일 사람들의 소식을 직간접적으로 전달해주니 사실상 SNS나 다름없다. 아니, SNS보다도 훨씬 고차원적인 존재일지도 모른다. 우리가 페이스북이나 인스타그램에 올리는 말들은 최소한 어느 정도의 필터링은 거친 후에 타임라인에 올라가는 데, 카톡은 그냥 대화목록이다. 거기다 실시간이다. 새로고침도 필요없다. 알아서 알람이 뿅뿅 뜨니까. 다른 SNS들보다도 더욱 생활밀착형이다. 생각해 봐라, 하루에 페이스북 보는 횟수가 많은지, 카카오톡을 보는 횟수가 많은지. 물론 예외라는 건 항상 있을 수 있겠지만, 횟수로만 따지면 대부분 후자일 것이다. 모두가 궁금해 하는 차세대 SNS는 이미 단톡방이라는 형태로 나와 있는 것일지도 모르겠다. 와 방금 나 완전 전문가 같았네ㅋ 개쩔탱ㅋㅋ.

미국의 개간지 흑형, 윌 스미스는 SNS에 대해 이런 말을 한 적이 있다. "나는 14살 때 존나 병신이었다. 근데 그때는 페이스북도 트위터도 없던 시절이라 나는 적어도 은밀하게 병신이었다." 반대로 말해 온 갖 SNS 사이에 둘러싸인 지금은 많은 사람들 앞에서 병신으로 낙인찍히는 게 아주 쉬워졌다는 거다. 유병재의 말이 맞다. 점점 좆병신이 살기 힘든 세상이 오고 있다. 불알친구들의 단톡방과 회사 공지 단톡방을 착각해서 회사 공지 바로 아래에 불알친구에게만 줄 수 있는 나의 소중한 컬렉션 링크를 띄운다면 그날로 퇴사하고 바로 정신과 상담을 받아야할지도 모른다.

돌이킬 수 없음에 대한 본능적 공포… 사실 이것은 카카오톡의 구조상 어쩔 수 없는 것이기도 하다. 사람은 누구나 대인관계를 여러 카테고리로 나눈다. 그리고 카테고리에 따라 다른 말투와 행동을 한다. '가족들 중에서의 나', '고등학교 동창들 사이에서의 나'와, '대학교 동기와 선배들이 모두 모여 있는 곳에서의 나'는 모두 다른 인격이다. 그런데 그걸 카카오톡이라는 '처좁아터진' 작은 화면에 다 연결을 시켜놨으니, 착오가 생기지 않으면 그게 오히려 이상한 일일지도 모른다. 카카오톡이 의도했든 의도하지 않았든 간에 이놈들 덕택에 사람들은 오프라인에서나 쓰던 가면을 온라인 환경 속에서도 쓰게 됐다. 가장 사적이라고 생각됐던 공간에서조차 이젠 벗을 수 없는 가면, 페르소나. 무엇이 진짜 모습일까, 무엇이 진짜 나일까. 수많은 단톡방 사이에서 더 수많은 가면들이 부유한다. 가면극이다.

노엘 갤러거
Noel Gallagher 1967. 5. 29 ~

군대

나 군대 아직 안 갔다 왔다. 군대 얘기는 한 적도 잘 없고 (그야 안 갔다 왔으니까) 내가 갔는지 안 갔는지에 대해서 언급조차 한 적이 없는데 사람들이 다 나를 군필자로 알고 있어서 좀 당혹스러웠다. 아마 글을 존나 꼰대처럼 써서 그런 것 같다. 진짜 군대에 갔다 오면 더 꼰대가 되어 있을지도 모르겠다.

솔직히 말해서 우리나라에서 20대의 건장한 청년으로 사회에 부대껴 산다는 것은 정신적 스트레스가 쩌는 일이다. 좀 나이 들어 보이거나 중후해 보이는 인상이라면 '당연히 갔다 왔겠지…'하고 얘기도 안 꺼낼 텐데, 난 얼굴이 워낙 좆밥처럼 생겨서(어려보이는 것과 좆밥처럼 생긴 건 다르다. 나는 후자다) 사람을 처음 만날 때마다 허구한 날 군대에 아직 갔다 오지 않았다는 사실을 자백해야 한다. 그리고 나면 '그럼 언제 가실 건데요?' 같은 질문이 항상 따라오는데, 거기서 난 아무 이유 없이 국방의 의무를 질질 끄는 병신이 되지 않기 위해서 내 비전과 꿈을 대략적으로 설명하며 군대를 나중에 가야 할 당위를 얘기해주어야 한다. 존나 피곤하다. 이거 얘기해주는 게 뭐가 피곤하냐 할 수도 있겠지만 똑같은 말을 몇 달 동안 수십 번씩 반복하다 보면 안 빡치는 게 이상한 거다.

그래서 군대를 언제 갈 거냐? 지금 정해진 건 아무것도 없지만 내 생각엔 아마 20대 후반에나 가지 않을까 싶다. 사실 꿈이니 비전이니 거창한 이유는 없고 그냥 일찍 갔다 올 필요성을 못 느껴서다. 만나는 사람들마다 '그래도 군대는 일찍 갔다 오는 게 좋지'라고 하는데, 나는 그게 좀 이해가 안됐다. '그래도'라는 엉터리 이유로 인생의 2년을 20대 초반에 투자하는 건 너무 성급한 결정 아닌가. 물론 나이 먹고 군대를 가면 나보다 나이가 어린 고참들의 명령을 들어야 한다는 불이익 정도는 있다. 장유유서가 인생의 존나 큰 가치인 사람이거나 자아가 아주 강한 사람이라면 이걸 못 버틸 테니 일찍 들어가는 게 좋을 것 같기도 하다. 그런데 나는 딱히 나이가 많고 적은 게 중요하다고 생각하지도 않고, 내 자아와 자존심 같은 건 이미 바닥을 뚫고 지구 내핵으로 가고 있기 때문에 상관없다. 뭣보다 군대는 나이가 아니라 계급으로 통제되는 사회 아닌가(잘 모르고 지껄인 말이다. 미필이라⋯)? 계급이 높은 사람 말을 듣는 게 맞는 거지. 난 상관없다.

그렇다고 아예 아무 생각 없이 나중에 가야겠다는 건 아니었다. 나도 사람인데 생각은 하겠지 당연히. 일단 지금 나는 본의 아니게 사람들의 관심을 꽤 많이 받고 있다는 거. 사실 요즘 세상에 관심이라는 걸 한 번 받기는 쉬워도 지속적으로 받는다는 건 쉽지 않다. 그런데 우연히도 나는 그걸 1년 가까이 해내고 있고, 덕분에 젊은 나이에 책을 여러 권 내며 크고 작은 회사와 함께 일 해보는 특별한 기회도 얻었다. 그런데 과연 이게 2년 간의 공백 후에도 유지가 될까 하고 묻는다면, 내 생각에는 아니었다는 거. 나는 잘 알고 있다. 뜨는 건 쉬워도 잊혀지지 않는 건 어렵다. 지금의 세상과 2년 후의 세상은 존나 다를 것이다. 그때쯤이면 페이스북이 반쯤 망해있을 지도 모르는 것이다. 싸이월드가 그랬던 것처럼. 영원한 건 아무 것도 없다. 지구조차 영원하지 않은데 페이스북이 영원할 리가 있겠냐고.

그래서 내 결정은 기회가 왔을 때 잘 살려보자는 거였다. 이만큼 큰 기회를 내 나이에 잡기란 정말이지 쉽지 않은 일이고, 이게 어쩌면 내 인생의 마지막 기회일지도 모른다는 생각이 들었다. 지금 군대를 가서 이 기회를 놓친다면 평생 후회스러울 것 같았다. 그래서 군대를 안 갔다. 휴학을 하고, 일을 했고, 대학 1학년 때 지원해 합격했던 ROTC도 스스로 제적시켰다. 그리고 책을 썼다. 무엇보다 나 같은 흙수저는 군대 갔다 오면 정말 아무것도 없다. 부모님의 도움은 생각할 수도 없고, 난 아마 홀로 사회에 표류하게 될 것이다. 그런 건 싫었다. 아무래도 내가 군대에 가있더라도 지속적으로 돈을 벌 수 있는 수단이 필요

했다. 책은 그런 측면에서 많지는 않아도 한 번 내놓으면 일 년에 두 번씩 통장에 인세가 들어오니까, 최대한 책을 많이 쓰기로 했다. 그래서 지금 노예처럼 글을 써대고 있는 것이다. 왜 군대 리뷰에서 이런 얘기를 쓰고 있느냐 물어도 별 수 없다. 안 갔다 왔으니까 이런 얘기라도 해야지.

결정적으로, 내가 내세울 수 있는 유일한 장점은 인터넷 문화의 흐름을 잘 탔다는 것인데 지금 군대를 가버리면 이게 안 된다. 내 쥐꼬리만한 창의성이나 참새 눈곱 수준의 트렌디함 역시 철저한 규칙과 원칙에 따라 움직이는 군대에서 2년 동안 생활하고 나면 완전히 사라질지도 모른다. 그리고 내 판단에는… 국방부만큼 피드백이 빠른 국가부서도 없다. 군인의 복무환경은 해가 갈수록 좋아질 거 같다. 이왕이면 좋은 게 좋은 거 아니겠는가.

솔직히 말하면 나는 대학교 초기부터 지금까지 정도의 차이만 있었다 뿐이지 계속 조울증 내지 우울증을 겪어왔고, 지금도 정신과에서 약을 처방받아 매일 아침 먹고 있다. 이 사실이 군대 생활에 적응하기 굉장히 어렵다고 판단된다면 아마 국방부 퀘스트를 다른 형태로 해결하게 될지도 모른다. 지금은 일단 많은 변수를 생각하고 있다. 현역이든, 카투사든, 의경이든, 상근예비역이든, 공익이든. 뭐가 됐든 때가 되면 나는 나라에서 내게 요구하는 의무를 충실히 수행할 생각이다. 형태가 좀 다를 뿐이지, 다들 나라를 위해 힘쓴다는 건 같지 않은가.

한편, 내 얘기를 정리하고 좀 진지한 얘길 하자면, 나는 미필이라서 군대가 우리나라 사회에 미치고 있는 영향을 제3자 입장에서 오랫동안 봐왔다. 여기서 '안 갔다 온 놈이 뭘 안다고 군대에 관해 논하냐?'라는 태클은 적절하지 않다. 나는 군대에 관해 논하는 게 아니라 대한민국에서 군대가 우리 생활에 미치는 크고 작은 영향에 대해 말하려는 거니까. 우리나라는 휴전 중이고, 그래서 몇 십년 동안 징병제를 유지해 왔다. 군대는 신체 건강한 성인 남자라면 다 갔다 와야 하는 곳이다. 그런데 우리나라는 기본적으로 남초다. 그럼 대충 생각해도 우리나라 절반에 가까운 사람들은 군대 경험이 있다는 말인데, 이게 사회에 영향을 미치지 않았다면 그야말로 미친 소리일 것 같다.

내 생각에, 우리나라가 찢어지게 못살던 50~60년대에서 지금의 수준으로 올라올 수 있었던 건 군대가 아주 큰 역할을 했다고 생각한다. 우리나라는 삼면이 바다고 북쪽은 휴전선이며 중동처럼 석유가 펑펑 나오지도 않고 나라에는 돈도 없었다고 배웠으니 이 모든 것은 오로지 우리나라 '사람'들의 업적이라고 보아도 무방할 것이다. 세간의 말을 빌리면 군대라는 건 '까라면 까는 곳'이다. 수년 간 군대라는 곳에서 훈련을 받은 후 사회로 나온 우리 조부모~부모님 세대는 까는 것만큼은 전 세계에서 가장 뛰어난 사람들이었다. 그래서 많은 걸 까셨다. 까라고 해서 서울-부산을 잇는 도로도 깔았고, 포항에 짱 큰 제철소도 깔았다. 이 방식이 나쁘다는 게 절대 아니다. 그 시절에는 정말 '사람'밖에 없었고, 없는 정신력이라도 끌어 모아 뭐든지 해야 했던 시대였으니까.

문제는 지금이 2015년이라는 거다. 까라면 까는 시대도 아니고, 사회도 아니다. 사람들 역시 아니다. 그런데 까라면 깠던 우리 부모님 세대들은 이걸 이해할 수 없다. '왜 요즘 애들은 시킨 대로 안 하지?' 그냥 시대가 바뀌었다고 말씀드리고 싶다. 아마 혼란스러울 것이다. 차가 바뀌고 건물 모양이 바뀌고 휴대폰이 바뀌는 건 눈에 보여도 사람들의 생각과 가치가 변하는 건 보이지 않기 때문이다. 지금은 '정신력'으로 이겨낼 수 있는 시대가 아니다. '안 되면 억지로 되게 하는' 사회도 아니다. 위에서 시키면 시키는 대로 다 하는 사람들도 아니다. '군인정신'으로 발전하기에 대한민국은 이미 너무 커버렸다. 군인정신으로 철과 도로는 만들 수 있어도 아이디어와 창조성은 만들 수 없다.

너희 사회 놈들은 항상 말이 많아
여긴 군대야! 까라면 까는 곳이지.

1인분의 삶

그런데 여전히 우리 사회 곳곳에는 묵은 때가 잔뜩 낀 군인정신이 이상한 형태로 존재한다. 쓸데없이 권위적인 대학교 선후배 문화, 가부장(특히 군기가 심한 군대나 군 간부 출신의) 중심으로 군대식 서열이 나눠지는 가정, 사내의 많은 부조리에도 부하직원은 아무 말 할 수 없는 직장생활 등. 찾아보면 정말 많다. 물론 시대가 변했기에 점점 눈에 띄게 나아지고는 있지만, 여전히 대학교 똥군기나 가정불화와 폭력 및 상명하복식의 기업문화는 사회문제로 꾸준히 대두되고 있다는 점을 알아줬으면 한다. 나아지고 있을 뿐 뿌리 뽑히지는 않았다. 북한은 김씨 왕조가 3대째 이어지고 있고, 때문에 우리나라에는 건장한 군인들이 계속 필요하다.

군대를 갔다 온 것은 분명 자랑거리다. 신체 건강한 남성이라는 것, 그리고 2년 동안 사회에서 격리된 환경 속에서 용맹하게 나라를 지켰다는 것, 모두 자부심을 가질만한 일이다. 그런데 그게 '나와 같은 군대를 다녀오지 않은' 사람들을 비난할 근거가 되지는 못한다. 자부심이되 콤플렉스가 되어선 안 된다. 옳지 않은 방법으로 병역을 기피한 사람을 정당하게 비판하는 것은 옳다. 당연하지, 그건 불법이니까. 그런데 군대도 안 가면서 애도 안 낳는다며 여자를 공격하는 건 병신 같은 짓이다. 군대는 의무고 출산은 권리다. 이 둘은 애초에 비교가 불가능하다. 차라리 여자도 남자처럼 군대를 의무화 하거나, 몇 주간 기초 군사훈련 정도는 받도록 하자는 주장을 하는 게 훨씬 일리 있다.

심지어 정상적으로 병역을 해결한 사람들끼리도 급을 나누고 서로

헐뜯는다. 군대가 같이 힘을 합쳐서 나라 지키자고 가는 거지, 개병대니 땅개니 좆공익이니 저들끼리 싸우라고 가는 게 아닐 텐데… 살면서 사람이 이룰 수 있는 수많은 일과 가치들이 있는데, 남자라면 대부분 다 갔다 오는 군대를 유일한 자존심으로 삼는 건 같은 남자 입장에서 봐도 존나 없어 보인다는 것만 알아줬으면 좋겠다. 나라는 지키되 군인 정신은 군대에 놓고 사회로 돌아왔으면 한다.

기본적으로 군대는 비합리적이고 비이성적인 공간이다. 사회의 별의 별 인간들을 다 끌어모아 놨으니 당연히 잘 적응하는 사람도 있고 적응을 못하는 사람도 있는 거다. 군인으로서 일하는 것이 즐겁다면 정말 군인이 되는 것도 좋다. 그런데 군대에서 적응 못하는 사람을 욕할 건 아니다. 군필자들이 미필자들에게 '너 군대 가면 많이 맞겠다' 하는 말 좀 그만 했으면 좋겠다. 까놓고 말해서 존나 병신 같다. 때리는 놈이 잘못이지 맞는 사람이 잘못인가? 여기서 '맞을만하니 맞았겠지' 하는 생각이 드는 사람이라면 다시 군대에 가길 바란다. 당신은 사회보단 군대가 어울리는 사람이니까. 병무청은 당신 같은 사람을 기다린다. 1588-9090.

게임

나는 게임을 좋아한다. 물론 대한민국에 사는 20대 남성이 게임을 싫어하기란 아주 어려운 일이다. 그래도 매니아 수준은 아니더라도 평균적인 사람들보다 게임을 더 좋아한다는 건 사실이다. 요즘은 먹고 살기 바빠서 자주 못하고 있지만 학창시절에는 정말 미친 듯이 게임을 했었다. 학생의 본분은 공부인데, 나는 딱히 공부를 안 했기 때문에 시간이 존나 많았다. 다른 애들이 학원 가서 삼각함수를 배울 때 나는 집에서 레이드를 뛰었으며, 방학 때에는 하루에 12시간은 기본에, 만 이틀 동안 잠도 안 자고 게임을 한 적도 있었다. 이러다 정말 죽을지도 모른다는 생각이 들 정도로 했다. 내 성격이 이 모양인 건 다 어렸을 때 공부 안하고 게임 많이 해서 그렇다. 부디 이 책을 보는 청소년 여러분이 있다면 게임이나 스마트폰 말고 공부와 책(이런 책 말고)에 집중하길 바란다. 나처럼 되지 않으려면… 아 시발 눈에서 왜 땀이 나지 자꾸.

군이 구질구질한 변명을 하자면, 집에 돈이 없어서 그랬던 것 같다. 돈이 있는 집은 아이를 집에서 쉬게 하지 않는다. 영어학원, 수학학원 등을 존나 뺑뺑이로 돌리면서 공부시킨다. 생각해 보면 당연하다. 보습학원 보내는 데에는 기본 월 40만원이 들지만, PC방 가는 데에는 한 시간당 겨우 500원이었으니까(진짜다). 물론 학원 다니는 애들도 어찌어찌 시간을 내서 게임을 하긴 했지만, 기본적으로 하루에 6시간은 연속으로 돌리는 나 같은 병신을 이길 순 없었다. 공부를 안 하니 게임을 계속하게 되고, 성적 차는 벌어지고, 공부에는 아예 손을 떼서, 더더욱 게임에 중독되는. 전형적인 저소득층 청소년의 좆망 테크트리였다. 아마 지금은 더 심할 것 같다. 그나마 나 때에는 게임이 있을 뿐 스마트폰은 없었다.

그럼에도 불구하고, 많은 사람들이 게임을 원래 할 일(공부, 일)을 제쳐놓고 해서 문제인 것이지 게임 자체는 아주 좋은 미디어 콘텐츠다. 모든 일을 끝내놓고 여가시간에 프리하게 하는 게임은 신이 허락한 마약 같은 것이다. 게임의 종류에 따라 다르겠지만, 어떤 연구 결과에 따르면 게임을 한 시간 하면 집중력과 공간지각력이 올라가며 스트레스가 크게 해소된다는 얘기가 있었던 것 같다. 사실 뭐든 적정선만 지키면 아주 건전하게 즐길 수 있다. 대부분 그게 안 될 뿐이다.

지옥으로 가는 문.jpg

기억 상으로 내가 접한 최초의 컴퓨터 게임은 〈라이덴〉이었다. 컴퓨터 처음 사면 기본적으로 깔려있는 그 비행기 게임. 오락실에 있던 〈1942〉와 비슷했지만 달랐다. 빨간색, 파란색, 보라색의 세 가지 탄약이 있었는데, 아마 보라색이 제일 짱짱이었던 것 같다. 그 다음은 〈스카이〉라는, 도스Dos 환경에서 명령어를 몇 개 치면 나오는 게임이었는데, 미니카 같은 걸로 점프해 발판을 계속 통과하는 게임이었다. 근데 나는 명령어 입력을 할 줄 몰라서 매번 아는 누나에게 부탁을 했었던 기억이 난다. 한두 번은 그냥 쳐줬는데 자꾸 부탁하니까 화를 내면서 해줬다. 이왕 해줄 거면 그냥 해줄 것이지 왜 화를 내지… 생각해 보니 츤데레였던 것 같다.

그 다음은 〈환세취호전〉이었다. 알 사람은 아마 알 것이다. 일본의 게임회사인 컴파일에서 만들었던 아케이드 게임인데, 지금은 망한 회사다. 용케 그 시절에 한글화가 되어서 나왔다. 솔직히 말하면 이건 지금 해도 정말 재미있는 게임이다. 호랑이와 고양이 그리고 개를 모티브로 한 캐릭터들을 육성해가며 스토리를 진행하는데, 숨겨진 요소가 많아 다 클리어 하고도 몇 번이나 다시 했었다. 게임성, 스토리, 아이디어 모두 기발하기 짝이 없는 게임. 옛날 게임이라 사운드의 한계도 있었을 텐데, 음악도 개좋았다. 그런데 이 게임을 내고 얼마 못가 컴파일 한국 지사는 망했다. 어떤 회사가 망하든 말든 딱히 상관은 없지만. 음⋯

그렇게 여러 게임을 거쳐 가다가, 온라인 게임을 시작했다. 그때 그러지 말았어야 했는데⋯ 가장 먼저 접하게 된 게임은 〈바람의 나라〉였다. 그때는 아이디 양 옆에 'zz' 'xx'나 'S2' 같은 걸 넣는 게 유행이었다. 그래서 나도 아이디를 'zz지존zx' 같은 걸로 했던 기억이 난다. 항상 난 온라인 게임은 전사로 시작하는 버릇이 있다. 그때도 그랬다. 그런데 얼마 못가 후회했다. 내가 다람쥐를 목도로 존나 패서 잡고 있을 때 주술사를 한 놈들은 얼음덩어리 같은 걸 떨어트리며 소를 잡았으니까. 존나 박탈감이 느껴지긴 했지만 진득하게 전사를 키웠다. 그런데 레벨 20이 되니 갑자기 게임을 할 수가 없었다. '시발, 이게 뭐지?' 너무 당혹스럽고 어이가 없었다. 열심히 키운 캐릭터가 레벨 20이 되니까 플레이를 할 수 없다니? ⋯놀랍게도 그 때의 〈바람의 나라〉는 유료게임이었다. 〈월드 오브 워크래프트〉나 〈아이온〉같이 플레이하기 위해서 일단 돈부터 내야하는 거. 그런데 바람의 나라는 레벨 20때까지는 무료로 플레이할 수 있게 하다가 그때부터 돈을 내지 않으면 못하게 했던 것이다. 그런데 그때의 내가 무슨 돈이 있어서 유료게임을 질렀겠는가. 그냥 돈 안내고 계속했다. 1부터 20까지 전사 키우고, 다시 만들어서 주술사를 20까지 키우고, 또 다시 만들어서 도적을 키우고… 그 짓거리를 몇 달 하다가 접었다. 넥슨은 그때부터 시발놈이었던 것 같다.

그 다음에 하게 된 게임은 〈디아블로2〉였다. 오 시발, 이건 내 인생 최고의 온라인 게임이었다. 그때의 디아블로는 존나 혁명이었다. 얼마 전까지 바람의 나라에서 다람쥐, 소, 돼지나 잡으면서 갑자기 자신감 충천해 말한테 덤볐다가 3초 만에 죽고 그랬었는데, 디아블로에선 짱쌘 근육질 바바리안이 돼서 개쎄보이는 악마들을 마구 때려잡았으니 당연한 충격이었다. 디아블로 특유의 으스스한 분위기, 화려한 스킬들과 탄탄한 액트Act 그리고 카우방 등의 숨겨진 요소들이 나를 〈디아블로2〉에 하루 종일 몰두하게 했다. 한 번은 돈이 없어서 외상으로 12시간을 PC방에서 디아블로를 했다가 빗자루로 죽도록 얻어맞기도 했다. 그 와중에도 12시간 게임하고 몇 대 맞는 걸로 끝나면 나름 이득이라고 생각했던 걸 보면 난 그 때 철이 없었던 게 아니라 그냥 평범한 미치광이였던 것 같다.

뭣보다 〈디아블로2〉를 최고의 게임으로 만든 건 유저들이었다. 당시 Asia서버에는 한국인 유저가 대부분이었는데(스타도 그렇다), 지금 생각해보면 유저들의 매너와 수준이 엄청나게 높았던 것 같다. 예컨대

'Act1-5 please'라는 이름의 방을 만들면, 레벨 90대의 고렙유저가 들어와 몇 시간을 들여 초보들을 일일이 서포트해주면서 스토리를 몽땅 깨준다. 심지어 아이템도 그냥 줬다. 그냥 잡다한 아이템이 아니라, 정말 귀한 유니크 아이템들까지도. 그리고 나선 '수고하셨어요ㅎ 즐디아하세요 화이팅!' 이라고 말하면서 깔끔하게 사라지는 것이다. 생각해보면 진짜 놀라운 일이었다. 게임에서 유저들은 대부분 초면이고, 얼굴조차 보이지 않는 상황에서 아무 대가없이 몇 시간 동안 도와주고, 아이템까지 던져주고 나간다니. 더욱더 대단한 건 그렇게 도움을 받으며 어느새 고렙 유저가 된 나 역시 초보들을 도와주곤 했었다는 것이다. 그리고 또 그게 그 다음 유저들로 이어지고… 그야말로 진정한 노블레스 오블리주, 내리사랑이었다. 장담컨대 우리나라 사회가 그때의 〈디아블로2〉처럼만 굴러가도 지금보다 훨씬 행복할 것이다.

게임을 하는 사람으로서 가장 아쉬운 건, 요즘에는 이런 모습을 보기가 아주 힘들다는 점이다. 무한경쟁사회에서 게임 역시 경쟁이 돼버린 걸까? 남보다 잘하지 않으면 의미가 없고, 이기지 못하면 화가 나고 스트레스를 받는다. 소위 롤이라고 부르는 그 게임은 이미 부모님 안부를 가장 많이 알게 되는 게임으로 유명하다. 꼭 롤이 아니더라도 게임이 잘 풀리지 않으면 처음 보는 사람에게도 다짜고짜 욕을 하고, 혼자 암에 걸리거나 야마가 돈다. 생각해보면 정말 이상한 일이다. 게임의 본질은 즐기려는 거다. 근데 왜 스트레스를 받으며 게임을 하는지 모르겠다. 프로게이머가 아닌 이상 이긴다고 돈 버는 것도 아닌데.

1인분의 삶

물론 고통받으면서 게임하는 게 즐거운 변태라면 할 말은 없다.

나는 PC방을 안 가고 집 컴퓨터를 업그레이드 했다. 모니터도 바꿨다. 난 이왕 게임할 거면 집에서 하는 게 좋다. PC방은 담배냄새도 나고, 사람도 붐비며, 툭하면 욕이나 비명소리가 들리는 데다 잘못하면 못된 고등학생 형들에게 돈을 뺏길 수도 있기 때문이다. PC방은 제3자의 입장에서 봤을 때 썩 멋진 장소는 아니다. 분명 게임은 즐거운 건데, PC방에 있는 사람들은 대체로 혼이 나가있거나 개빡쳐있거나 둘 중 하나다. 법이 개정됐는지 PC방에서 담배를 못 피게 하니까 바깥에 나가서 뻑뻑 피고 돌아와 다시 키보드를 두드린다. 영 분위기가 좋지 않다. 솔직히 말해 무섭다. 나는 워낙 잘 쫀다.

즐겁고 흥미로워야 할 게임이 어째서 발암과 고혈압 발병의 주원인이 되었을까. 내가 봤을 때는 우리나라 게임사들에게 7할 정도의 책임이 있다. 절대 넥슨이나 넥슨한테 악감정이 있어서 하는 말이 아니라 진심이다. 모바일이든 PC든, 우리나라 게임사들은 더 이상 멋지고 훌륭한 게임을 만들려 하지 않는다. 대신 돈을 많이 벌 수 있는 게임을 만든다. 그래픽은 발전했을지 몰라도 게임성은 옛날만 못하다. 이해는 할 수 있다. 게임 하나를 개발하는 데 수백억이 드는데, 회사와 주주의 입장에선 수익성이 없는 게임은 만드는 의미가 없기 때문이다. 그렇게 만들어진 게임들은 유료 아이템과 서비스에 가장 큰 공을 들인다. 수시간 점검을 통해 대규모 업데이트를 하지만, 추가된 콘텐츠보다 추가된 유료 아이템이 더 많다. 우리나라 게임사에게 업데이트란 그냥 새로운 상품을 입하하는 과정인 것만 같다.

어찌 보면 당연한 귀결일지도 모른다. 게임시장은 예전의 수십, 수백 배로 커졌고, 많은 사람들이 즐기는 게임은 돈이 된다. 규모가 커지는 건 곧 상업화 된다는 걸 의미한다. 게임의 퀄리티는 아주 높아졌지만, 마찬가지로 게임의 가격 역시 높아졌다. 높은 퀄리티의 게임을 공짜로 플레이한다는 게 오히려 도둑놈 심보일지도 모른다. 그래도 나는, 게이머의 입장에서 돈 없이는 플레이 할 수 없는 게임들만 나오는 게 슬프다. 정말 멋지고 훌륭한 게임이라면 몇 만 원이든 주고 살 의향이 있는데.

그래서 온라인 게임보다 혼자 콘솔 게임을 하는 빈도가 높아졌다. 요즘은 밸브에서 지원하는 게임 판매 플랫폼 '스팀Steam'에서 직접 돈을 주고 사서 게임을 한다. 최근에 했던 건 〈엘더스크롤 5 : 스카이림〉이나, 〈GTA5〉, 〈바이오쇼크 인피니트〉 같은 게임들. 하나에 60달러씩 하는 비싼 게임들이지만, 돈이 아깝다는 생각은 들지 않았다. 게임을 하면서 정말 즐겁고 행복했기 때문이다. 글을 쓰다 스트레스를 받을 땐 이 게임들을 하면서 머리를 식혔다. 덕분에 많은 영감을 얻었다. 이 책 Thanks to에 저 게임들 이름을 써도 무방할 정도다.

나는 진정으로 〈GTA5〉 같은 게임이 우리나라에서도 나왔으면 좋겠다. 대한민국은 그럴 능력이 있다. 안 하고 있을 뿐이지. 솔직히 우리나라는 게임 존나 잘 만든다. 돈 되는 것만 만들 뿐이지. 게임사들에게 부탁하고 싶다. 게임을 돈벌이가 아닌 하나의 문화로 봐주었으면 한다. 돈을 생각하기 전에, 게임사가 먼저 게임 문화에 대한 존중을 해주었으면 한다. 오늘날의 게이… 아니, 게이머들은 멋지고 재미있는 게임에는 얼마든지 돈을 지불할 의사가 있으니까. 앞으로 좋은 게임이 더 많이 나왔으면 좋겠다. 모두다 즐겜했으면 좋겠다.

※ 아래는 내가 추천하는 게임들이다. 살면서 반드시 한 번씩은 해봐야하는 게임들이므로, 게임을 접하려는 사람이라면 꼭 플레이 해보길 바란다.

- 엘더스크롤 5 : 스카이림 The Elder Scrolls 5 : Skyrim
- 바이오쇼크 시리즈 Bioshock Series
- GTA 5 Grand Theft Auto 5
- 포탈 1,2 Portal 1,2
- 콜 오브 듀티 : 모던 워페어 시리즈 Call of Duty : Modern Warfare
- 슬렌더맨 SLENDER : The Eight Pages
- 유로트럭2 Euro Truck Simulator 2
- 치타맨 Cheetahmen
- 듀크뉴켐 포에버 Duke Nukem Forever
- 빅릭스 Big Rigs : Over the Road Racing

알레르기

나는 전반적으로 감각이 둔한 편이다. 파오후 쿰척쿰척 돼지라서 거동이 어렵거나 운동능력이 심각하게 떨어진다는 뜻이 아니라 몸의 변화에 대해 무지하고 무심하다는 얘기다. 예컨대 농구를 하다 손가락이 꺾여서 왼손 약지의 중간 마디뼈에 금이 갔는데 그걸 1달 동안 신경도 안 쓰고 멀쩡하게 살다가 갑자기 뻐근해서 정형외과에 가 X-ray를 찍어보고 나서야 알게 됐다거나, 감기몸살이 걸렸는데 그냥 어지러운 걸로 착각해서 일상생활을 이어가다 다음날 갑자기 뻗고 링거액을 맞으러 간다거나… 몸이 강해서 그런 건 아니고, 굳이 따지자면 약한 편인데도 불구하고 내 몸 자체에 관심이 별로 없다 보니 아픈 걸 잘 인지하지 못한다. 아마 이러다 금방 죽지 않을까 싶다.

기본적으로 나는 병원 가는 걸 좋아하지 않는다. 의사가 불친절하다거나 사람을 만나는 게 무섭다거나 엉덩이 까서 주사 맞는 게 무섭다거나 하는 이유는 아니고, 단순히 귀찮기 때문이다. 병원에 왔다갔다하는 시간에 차라리 게임 한 판을 더하겠다는 이상한 근성이 있어서… 그런데 그날은 아침부터 유난히 심했던 것 같다. 코가 막히고 콧물은 질질 샜고, 시도 때도 없이 재채기가 나왔다. 덕분에 도저히 뭔가를 할 수 없는 수준에 이르자 나는 병원에 가기로 했다. 다행히 근처에 병원과 약국이 몰려있는 상가가 있어서 이비인후과를 찾는 데에는 그리 오랜 시간이 걸리지 않았는데, 그때까지만 해도 나한테 알레르기가 있는 줄은 꿈에도 모르고 있었다.

내가, 내가 알레르기라니!
이게 무슨 소리야!

아침에 일어나자마자 재채기가 겁나 나온다, 코도 엄청 간지럽고 콧물도 많이 나오고 죽겠다. 유난히 아침에 일어날 때가 심하다… 찔찔거리며 의사 선생님한테 증상을 잔뜩 말했더니 아마 알레르기가 있는 것 같다고 하셨다. 어… 뭐? 알레르기?

고등학교 시절, 나는 돈이 생길 때마다 거의 매일 매점에 있는 땅콩버터 샌드를 사먹곤 했는데, 한번은 교실에 들어와서 옆자리 앉은 친구에게 반을 뜯어서 줬더니 기겁을 하는 것이었다. 많지도 않은 용돈으로 산 빵을 큰맘 먹고 나눠줬더니 그런 반응이 나와서 좀 어이가 없고 화도 났었는데, 알고 보니 그 친구는 땅콩 알레르기가 있다고 했다. 땅콩뿐만 아니라 몇몇 견과류에는 다 비슷한 반응이 와서 죽을 수도 있다고. 나는 그 얘기를 듣고 '크흑… 나는 그런 줄도 모르고… 미안해 친구야…' 라는 생각보단 '뭐야… 얼마나 면역력이 구리면 땅콩도 못 먹지? 진짜 불쌍하다 존나 맛있는데ㅋ'라는 생각이 먼저 들었다. 그래서 알레르기가 없는 순수한 화이트 퓨어같은 인간으로 태어나서 정말 다행이라고 생각했었는데.

'알레르기인 것 같다'라는 의사선생님의 말에 충격을 먹고 잠깐 옛날 생각을 떠올렸던 나는, "그럼 의사선생님… 저는 앞으로 땅콩을 못 먹는 건가요?"라고 물었다. 지금 생각해보면 정말 병신같은 질문이었다. 의사선생님은 나를 1초 정도 당황과 어이없음이 섞인 표정으로 보더니 "알레르기가 땅콩 알레르기만 있는 게 아니구요, 여러 가지가 있습니다. 오늘 그걸 검사해볼 거예요. 나가서 기다리고 계시면 간호사가 부를 겁니다"라고 하셨다. 그래서 나는 대기실에서 충격에 휩싸인 표정으로 멍을 때리다 알레르기 검사를 하게 됐다.

　나는 무슨 거대한 기계를 이용한 첨단 방식으로 검사를 하는 줄 알았다. 피를 뽑아서 원심분리 같은 것으로 DNA니 유전자를 빼내서 보고 그걸 토대로 무슨무슨 알레르기가 있다! 하는 식인 줄 알았는데(보면 알겠지만 잘 모르고 지껄인 것이다. 나 문과임) 전혀 아니었고, 팔에 사인펜으로 동그라미를 20개 정도 그리더니 항원이라는 액체를 한 방울씩 떨어트리고 15분 동안 반응을 지켜보는 방식이었다. 생각보다 멋도 없고 원시적인 방법이라 아주 조금 실망했다.

　문제는 이 알레르기 검사 방식이 원시적일 뿐만 아니라 존나게 가렵다는 것이었다. 알레르기가 없어도 간지러울 수는 있다고 했는데, 20군데가 가렵기 시작하니 긁을 수도 없고 죽을 지경이었다. 긁고 싶은데 결코 긁을 수가 없는 상황. 난 이런 게 싫다. 뭘 하고 싶은데 못하는 거. 뭐 솔직히 말하면 엄청 고통스러웠다거나 진짜 죽을 만큼 참기가 힘들었다거나 그런 건 아니었는데 되게 신경쓰일 정도로만 간지러워서 더 짜증이 났다. 휴대폰이라도 만질 수 있었으면 그나마 나았을 텐데 양팔에 검사를 해버려서 뭘 할 수도 없었다. 기분 나쁜 가려움에 모든 감각이 집중되다보니 더 빡쳤던 것 같다.

　길고 길었던 15분이 끝나고 항원들을 휴지로 닦아냈는데, 한쪽만 유난히 모기 물린 것처럼 부어있는 것을 발견했다. 겁나 가려웠지만 간호사 분이 긁으면 안 된다고 단호하게 말했다. 내가 좀 짜증이 나서

"왜요"라고 약간 투정 섞인 말투로 되물었더니 정말 긁으면 죽여버릴 거니까 귀찮게 하지 말라는 눈빛으로 쏘아보고는 가버렸다. 시발… 못 긁어서 죽나 긁어서 죽나 똑같은 거 아닌가? 의사선생님은 팔 상태를 보더니 무심한 듯 시크하게 "어… 집먼지 진드기 알레르기네요." 라고 말했다. 아니, 아무리 직업이라지만 그렇게 충격적인 사실을 아무렇지 않게 말하는 건 너무 하잖아요…

알고 보니 내가 알레르기 환자였다니! 《식스센스》, 《디아더스》도 이만한 반전은 없었다. 브루스 윌리스가 귀신인 것보다도 내가 알레르기

잘 알아두세요. 당신은 집먼지 진드기 알레르기입니다.

다시 말해 집 청소를 해야 한다는 것이오.

1인분의 삶

라는 게 더 큰 배신감이 들었다. 나는 처방전을 받으며 속으로 울부짖었다. '이게, 이게 무슨… 내가… 알레르기라 그 말인가…? 말도 안 돼! 말도 안 된다구! 흑흑… 집먼지 진드기 이 놈…!'

의사선생님이 알레르기란 게 근본적으로 완치가 불가능한 거라고 했다. 그냥 죽을 때까지 조심하는 수밖에. 특히 집먼지 진드기 알레르기 같은 경우에는 매일 아침마다 이불을 털고 집안에 먼지가 쌓이지 않도록 지속적인 청소를 해주어야 한다고 했다. 시발! 딴 것도 아니고 진드기 놈들 때문에 내가 청소를 하다니. 자존심이 상했다. 진드기보다 나는 열 배는 더 똑똑하고 5천만 배는 더 큰데. 그래서 약만 먹으면서 청소는 안했더니 증상이 가라앉지가 않았다.

결국 지금 나는 매일 아침마다 이불과 베개를 털고 끈적이는 테이프로 침대 매트리스를 청소하며 한 달에 두 번씩 침구 커버를 죄다 벗겨 정기적으로 빨래를 하고 있다. 결국 집먼지 진드기 놈들에게 굴복한 것이다. 나를 죽이지 못하는 시련은 나를 더욱 강하게 만들 뿐이라고들 하는데, 알레르기는 존나 아닌 것 같다. 당하면 당할수록 개빡치고 힘들다. 전혀 나아지지도 않고 발전도 없다. 내가 할 수 있는 건 오직 집먼지 진드기에게 매일 아침 무릎을 꿇고 삼보일배를 올리며 이불 청소를 꾸준히 하는 것 뿐… 차라리 땅콩을 안 먹었으면 안 먹었지 매일 일어나자마자 팔자에도 없는 청소를 하는 건 정말 귀찮고 짜증나는 일이다. 뭐… 덕분에 집의 먼지 같은 것들이 훨씬 적어지고 위생적으로 깔끔해진 것 같긴 하지만, 반강제적으로 깨끗해지고 있는 느낌이라 기분이 썩 좋지 않다. 이과 공대생들이 열심히 공부해서 빨리 알레르기 완치약을 만들어 줬으면 좋겠다. 진심 10만 원 정도는 낼 의향이 있으니까.

노(오)력

예전에 『아웃라이어outliers』라는 책을 읽은 적이 있다. 내가 이 책 이름을 자꾸 일본 만화인 『라이어 게임Liar game』이나 공포 콘솔 게임 〈아웃라스트Outlast〉와 혼동하는 걸 보면 젊은 나이에 벌써 치매증상이 온 것이 아닌가… 좀 걱정된다. 이 책에 나오는 가장 유명한 얘기는 '1만 시간의 법칙'. 이 책을 읽지 않은 사람들이라도 한 번쯤은 들어보았을 법하다. 나 같은 경우 고등학교 수학선생님이 툭하면 이 얘기를 꺼내며 '너네도 1만 시간 공부하면 수능 만점자가 될 수 있다!'라고 학생들을 독려했던 기억이 남아있다. 1만 시간이면 잠도 안 자고 숨도 안 쉬고 417일을 공부해야 하는데 왜 이 얘길 수능이 1년 남은 수험생들한테 하는지 이해는 할 수 없었지만.

여하튼 이 '1만 시간의 법칙'이라는 걸 간단히 설명하자면, 어떤 일이든 1만 시간 이상을 투자한다면 그 분야에서 장인의 수준에 도달할 수 있다는 얘기되시겠다. 눈에 확 띄는 '1만 시간'이라는 시각적 수치와, 노력하면 무엇이든 이룰 수 있다는 희망. 그리고 좌절감에 빠져있는 10대 20대들에게 다시 한 번 성취 욕구를 불어넣어 줄 수 있다는 점에서 이 '1만 시간의 법칙'은 수많은 강연과 자기계발서에 사골처럼 우려먹어졌다. 사실 까놓고 얘기하면 정말 좋은 얘기다. 타고난 조건, 재능과는 상관없이 뭐든 1만 시간만 투자하면 그걸로 돈을 벌어먹고 살 수 있다니… 그래, 이 세상은 노력하면 안 되는 게 없는 세상이다. 그래도 태어날 때부터 양반 상놈이 나눠지던 조선시대보다는 훨씬 나은 상황 아니겠느냐고. 적어도 '간절히 바라면 우주가 나서서 도와준다'던 『시크릿Secret』같은 불쏘시개보다는 몇 십배 정도 설득력이 있어 보인다.

그런데 이런 법칙이나 공식 같은 것들이 항상 문제가 되는 건 이론과 실제가 다르기 때문일 것이다. '1만 시간의 법칙'의 핵심은 정말 좋다. 딱히 나쁜 의도로 만들어진 게 아닐 것이다. 단 세상에 나왔다 사라진 수많은 페이퍼 플랜Paper plan들도 똑같았을 거다. 다 의도는 좋았겠지. 하지만 요즘 세상이 어떤 세상인가. 사람들이 좋게 의도한대로 세상일이 다 굴러간다면 분명 지금보다는 훨씬 밝은 세상이 됐을 것이다. 의도가 좋다고 결과도 좋지는 않다는 걸 너와 나와 우리는 아주 잘 알고 있다.

1만 시간일만 시간이 딱 네 음절로 이루어진 짧은 단어라서 잘 감이 안올 수도 있겠다. 위에서 말했다시피 1만 시간은 하루 24시간으로 나눗셈을 했을 때 417일 정도가 나오는데, 안타깝게도 사람은 기계가 아니라서 하루 24시간 동안 똑같은 집중력으로 똑같은 노력을 기울일 수 없다. 적어도 7~8시간은 충분히 숙면을 취해주어야 하고, 하루 세 끼 밥도 먹어야 하며, 볼일을 위해 화장실도 다녀와야 한다. 다치거나 아프지 않게 몸 관리도 해주어야 하며, 어두운 곳에 계속 처박아놓으면 정서불안이나 우울증에 걸릴 수 있기 때문에 자주 햇빛을 보게 하고 다른 사람과의 교류도 시켜주어야 한다. 한 곳에만 계속 머물러 있다 보면 답답함을 느낄 테니 가끔 머나먼 곳 여행도 가줘야 한다. 이쯤 되면 인간은 우주에서 가장 키우기 어려운 동물이다. 개나 고양이는 물론이고 아프리카 코끼리나 북극곰 키우는 것도 이보다 어렵진 않을 것이다.

　어쨌든 하루 24시간을 풀로 '노력'하는 데에 쓸 수 없다는 걸 얘기해봤다. 위에서 나열한 '인간다운 삶'의 최소 기준을 다 채운다는 가정 하에, 최대한 양보해서 하루 10시간은 내가 하고자 하는 '노력'에 시간을 쓸 수 있다고 해보자. 그럼 417일이었던 날짜는 이승환 노래 제목처럼 1,000일이 된다. 3년이 좀 안 되는 시간이다. 약 33개월. 2015년 현재 육군 현역병 복무기간이 21개월이라는 걸 생각해보면 어느 정도 시간인지 감이 올 것이다. 그럼에도 불구하고 여전히 절망적인 건 이것도 존나 양보를 많이 한 수치라는 거다. 멀리 갈 것 없이 그냥 스스로에게 물어봐라. 뭔가를 하루에 10시간 이상 꾸준히 1년이라도 해본 적이 있는지.

　조금만 더 현실적으로 얘기해보자. 1년 365일을 시간으로 환산하면 8,760시간이다. 취침 시간을 7시간으로 하고 싶지만 '요즘 세상에 누가 7시간이나 자냐? 노력이 부족하네'라고 할까봐 6시간으로 줄여보겠다. 그럼 1년 동안 잠자는 데 2,190시간을 쓴다. 또 우리나라 노동자들의 1년 평균 근무시간은 2,100시간인데(이거 OECD 2위다) 이걸 빼야 한다. 왜냐면 일반적인 사람이라면 일해서 돈을 벌어야 먹고 살 수 있으니까. 물론 이건 말 그대로 평균치이고, 야근과 주말 근무까지 하는 곳도 수없이 많지만 여기선 제외한다. 한편 출근하는 데 시간이 걸린다. 자가용이 있다고 가정하면 평균 출근시간은 40분가량인데, 주 5일 출근과 휴가를 고려하면 1년에 약 250일을 출근하므로 167시간 정도가 빠진다. 일 다 하면 집에 와야 하니까 퇴근시간으로 167시간을 또 뺀다. 밥도 먹어야 한다. 바빠 죽겠으니까 하루 세 끼를 다 합쳐 1시간 안에 먹는다고 치자. 그럼 또 365시간이 빠진다. 집안일도 해야 한다. 집에 파출부 아주머니가 항상 상주해 주시지 않는 이상 집안 청결을 위해 설거지도 하고 빨래도 하고 분리수거도 하고 음식물 쓰레기도 버리고 화장실 청소도 해야 한다. 물론 이것도 최소화시켜서 하루 1시간으로 친다. 또 365시간이 빠진다. 그리고 여가시간. 검색해보니 한국인의 평균 여가시간은 3.6시간이라고 나오지만, 양보해서 3시간으로 친다. TV를 보든 컴퓨터 게임을 하든 페이스북을 하든 유튜브를 보든 멍을 때리든 간식을 먹든 낮잠을 자든 모든 잡다한 일을 3시간 안에 모두 포함시킨다. 그럼 1,095시간이 빠진다. 어쨌든 이렇게 열심히 살면 1년 중 2,311시간 정도를 내가 하고 싶은 '노력'에 쓸 수 있다. 이 페이스로 1만 시간을 채우려면 약 4.4년(52개월 정도)이면 된다. 하루 동안 존나 바쁘게 살면서도 '노력'할 에너지가 남을 때의 얘기다. 물론 난 이렇게 살 바에야 여름날 따뜻한 한강물로 번지점프를 할 거지만.

솔직히 얘기하면, 1만 시간을 채우는 데에 4년 반 정도를 쏟아야 한다는 게 근본적인 문제는 아니다. 그냥 이건 내가 계산해보고 싶었을 뿐이다. 4년 반 정도를 고시공부 같은 곳에 써서 누구나 판검사나 고위공무원이 될 수 있다면 그래도 꽤 희망적이지 않은가? 인생은 존나 긴데, 그 긴 인생을 위해서 4년 반 정도 산송장으로 사는 것 정돈 괜찮은 선택일지도 모른다. 그런데, 노력에는 노력으로 극복할 수 없는 차이가 있다. 내가 좆빠지게 일하며 하루 6시간 노력할 때 누군가는 부모님께 넉넉한 지원을 받으며 10시간을 더 높은 에너지와 집중력으로 투자할 수 있다는 얘기다. 이 차이는 꽤 크다. 앞마당을 먹은 테란과 못 먹은 테란은 그냥 다른 종족 아닌가.

무엇보다도 우리나라는 대체로 비슷한 노력을 한다. 사시공부, 회계사공부, SSAT를 비롯한 취업공부, 뭐 그런 것들. 노력의 형태가 다 비슷비슷하니 1만 시간을 투자한다고 해서 내가 그 분야에서 성공할 거라고 장담할 수 없는 상황이 되어버렸다. 너도 나도 1만 시간을 똑같이 공부하면 그냥 상향평준화다. 아마 1만 시간 공부한 놈들을 이기기 위해 '1만 5천 시간의 법칙'이나 '2만 시간의 법칙' 같은 게 나올지도 모른다. 결국 노력의 양과 질로 또 다시 경쟁을 해야 한다는 것이고, 좀 더 노력하기 좋은 상황을 만들기 위해 또 노력을 해야 한다. 노력도 노력 나름이다.

우리나라에선 '금수저'가 아닌 이상, 사실상 내가 원하는 분야에 맘 놓고 노력을 기울일 수 있는 기회가 없거나 아주 적다. 노력에는 그 수준에 비례한 돈과 시간이 필요하기 때문이다. 무엇보다 흥미가 없는 일은 1만 시간이나 노력하기 존나 어렵다. 하기 싫은 걸 억지로 한다고 해서 행복할리도 없다. 그래서 대부분 적당히 타협하며 산다. 노력

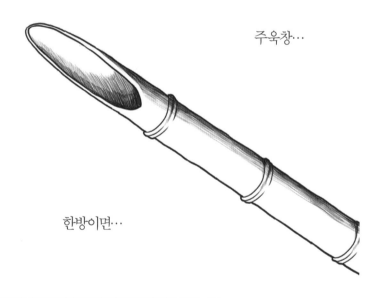

주욱창…

한방이면…

의 끝이 또 다른 노력이라는 걸 머리가 아니더라도 몸으로 느끼게 되기 때문이다. 이런 사람들에게 돌아올 말은 뻔하다. '노력하면 무엇이든 되는 법인데, 너는 노력이 부족했네ㅋㅋ' 같은 거. 의도는 그렇지 않을지 몰라도, 1만 시간의 법칙은 사회낙오자들의 탄생을 정당화하는 데 쓰이고 있다. 사실은 대개 노력할 상황이 안 됐을 뿐인데. 타고난 능력도 없는데 노력할 상황도 안 되면 운이라도 좋든가. 근데 그것조차 아니었던 거다.

'정상적인 노력으로 안 되면 비정상적으로 노력하든가!' 같은 식의 합리화에는 지쳤다. 물론 이곳이 아무리 노력해도 절대 성공할 수 없는 사회는 아니다. 그렇다고 노력한다고 다 성공할 수 있는 사회도 아니다. 이제 그만 인정할 때가 됐다. 아무리 개처럼 노력해도 안되는 게 있는 세상이다. 극복할 수 없는 게 있는 세상이다. 좆 같아도 별 수 없다. 물론 수능 만점 정도야 노력하면 어떻게든 될 지도 모른다. 그런데 세상에는 수능보다 어려운 게 너무도 많다. 누구든지 공 차는데 1만 시간 투자하면 메시처럼 찰 수 있을까? 글쎄.

꿈도 희망도 없는 장황한 이야기였지만, 결론은 '노력해도 안 되니까 그냥 포기해라'가 아니다. 이왕 에너지를 들일 거면 어디에 투자하는지가 관건이라는 거다. 더 많은 노력보다는 특별한 노력이 필요하다는 얘기. 이왕이면 투자처는 '존나' 하고 싶은 일인 게 좋을 것이다. 노력하는 과정 역시도 행복과 동떨어져 있어선 안 되는 거니까. 그냥 내가 하고 싶은 얘기는 이거였다. 무조건 노력과 성공을 바꿀 수 없는 세상이라는 거, 그런데 적어도 노력과 행복을 바꿀 수는 있다는 거. 이를테면 나는 글로 성공하고 싶었는데 딱히 성공하진 못했다. 존나 열심히 글을 썼지만 아직도 원룸에 매달 수십만 원씩 월세를 내며 산다. 좆밥이다. 그런데 중요한 건 형태야 어찌 됐든 내가 지금 글을 쓰고 있다는 거고, 이따위 개 허접한 내 글이라도 생각보다 꽤 많은 사람들이 봐주고 있다는 거다. 그냥 난 이게 행복하다. 쭉 이렇게 살고 싶다. 그래서 더 글을 쓸 생각이다. 가능하다면 1만 시간이 아니라, 10만 시간, 20만 시간까지도. 이런 내 '노오력'이 강남의 40평짜리 아파트나 롤스로이스를 사줄 순 없을지 몰라도 끝없는 오르가즘은 사줄 수 있기 때문이다. 이런 건 정신승리가 아니다. 나는 승리하지 않았으니까. 이왕이면 정신행복으로 바꾸자. 마리화나, 코카인 빨지 않아도, 통장 잔고에 10억이 찍히지 않아도 난 행복할 수 있다. '노오력'으로 말미암아.

불행

지나가는 사람이 많은 한겨울 빙판길에서 제대로 넘어졌을 때. 자고 일어났는데 속이 더부룩할 때. 불과 몇 시간 전까지만 해도 괜찮았는데 배가 겁나 아플 때. 디씨에 글을 올렸더니 조회 수는 30인데 댓글은 하나도 안 달릴 때. 길가에 고양이가 놀랄까봐 살금살금 걸어서 지나갈랬는데 더 놀래서 도망쳐버릴 때. 그냥 숙변인 줄 알았는데 알고 보니 장염일 때. 급하게 나가야 하는데 휴대폰 배터리가 10%일 때. 완전히 파김치가 돼서 집에 들어왔는데 설거지와 빨래가 밀려있을 때. 소변기에 볼일을 보는 데 오줌이 다리 쪽으로 튈 때. 야동을 보다 걸렸을 때. 야동 폴더가 걸렸을 때. 꽤 괜찮다고 생각했던 사람에게 오해를 받고 있을 때. 무턱대고 했던 거짓말이 또 다른 거짓

말을 해야 하는 상황을 만들었을 때. 책장을 정리하는 데 꼭 애매하게 공간이 남을 때. 우리 집이 맥딜리버리가 안 되는 곳이라는 걸 알았을 때. 버거킹 딜리버리도 안 된다는 걸 알았을 때. 믿었던 사람에게 배신당했다는 느낌이 들 때. 가족들이 모두 내게 등을 돌렸다고 생각이 될 때. 나는 아무짝에 쓸모없는 사람이라는 생각이 들 때. 막연히 모든 일이 잘 안 풀리는 것 같은 느낌이 들 때. 앞으로 아무 것도 개선되지 않을 것 같을 때. 삶은 계란을 까는 데 껍질이 오지게 안 벗겨질 때. 게임에서 졌는데 상대방에게 욕까지 먹을 때. 인터넷에서 의미 없는 키보드 배틀을 했을 때. 누군가 나를 진심으로 싫어하는 게 고스란히 느껴질 때. 다시는 사람을 믿을 수 없을 것 같은 느낌이 들 때. 쓸쓸하고 외로운데 바깥에선 비까지 내릴 때. 친구에게 얘기했더니 궁상떨지 말라고 핀잔만 먹었을 때. 중요한 날인데 비가 올 때. 기상청에 확인해 보니 정작 비올 확률은 20%였을 때. 날씨가 너무 덥고 습할 때. 비가 올 듯 말 듯 하면서 푹푹 찔 때. 자려고 누웠더니 바깥에서 싸우는 소리가 크게 들릴 때. 나의 간절함이 누군가에게는 별거 아니라는 게 느껴질 때. 나만 혼자인 것처럼 느껴질 때. 애인이 없어 불행하다고 생각될 때. 친구가 잘된다는 소식에 괜히 화가 날 때. 밖에 나가기 전 거울을 보니 너무 초췌하고 없어 보이는 내가 있을 때. 지갑에 여유가 없어 사람도 여유가 없어질 때. 술을 잔뜩 마시고 필름이 끊긴 다음날 내가 무슨 일을 했는지 기억이 안 날 때. 조별과제에서 나만 하고 있다는 느낌이 들 때. 조별과제에서 나만 안 하고 있다는 느낌이 들 때. 어떤 사람과의 관계가 지속될 수 없다는 것을 깨달았을 때. 내내 기대했던 여행이 취소됐을 때. 어쩔 수 없는 이유와 상황이라 불평하기도 힘들 때. 힘들다고 말했더니 너만 힘드냐고 타박을 당했을 때. 집에 있는 책상과 의자와 모든 것들이 다 구질구질하게 느껴질 때. 페이스북에서 해외여행 사진을 올리는 친구를 보고 '팔자도 좋다'며 비아냥거리는 나를 발견할 때. 짜증나는데 휴지가 없을 때. 더 짜증나는데 쌀도 없을 때. 사흘 째 아무도 날 찾지 않을 때. 학생 식당에서 혼자 밥을 먹다 목에 연근이 걸렸을 때. 아무 이유 없이 눈물이 흐를 때. 사실은 아무 이유가 없는 게 아니라는 걸 알고 있을 때. 푹 자고 일어났는데도 몸이 너무 피곤할 때. 손가락 끝 하나 움직이기 싫은 상황에 어쩔 수 없이 나가야 하는 일이 생겼을 때. 잠깐 눈 붙일 시간조차 없을 때. 죽으면 모든 게 끝날 거라는 생각이 마냥 들 때. 한강을 내려다 봤더니 아찔한 느낌이 들 때. 악몽을 꾸고 일어났는데 옆에 안아줄 사람이 없을 때. 사람과 사람 사이의 관계가 아무 의미 없는 것처럼 느껴질 때. 게임하는데 같은 장소에서 계속 죽을 때. 평소에는 잘만 불렀던 노래가 잘 안될 때. 문득 내가 특별하지 않다고 느껴질 때. 사람이 많은 곳에 가는 게 두려울 때. 대화할 때 긴장한 나머지 자꾸 말을 더듬게 될 때. 새로 산 흰 티셔츠에 김치찌개가 튀었을 때. 겨우 일을 하나 끝냈더니 더 많은 일들이 남아있을 때. 내 인생에 주어진 시련이 너무 가혹하다고 느껴질 때. 무엇보다도 내가 힘들다는 걸 아무도 알아주지 않는 것 같을 때. 내가 뭘 하든 사람들이 아무 관심도 가지지 않을 때. 적당히 현실과 타협해서 살아야겠다는 생각이 들 때. 인터넷 기사의 연예인들을 보고 진심으로 미운 마음이 들 때. 내가 인터넷에 남겼던 악플과 나쁜 글들을 우연히 다시 봤을 때. 밤을 새야겠다고 마음먹었는데 금방 잠이 올 때. 할 일을 계속 미루는 내가 싫을 때. 바쁜 와중에 잠깐 졸고 일어났더니 부재중 전화와 카톡이 잔뜩 와있을 때. 누가 나를 조롱한다는 느낌이 들 때. 누가 어딘가에서 내 험담을 하고 있진 않은지 신경이 쓰일 때. 내 행동에 떳떳함을 느끼지 못할 때. 내가 되고 싶었던 내 모습과 현실의 내 모습에서 괴리를 느낄 때. 오랜만에 밥을 했는데 다 태워먹었을 때. 다시 하려고 쌀통을 열어보니 쌀이 얼마 없을 때. 억지로 탄 밥을 먹었는데 죽을 만큼 맛이 없을 때. 나 혼자 아무것도 못하고 있다는 생각이 들 때. 점점 일이 잘못되어 가고 있다는 생각이 들 때. 내가 너무 추하게 느껴질 때. 주위에 있는 모든 걸 부숴버리고 싶을 때. 차마 그러지 못하는 나를 볼 때. 너무 눈에 보이는 것에만 집착하고 있을 때. 내가 감정을 컨트롤하는 게 아니라 감정이 나를 컨트롤할 때. 내 인생을 내가 통제할 수 없는 것 같을 때. 이 모든 불행을 있는 그대로 느낄 때. 이 모든 불행이, 생각보다 쉽게 극복될 수 있다는 걸 알지 못할 때.

행복

적당히 비가 내리는 날에 빗소리를 들으며 책을 읽을 때.
코푼 휴지를 멀리 있는 휴지통에 던져서 정확하게 넣었을 때. 모닝 똥
이 아주 적절하게 나올 때. 주말에 늦게까지 자다 일어나서 창가의 햇
살을 받을 때. 운동 직후 땀을 뻘뻘 흘린 채 집에 들어왔는데 에어컨
이 켜져 있을 때. 정말 사랑하는 사람과 긴 시간 동안 함께 있을 때. 혼
자 노래방을 갔는데 평소에 안 되던 고음구간이 잘 올라갈 때. 아무
일 없는 주말 아침에 감자칩 하나 뜯고 게임할 때. 할 일 없는 아침에
홀로 조조영화를 볼 때. 상자를 치워야하는데 방구석 빈칸에 딱 들어
갈 때. 짜장면 시켰는데 단무지를 많이 줬을 때. 보고 싶었던 축구경기
를 30분 정도 늦게 켰는데 아직 동점일 때. 샤워할 때 머리가 멋진 모

양으로 넘겨졌을 때. 샤워하고 찬장을 열었더니 잘 개진 수건이 차곡차곡 쌓여있을 때. 이불 빨래 직후의 이불을 덮고 잘 때. 다른 사람들은 다 출근하는데 난 자택근무일 때. 오랜만에 밥을 했는데 딱 내가 좋아하는 고두밥이 됐을 때. 오랫동안 미뤄놨던 일들을 오전 중으로 마무리했을 때. 한참 동안 연락이 없어 서먹하다고 생각했던 친구로부터 살가운 연락이 왔을 때. 단톡방에서 친구들과 쓸데없는 얘기를 오랫동안 할 때. 아무 생각 없이 찍은 사진이 예술적으로 잘 나왔을 때. 급하게 나가야하는데 휴대폰 배터리가 만땅일 때. 얼떨결에 한 게 환상적인 플레이가 됐을 때. 택배를 받았는데 내가 상상한 것보다 더 물건이 괜찮을 때. 여기저기 돌아다니던 물건을 어디 놓아야 할지 고민하다가 마침내 적절한 자리를 찾았을 때. 여름철 날 빡치게 한 모기를 다섯 마리 연속으로 잡았을 때. 어쩌다 올려다본 하늘이 너무 아름다울 때. 아무 이유 없이 힘이 솟을 때. 오랜만에 그리운 목소리와 통화를 할 때. 구석에 박힌 저금통을 들어 보니 꽤 묵직할 때. 서점에 들어가 책 냄새에 파묻힐 때. 잠자리에 드는 데 오늘 하루를 보람차게 보냈다고 느껴질 때. 랜덤으로 음악을 돌렸는데 내가 가장 좋아하는 노래가 연속으로 나올 때. 갑자기 여유가 생겨 지갑 사정에 상관없이 소고기를 사먹으러 갈 때. 고민 끝에 잘못을 고백했는데 모든 게 괜찮아졌을 때. 많은 사람들에게 믿음을 받고 있다는 느낌이 들 때. 지나치는 휴대폰 대리점에서 신나는 일렉트로닉 비트를 틀어놨을 때. 왠지 모르게 몸이 가벼울 때. 자고 일어났더니 신기할 정도로 아무 피로감이 느껴지지 않을 때. 낫는 데 오래 걸릴 거라고 생각했던 상처가 어느새 나아있는 것을 봤을 때. 책의 에필로그까지 모두 읽곤 뒤표지를 살포시 덮을 때. 영화를 모두 보고나서 나오는 엔딩 크레딧 음악이 길게 여운을 남길 때. 학수고대했던 연락들이 한꺼번에 몰려올 때. 내가 좋아하는 걸 내가 좋아하는 사람들도 좋아해줄 때. 무심코 기분전환을 위해 바꿨던 물건이 오랫동안 만족감을 줄 때. 한 달 만에 대청소를 하곤 깨끗해진 방에서 물을 한 컵 마실 때. 분리수거하는데 쓰레기가 딱딱 나누어떨어질 때. 오래전 내가 했던 일이 누군가에게 큰 의미가 됐음을 새삼 알게 됐을 때. 생각지도 못한 택배를 받았는데 선물일 때. 내가 오랫동안 했던 생각을 다른 사람이 글로 잘 정리해놓은 것을 봤을 때. 택배상자의 밀봉을 칼로 조심스레 뜯을 때. 내가 응원하는 인물이 잘 되어가고 있다는 소식을 들었을 때. 자고 일어나보니 손흥민이 골 넣었을 때. 새로 산 신발을 신고 처음으로 바깥에 나갈 때. 조금 어렵다고 생각했던 사람에게 의외의 부분을 발견했을 때. 입에 발린 말 할 줄 모르는 사람한테 뜬금없이 칭찬을 받았을 때. 레고 블록을 다 조립했는데 존나 멋있을 때. 안 지워질 것 같았던 얼룩이 깔끔하게 지워졌을 때. 옷 가게에서 입어보고 마음에 든 옷이 마침 세일 중일 때. 치킨을 시키고 얌전히 기다릴 때. 여행 전날 두근거리며 짐을 쌀 때. 여행이 모두 끝나고 집에 돌아왔는데 모든 게 그대로일 때. 페이스북 타임라인을 내리다가 엄청 귀여운 고양이 사진을 봤을 때. 하루 종일 삐쳐있던 고양이가 배고프다고 떼를 쓸 때. 자주 가던 카페에서 모처럼 새로운 메뉴에 도전

했는데 완전 맛있을 때. 새로 산 츄리닝 바지를 입고 편의점에 갈 때. 밖에 나가기 전 전신거울을 봤는데 좀 괜찮아 보일 때. 예쁜 머그컵을 선물 받았을 때. 먼 길 가는 동안 한숨 자고 일어나니 도착해있을 때. 기차를 타고 아무 생각 없이 지나가는 풍경을 볼 때. 횡단보도 앞에 섰더니 바로 파란불이 들어올 때. 지하철 안에 사람이 너무 많아서 못 앉을 줄 알았는데 바로 앞에 앉은 사람이 다음 역에서 내릴 때. 누군가 내 글을 읽고 재미있다고 말해줄 때. 햇볕이 쨍쨍한 여름날 커다란 얼음 유리잔에 콜라를 따라서 꿀꺽꿀꺽 마실 때. 자신 없이 제출한 레포트가 칭찬받았을 때. 통과 안 될 줄 알았던 보고서가 호평을 받을 때. 급식으로 제육볶음이 나왔을 때. 새로 산 디퓨저 냄새가 좋을 때. 식탁보가 식탁 크기에 딱 맞을 때. 망했다고 생각한 음식에 다시다를 넣으니 맛있어졌을 때. TV를 틀었는데 내가 가장 재밌게 봤던 영화가 재방송할 때. 한적한 주말에 못 봤던 예능을 몰아서 볼 때. 소파에 앉아 가만히 눈을 감고 편하게 있을 때. 막연히 모든 게 잘 되어가고 있다는 느낌이 들 때. 카페에서 가장 편해 보이는 의자에 앉았을 때. 휴대폰 배터리가 방전됐는데 마침 충전된 배터리를 가져왔을 때. 이 친구가 있어 정말 다행이라는 생각이 들 때. 어려운 상황에 처한 친구를 도와줄 여유가 있을 때. 돌려받지 못할 거라고 생각했던 돈을 돌려받았을 때. 새로 뽑힌 명함이 좆간지일 때. 요즘 들어 좋은 사람들을 많이 만나고 있다는 생각이 들 때. 운동을 하고 돌아와서 내가 꽤 발전했음을 느낄 때. 잘 먹고 잘 살았는데 왠지 살이 1킬로 빠져있을 때. 통장

1인분의 삶

잔고가 묘하게 든든할 때. 오랜만에 친구들과 한 카트라이더에서 1등을 했을 때. 게임에서 졌어도 왠지 기분이 좋을 때. 친구가 잘 산다는 소식을 듣고 진심으로 기뻐질 때. 날 괴롭혔던 사람들에게 내가 잘 되는 모습을 보여줄 때. 삶은 계란을 까는 데 껍질이 한두 번 만에 깔끔하게 벗겨질 때. 길바닥에 실수로 휴대폰을 떨어트렸는데 액정이 그대로일 때. 악동뮤지션 노래를 들을 때. 내가 한 행동이 의미 있게 느껴질 때. 지하철에 타고 당산철교를 지나가는데 창밖 한강 위로 노을이 지고 있을 때. 쓸데없이 스스로가 천재라고 느껴질 때. 나는 나대로 특별함을 깨달았을 때. 더없이 자유롭다고 느껴질 때. 서점에 갔더니 누가 내 책을 서서 읽고 있을 때. 이 모든 행복을 그대로 느끼고 받아들일 수 있을 때.

Chapter 2.

정체성 없이 정체된 내 정체

정체성

일단 말해둘 것은 이 꼭지의 제목은 내가 만든 게 아니라, 다이나믹 듀오의 5집 'Band Of Dynamic Brothers' 14번 트랙인 〈청춘〉(※내가 개인적으로 가장 좋아하는 곡이다. 힙합에 관심이 없더라도 한 번 들어보길 강권함)에서 개코가 가장 처음으로 내뱉는 가사를 따온 것이다. 이거 존나 불법 아니냐고 말할 수도 있는데, 다이나믹 듀오는 돈도 겁나 많이 벌고 겁나 유명하며 겁나 랩도 잘하는 데 겁나 쿨하기까지 하기 때문에 겨우 나 같은 찌질이 따위가 책의 한 꼭지 제목으로 가사 한 줄을 인용했다고 해서 고소하고 그러진 않을 것이다. 리스펙!

정체성. 영어로는 아이덴티티Identity(2003년에 개봉한 동명의 영화가 있다. 꽤 명작이므로 안 봤다면 보기를 추천함). 뭐랄까 겨우 3음절밖에 되지 않는 짧은 단어지만 굉장히 심오한 개념이다. 정체성이라는 건 다름 아닌 내 스스로에 관한 것인데, 거울만 봐서는 쉽게 눈에 잡히지 않는다. 뽀루지처럼 나지도 않고 모기 물린 곳처럼 부어오르지도 않는다. 그냥 정체성은 정체성인 채 그대로 있다. 그런데 정체성은 내 정체를 정의해주는 요소다. 이런 측면에서 '정체성 없이 정체된 내 정체'라는 건 곱씹을수록 그 깊이가 보이지 않는 명문이라고 하겠다. 리스펙!

그럼 내 정체성이란 건 도대체 무엇으로 정해지는 걸까. 많이 들어보기만 했지, 정작 정체성이 무엇인지 혹은 어떻게 만들어지는 것인지도 모른다. 내가 가진 물건? 내 차? 내 집? 내 가족? 내 학교? 내 직업? 내 이름? 네이버에 정체성이라는 단어를 검색해보면 '변하지 아니하는 존재의 본질을 깨닫는 성질'이라 정의되어 있다. 안타깝게도 앞에서 말한 것들은 모두 '변하지 아니하지' 않는다. 물건은 쉽게 잃어버리고(내가 그렇다), 차나 집은 바뀌며, 가족 역시 불화가 심하면 달라질 수 있다(피가 섞이는 것과는 별개의 문제다). 학교야 전학을 가거나 재수를 하거나 편입을 하는 등 많은 방법이 있고, 직업 역시 요즘은 평생직장이라는 개념보다 필요와 상황에 따라 이곳저곳을 옮겨 다니는 것이 일반적인 추세임을 생각해보면 존나 변하지 않는 것도 아니다. 이름 역시 맘에 들지 않으면 바꾸면 된다. 잘은 모르지만 법원에 신청만 하면 법적으로 이름을 바꿀 수 있다. 나 역시 마찬가지다. 내 성씨는 함양 박 씨이지만 인터넷 속의 나는 김 씨고 이름은 리뷰다. 그렇다면 질문. 내가 김리뷰인가, 김리뷰가 나인가? 대답은 '난 둘 다'이다.

인간은 항상 변하지 않는 것을 추구해왔다. 안정적인 것. 고정적인 것. 자연법칙. 진리. 현재 많은 사람들에게 계약직보다 정규직이 선호되는 것, 공무원 시험을 준비하는 사람이 많은 것 역시도 이와 무관하지 않을 것이다. 따지고 보면 정체성을 위한 싸움이다. 사람들은 바쁘고 힘겹게 하루하루를 살아가면서도 계속해서 정체성을 찾아다닌다. 수험생은 대학생으로서의 정체성을 원하고, 취준생은 회사원으로서

1인분의 삶

의 정체성을 원한다. 누군가 나더러 '너는 누구냐'고 물었을 때, 언제든 많은 걸 대답할 수 있도록 계속 준비한다. 궁극적으로 이 모든 것은 단순한 생존의 차원을 벗어나서 사람의 정체성에 대한 끝없는 갈구다. 우리의 삶이라는 건 정신없이 쏘다니며 과거와 미래의 정체성을 찾는 과정을 말하는 것일지도 모른다.

이 윗부분은 내가 써놓고도 이해가 잘 안 되기 때문에 우리에게 익숙한 만화로 간단히 비유를 들어보겠다. 일본의 소년만화 『원피스』에는 '위대한 항로'라는 바다가 존재한다. 내가 아는 바에 의하면 위대한 항로에는 수많은 섬들이 있고, 어떤 섬을 거치든 가장 마지막에는 존나 개 쩌는 보물인 '원피스'가 존재하는 섬에 도착한다는 설정이다(1997년부터 시작해 만화가 연재된 지 18년이 됐는데 아직도 이 원피스가 어떤 보물인지 모른다. 진짜 그냥 입는 원피스이거나 여기까지 오는 데 많은 도움을 준 소중한 동료가 보물이다 같은 진부한 설정은 아니겠지). 비유하자면 우리가 살면서 거쳐 가는 수많은 정체성이 항로 중간 중간에 있는 섬이고, 가장 마지막에 있는 섬은 최종목표, 우리의 자아정체성이라고 할 수 있겠다. 자아정체성을 찾기 위한 투쟁. 존나 끝없는 모험. 쉼 없이 가다가도 끝에 닿지 못하고 끝날 수 있는 그런 여행. 끝이 있긴 있는 걸까? 보물이란 게 존재하긴 하는 걸까? 나는 대체 여기서 뭘 하고 있지? 수많은 생각과 그 생각만큼이나 수많은 혼란과 고뇌. 사람은 생각할 수 있는 축복을 얻어서 고뇌해야 하는 저주를 받았다.

정체성이 먹는 것도 아닌데 군이 찾아야 할 필요가 있나? 그냥 살다 가면 되는 거지…라는 생각도 있을 것이다. 틀린 소리는 아니다. 당장 밥 굶지 않고 추운 데서 자지 않는 게 급한 사람들에게 정체성에 대한 고민은 사치스러운 것일 수도 있다. 그런데 정체성에 대한 욕구는 사람의 본능에 가까운 것이라서, 아무리 신경을 끄고 살아보려 해도 결국에는 정체성의 영향을 받는다. 평균적인 생활수준이 높아진 지금에 와서는 더더욱 그렇다. 단적인 예로, 요즘의 내로라하는 기업들은 단순히 훌륭하거나 비싼 상품을 팔지 않는다. 사람들의 정체성을 정의해줄 수 있는 상품들을 판다. 스타벅스에서 커피에 이름을 써 직접 고객의 이름을 불러주는 것과 코카콜라가 자사 페트병에 사람들이 원하는 글씨를 직접 인쇄할 수 있도록 하는 것, 애플이나 할리데이비슨처럼 사용하는 것만으로도 모종의 소속감을 부여해주는 브랜드까지. 이른바 커스터마이징Customizing의 시대다. 사람은 어떤 수를 써서든 자신을 규명하고자 한다. 내가 마시는 음료수나 내가 타는 차, 내가 들고 다니는 가방과 심지어 그 안에 있는 내 휴대폰으로도. 물론 그게 진짜 나를 정해줄 수 있는 물건인지는 알 수 없다. 그럼에도 불구하고 앞서 말한 것들은 불티나다 못해 미친 듯이 팔린다. 사람들은 내 안에서 나의 의미를 찾지 못하면, 바깥에서라도 끌어와 내 정체성을 채우고 싶어 하기 때문에.

좀 더 익숙한 소재로 얘기하면 RPG게임에서도 그렇다. 당장 내 캐릭터의 생김새를 어떻게 할 것인지, 아이디는 무엇으로 할지, 어떤 직

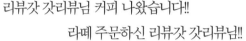
리뷰갓 갓리뷰님 커피 나왔습니다!!
라떼 주문하신 리뷰갓 갓리뷰님!!

업을 고를 것인지, 어떤 스킬트리를 찍을 것인지, 어떻게 키울 것인지 끝없이 고민한다. 고작 인터넷 공간 속의 멍청한 픽셀쪼가리들 때문에. 게임 속의 캐릭터는 예컨대 나의 분신과 같은 존재고, 그런 존재로나마 텅 비어있는 나를 채우고 싶은 것이다. PC방에서 반년을 숙식하며 계속 레벨 업, 전직, 레벨 업, 전직을 거쳐 기어이 만 렙을 찍으면 의욕은 급격히 떨어진다. 만렙을 찍으면 세상을 다 가진 기분이 들고, 정말 행복해질 줄 알았는데. 장비를 최고 스펙으로 다 맞춰도 마찬가지다. 게임 속에서 만렙을 찍어봤자 정작 내 정체성은 허망한 쪼렙이라는 걸 깨닫는다. 결국 모니터 속의 내 분신으로는 나를 채우지 못한다. 이제 선택지는 두 갈래다. 게임 속이 아닌 다른 곳에서 정체성을 찾거나, 아니면 혹시 모르니까 또다시 새로운 캐릭터를 키워 또 만렙을 찍어보거나.

솔직히 까놓고 말해서 우리들 개개인은 개 크고 넓은 우주에 비하면 길고긴 아마존 강의 물 분자H_2O 하나만도 못한 존재다. 어차피 한 번 왔다가는 인생인데 내가 누군지도 모르고 죽는다면 그거야말로 너무 안타까운 일 아니겠느냐고. 말하자면 그건 주인공으로서의 삶이 아닌 엑스트라의 삶인 것이다. 비유하자면 『나루토』에 나오는 록 리라고나 할까. 바람처럼 왔다가 있는 듯 없는 듯 끝나버리는. 세상은 『토지』보다도 긴 장편 소설인데, 그 속에서 나는 단어 하나, 어쩌면 문장부호 하나만도 못하다.

군이 성 정체성에 혼란을 겪어서 홍콩행 게이바에 가는 게 아니더라도, 정체성에 대한 고민과 혼란은 누구나 겪고, 누구나 힘에 겨워한다. 얼마나 힘겨운 일인지 중도에 포기하는 사람 역시 많다. 실은 대부분이다. 그리고는 '나'를 정의하는 쉬운 방법들을 찾는다. 외제차를 타는 나, 샤넬과 루이비통을 걸치고 다니는 나, 명문대에 다니는 나, 대기업에 취직한 나, 팔로워가 많은 나, 50평짜리 집을 갖고 있는 나, 양반집 가문의 자손인 나, 게임을 잘하는 나, 여자나 남자를 마음껏 후리고 다니는 나, 노래도 잘 부르고 춤도 잘 추는 나, 많은 사람들에게 존경을 받는 나…

현대사회의 지나친 성공주의는 '나'의 정체성이 없어지는 것이 두려워서, 내 삶의 의미가 사라지는 것이 무서워서 생긴 현상인 것만 같다. 실패한 사람은 물론, '성공하지 못한' 사람들에게까지 가해지는 정체성의 학대. '그 나이가 되도록 취직도 못하고 뭐 했냐?', '연봉이 그

1인분의 삶

것 밖에 안 돼? 모은 돈도 없어? 뭐 했어?', '공부 못하는 것들은 도대체 왜 사는지 모르겠어!', '아직까지 모솔이라고? 존나 재미없게 살았구만!', '생일인데 페이스북에 생일 축하해주는 사람이 3명뿐이네. 얘는 인생 진짜 헛살았다ㅋㅋ', '해외여행 한 번 안 갔다 왔어? 넌 한 평생 우리나라에서만 살다가 죽겠네', '카톡 프로필 사진 존나 못생겼어. 이런 애들은 그냥 죽는 게 다른 사람한테도 좋을 텐데', '넌 공부도 못하고, 운동도 못하고, 재능도 없으면서 게으르기까지 한 아무 짝에도 쓸모없는 놈이야!' …이런 소리를 듣지 않기 위해서 사람들은 끊임없이 '성공'하려 한다. 돈을 많이 벌고, 내 차와 집을 사고, 연락할 수 있는 친구를 최대한 많이 만들고, 빚을 내서라도 해외로 나가고, 프로필 사진으로 쓸 사진을 3시간 동안 보정하고, 최소한 다른 사람들에게는 항상 행복한 것처럼 보이려 한다. '내 삶은 의미 없는 삶이 아니야' '나는 아무짝에 쓸모없는 놈이 아니야' 라고 내 스스로를 변호하기 위한, 소리 없는 아우성과 발버둥이다.

그렇다. 보는 사람에 따라 위 이야기들은 그냥 내 개똥철학이나 개헛소리일지도 모르겠다. 그럼에도 불구하고 나는 '있어 보이는 척'을 위해 내 마음에 없는 말들을 쓰지 않았고, 적어도 내가 봐왔던 사람들은 대부분 스스로가 아닌 바깥과 다른 사람들의 시선에서 본인의 정체성을 찾았다. 나는 다른 사람에게 어떤 사람인가, 나는 사회적으로 어떤 지위인가, 나는 무슨 일을 하는 사람인가 같은. 그래서 장황했던 이야기의 결론: 결국엔 진부한 말이지만, 적어도 나는 내 정체성이라면 내 스스로에게서 찾아내는 게 옳다고 생각한다. 이 책의 이 파트, 이 문장을 읽고 있는 당신의 지금 정체성은 어떤지? 성별, 외모, 학력과 직업과 지위와 재물과 관심, 사회와 가족과 친구와 연인과 자기계발서에 내 정체성을 빼앗기고 있지는 않은지… 모든 세속적인 욕망을 버리고 민머리가 되어 불교에 귀의하라는 게 절대 아니다. 난 무신론자다. 스스로에게 진지하게 이 질문을 해본다는 건 꽤, 아니 정말이지 큰 의미가 있다. 나는 아직 답을 찾지 못했지만, 단지 물어보는 것만으로도 아주 많이 편안해졌다. 나의 정체성이란 무엇인가. 일단 재료가 나 자신이라는 것만 알아줬으면 한다. 내 인생은 내가 살고, 니 인생은 니가 산다. 니 인생 유어인생, 내 인생 마이인생, 노타치쌤쌤꼬꼬. 이게 결론이다.

에이미 와인하우스
Amy Winehouse 1983. 9. 14 ~ 2011. 7. 23

부족함 Wannabe

삶이란 건 항상 부족하고 공허하다. 이렇게 말하면 좀 있어 보일 것 같았는데 왠지 써놓고 보니 별로인 것 같다. 그런데 사실이 그렇다. 하루하루를 살아가는 데에 만족감이 더 많으냐, 부족함이 더 많으냐 하면 당연히 후자가 답일 것이다. 물론 해탈한 한화 이글스 팬들처럼 매일 행복에 가득 찬 상태로 살 수도 있겠지만, 기본적으로 인간이란 욕심이 끝이 없는 동물이라 항상 부족함과 결핍을 느낀다 하겠다.

참 슬픈 이야기지만 사람이 그렇다. 항상 어떤 부분에서든 부족함을 느끼고 산다. 짜장면을 먹을 땐 짬뽕을 먹고 싶고 짬뽕을 먹을 땐 짜장면이 먹고 싶으며 나름 머리 써서 짬짜면을 시키면 뜬금없이 탕수육 깐풍기가 먹고 싶은 것이 사람이다. 주어진 것에 만족하는 것, 현실에 안주하는 것, 정약용 선생님이 그리 강조하시던 안빈낙도安貧樂道와 목민관의 삶을 추구하기엔 시대가 너무 많이 변했다. 옛날엔 짬뽕도 짜장면도 없고 그냥 국밥과 국수뿐이었으니까.

참 많은 부분에서 부족함을 느끼고, 오히려 만족스러운 부분은 하나 찾기도 어려운 우리의 삶이지만, 여기서 내가 얘기하고 싶은 건 '내 모습'의 부족함에 대한 것이다. 하도 귀가 닳도록 들어서 이젠 지루한 말일 수도 있겠지만, 정말 세상에 완벽한 사람은 없다. 완벽함과 부족함은 동전의 양면과도 같아서, 어떤 세계의 완벽함은 어떤 세계에서의 턱없이 부족함을 의미하기 때문이다. 예컨대 복부 씩스팩에 근육 빵빵한 몸이 보디빌딩에서는 훌륭한 몸일지 몰라도 튀어나오는 칼로리를 삼키며 수십 킬로의 먼 길을 달려야하는 마라토너로서는 최악의 몸일 수 있다. 키가 큰 게 농구할 때 리바운드 잡기에는 좋을지 몰라도 지구에 운석 떨어지면 가장 먼저 맞고 죽을 것이다. 운석은 하늘에서 떨어지기 때문이다.

여담이지만 농구계에서 마이클 조던은 그야말로 완벽 그 자체였다. 사람들이 농구 룰은 몰라도 마이클 조던은 안다고 할 정도로 농구 그 자체인 선수였다. 키 2m가 넘는 괴물, 거인, 슬랜더맨들이 셀 수도 없이 많은 NBA(소위 느바라고 부른다)에서 그가 역대 최고의 농구선수로 군림할 수 있었던 것은, 조던의 모든 부분이 뛰어났기 때문이다. 그냥 점프슛은 물론이고 달인수준의 페이드어웨이Fadeaway 슛을 쏘는데

다 레이업은 두 번 꺾어서 쳐넣었으며 점프도 쩔어서 자유투 라인에서 덩크를 꽂았다. 체력도 대단해서 전날 50점을 넣고도 전혀 뻗지 않았으며, 부상도 거의 없었다. 앨런 아이버슨Allen Iverson처럼 드리블을 잘하는 선수가 있고, 샤킬 오닐처럼 덩크를 잘하는 선수가 있는가 하면 하승진처럼 폭풍 도움을 잘하는 선수도 있었지만, 조던처럼 모든 것을 잘하는 선수는 없었다. 유일하게 완벽했고, 그래서 최고가 됐다. 하지만 그런 마이클 조던에게도 약점이 있긴 했다. 바로 몸 쪽 꽉 찬 패스트볼과 우익수 수비였다. '완벽'이라는 것은 우리가 생각하는 것보다 그 기준이 아득히 높은 곳에 있는 것인지도 모른다.

생각해보면 우리가 완벽하다고 생각하는 그 어떤 인물도 모든 분야

(어리둥절)??????????????????

1인분의 삶

에서 완벽하지는 않다. 완벽한 탤런트 김태희의 연기력, 완벽한 타자 이대호의 주력, 완벽한 과자 다이제의 가격, 완벽한 리뷰어 김리뷰의 일베, 완벽한 농구선수 마이클 조던의 외야수비 등은 우리가 상상하는 모든 '완벽함'이 실은 완벽하지 않을 수 있음을 시사해주는 것들이다. '일반적으로 완벽하다고 생각되는' 사람들마저 어떤 분야에선 고전을 면치 못하는데, 그럼 나 같은 길바닥 출신 조빱은 어떻게 해야 완벽에 가까워질 수 있을까?

초등학생 시절 집에 구식 게임기 하나가 있었다. 게임팩을 꽂으면 그 게임만 플레이할 수 있는 게임기였는데, 정품은 아니었고 근처 전자상가에서 헐값에 주워온 야매 게임기였다. 그래도 나름 잘 돌아가긴 했지만, 문제는 갖고 있는 게임팩이라곤 〈슈퍼마리오〉 밖에 없었다는 거였다. 그래서 난 학교에서 돌아오면 늘 게임기를 켜서 슈퍼마리오만 했다. 여기서 말해두고 싶은 것은, 내가 기본적으로 게임을 못하진 않는다는 것이다. 그렇다고 엄청 잘하냐 하면 그건 아니다. 그냥 딱 평균 수준이었다. 그런데 세 달 내내 똑같은 게임, 슈퍼마리오만 하다 보니 어디에 숨겨진 아이템이 있는지, 어디서 어떻게 점프를 해야 최고의 점수를 얻는지 등의 모든 정보와 기술을 터득해버린 것이다. '완벽'에 도전하고 싶을 만큼. 근데 정말 치명적인 문제가 있었다. 나는 항상 뒷심이 부족하다는 것이었다. 매번 끝에 다 가서 노다이(No Die, 한 번도 죽지않고 끝판까지 클리어하는 것)에 실패하곤 했다. 하루 이틀이면 모르겠는데 그게 한 달씩 지속되다 보니 완전히 미칠 지경이었다.

그날은 겨우 끝까지 한 번도 안 죽고 왔는데, 갑작스럽게 키가 눌리지 않아서 또 죽었다. 나는 너무 화가 나서 게임기를 주먹으로 파괴해 버렸는데, 그날 엄마에게 머리를 파괴당할 뻔했다.

이 이야기가 주는 교훈은 우리의 실없는 완벽주의가 부족함을 만들고, 그게 끝없는 불행을 만든다는 것이다. 사람은 끊임없이 다른 사람과 나를 비교하고, 부족한 부분을 찾아 끊임없이 불행해지려는 특성을

가졌다. 그런데, 어쩌면 우리를 가장 옥죄고 있는 것은 다른 사람과의 비교가 아니라 나 자신과의 비교는 아닐까. 내가 되고 싶어 하는 모습(Wannabe)과 나의 실제 모습은 다르다. 모두가 완벽한 사람이 되고자 하지만 실제론 너무나 힘든 일이고 불가능하다.

누구나 좋은 친구, 좋은 애인, 좋은 아들, 좋은 직원, 좋은 학생으로서의 내 모습과 실제 모습을 비교한다. 늦은 새벽 애인에게 차였다고 질질 짜는 불알친구의 갑작스러운 전화. 내가 생각하는 '좋은 친구'라면 당연히 지금 당장 소주 두 병에 편의점 육포를 사들고 찾아가 위로를 해주는 의리를 보여주어야 하지만, 나는 자다 일어나서 너무 피곤하고 고통스럽다. 다시 드러누워 자고 싶은데, 이 새끼는 도대체 주둥이를 멈출 줄 모른다. 이런 상황에서 우리는 '내가 생각하는 좋은 친구로서의 내 모습'과 실제 내 모습의 차이에 대해 큰 혼란과 스트레스를 겪는다. 흔히 말하는 인지부조화다.

안 선생님의 말처럼, 포기하면 편하다. 쓸데없이 꿈이나 삶의 목표, 애인이나 인간으로서의 존엄성 같은 것들을 포기하라는 뜻이 아니다. 그냥 내가 상상하는 내 모습과 실제 내 모습을 비교하길 포기하라는 것이다. 누구든 사람이라면 결점과 단점을 갖고 있다. 나는 너무 귀찮으면 하던 일을 관두고 잠을 잘 수도 있는 사람이고, 간혹 게임이 너무 하고 싶어서 몇 시간 동안 애인에게 연락을 하지 않을 수도 있으며, 내 목구멍이 포도청이라 부모님께 용돈을 보내드리지 못할 때도 있는 것이다. 이 모든 사소한 결점들은 사람을 사람답게 만들어주는 요소들이

넌 어차피 좆밥이니까

포기해

다. "야 씨X 피곤하다고!! 내일 아침에 전화하라고!!"라고 불알친구에게 소리칠 수 있는 용기는 모두 이런 인간적인 모습에서 나오는 것이다. 당신은 당신 생각만큼 완벽해질 수 없다. 어쩌면 우리가 삶을 통해 배우는 것은 '완벽해지는' 방법이 아니라 '덜 부족해지는' 방법일지도 모른다.

스트레스

▬▬▬ 존나 많이 들어본 거. 딱히 눈에 보이진 않는데 겁나 잘 느껴지는 거. '쌓이면서' 많아지는데 '풀면서' 사라지는 거. 그런데 보통 쌓이기만 하는 거. 바로 스트레스다. 우리는 스트레스에 대해 얼마나 많이 알고 있을까? 음, 스트레스에 대해서 알려주겠다는 얘기가 아니라 그냥 물어본 거다. 나도 잘 모른다. 되는대로 지껄일 뿐이지. 그러니까 걸고넘어지지 마라. 스트레스 받으니까.

스트레스의 시대. 사실 요즘은 존나 뭐만 하면 시대가 성큼성큼 바뀌고, 뭘 갖다 붙여도 얼추 해몽만 잘하면 맞아떨어지기 때문에 'XX의 시대' 'OOO의 시대'라는 말을 어디든 쓸 수 있기는 하다. 어쨌든 인간은 스트레스를 받는다. 그것도 아주 많이. 그나마 위안이 되는 것은 우리 집 강아지 복슬이나 건너편 집 야옹이인 요한 크라우저 2세도 스트레스는 받는다는점. 집 앞 가로수 길에 꽂힌 상수리나무도 오토바이 부릉부릉하고 매연 뿡뿡하면 스트레스 받는다. 이게 뭐가 위안이냐고? 원래 매도 같이 맞으면 덜 아프지 않은가.

그래도 인간이 다른 동물들보다 좀 더 복잡하고 고차원적인 스트레스를 받는다는 건 모두가 동의할 법하다. 개가 스트레스 받아봐야 식욕과 성욕, 춥거나 덥거나 생명에 위협을 받거나 혼자 남게 돼서 외롭거나… 뭐 그 정도일 거다. 그런데 인간은 여기에 더해 훨씬 많은, 정말이지 온갖 같잖고 사소한 이유로도 스트레스를 받는다. 거기에 사람마다 스트레스를 받는 영역과 정도가 다 달라서 일일이 셀 수조차 없다.

여기서 가장 들기 쉬운 예시는 이 글을 쓰고 있는 나일 것이다. 나는 마감날짜 계산을 잘못해서 보름 정도 기간을 늦추고도 지금 개고생을 하고 있다. 자고 일어나서 글 쓰고, 밥을 먹고 글 쓰고, 똥을 싸고 글을 쓰고, 또 글을 쓰다 똥을 한 번 더 싸고 다시 글을 싼다. 이제 똥을 쓸 차례인가? 나도 내가 뭐라고 지껄이는지 잘 모르겠다. 시발… 일이 너무 많다. 하루 종일 글만 써도 모자랄 판에 이것저것 일이 자꾸 생기니 더 피폐해진다. 다른 활동은 아예 안 하고 하루 내내 의자에 앉아 글만 써대면 대략 1만 5천 자 정도를 쓸 수 있다. 굉장히 빠른 속도긴 하지만 효율적이진 않다. 난 앉아있는 시간을 다 글 쓰는 데다 쓰지 않기 때문이다. 오히려 생각하는 시간이 더 많지. 그렇다고 다짜고짜 누워 쉴 수도 없다. 엔트로피는 증가하고 시간은 1초당 1초의 속도로 계속 흐르고 있는데 드러누워 봤자 가시침대가 등을 찌를 뿐이다. 되든 안 되든, 내 작업방식이 원래 어떻든 간에, 계속 앉아있어야 한다. 스트레스다. 이렇게 화가 나서 막 글로 퍼붓다 보니 좀 풀리는 느낌도 든다. 정작 이거 읽는 사람은 '이게 시발 뭐하는 글이지' 하는 생각을 할 수도 있겠지만 이 글 주제가 스트레스 아닌가. 내가 현재 느끼는 스트레스가 이 부분을 읽고 있을 독자에게 잘 전달되길 바란다. 진심이다.

그렇다고 이 세상에서 나만 존나게 스트레스를 받으며 사느냐면 그건 또 아니다. 너도 나도 스트레스 받는 건 똑같다. 나는 글 쓰느라 스트레스를 받지만 논문을 읽으며 공부하는 학생들은 글을 읽느라 스트레스를 받을 것이다. 난 집에 박혀있느라 스트레스를 받지만 매일 출근하는 직장인들은 바깥에 나가는 것으로 말미암아 스트레스를 받을 거고. 인간으로 태어난 이상, 스트레스를 죽을 때까지 절대 피해갈 수 없다. 그냥 받아들이는 수밖에. 살다보면 이렇듯 이해할 수 없어도 그냥 받아들여야 하는 것들이 온다. 근의 공식이라든가, 맥스웰 방정식이라든가, 택Tag만 뜯고 물건은 멀쩡한데 환불할 수 없다든가, 학창시절에 나한테 맞고 다니던 놈이 갑자기 책을 몇 권씩 내고 있다든가. 이런 것들은 생각할수록 답도 없고 스트레스만 받을 뿐이다. 다 상관없고 알 이즈 웰이다. 그냥 x는 $-b \pm \sqrt{b^2 - 4ac}\,/2a$인거다. 받아들여라. 마음이 편해진다. …왠지 주지스님이 하는 말 같다. 나 무교인데.

결국 스트레스 받는 건 어쩔 수 없다 치고, 그럼 관건은 어떻게 푸느냐 하는 거겠다. 여기가 조금 어려운데, 스트레스가 극심한 상황에 본인이 스트레스를 받고 있는 것조차 잘 모르는 사람도 있기 때문이다. 그러니까, 스트레스가 쌓여서 나오는 결과를 본인의 성격장애나 분노 조절 실패 혹은 신체적으로 피로해서 생긴 현상이라고 생각해 버린다 는 거다. 물론 내가 진짜 병신이라 병신 짓을 할 수도 있지만, 그래도 '스트레스를 많이 받아서' 어쩔 수 없이 병신 짓을 했다는 쪽에 무게를 두고 싶지 않은가? 뭐가 됐든 그나마 개선의 의지가 있는 쪽으로 생각 하는 게 좋겠다. 그래야 발전이든 개선이든 있을 수 있는 거니까.

우리는 스트레스를 푸는 방법을 본능적으로 몇 가지 알고 있다. 정 신적으로 큰 상처를 받아 죽고 싶은 마음이 들 때 갑자기 치킨이 먹고 싶어지거나, 추석에 집에 안 내려가겠다고 땡깡을 부리다 아빠한테 혼 나곤 갑자기 수음(용두질)을 해버린다든가⋯ 방금 전 얘기는 예시일 뿐 내 얘기가 아니라는 것만 좀 알아줬으면 좋겠다. 우리 아버지는 내 가 5살 때 돌아가셨다. 저게 내 얘기면 설정오류다.

그런데 이런 본능적인 해소방법이 우리의 스트레스를 모두 일거에 풀어줄 수 있는 것도 아니라는 게 문제다. 특히 후자의 경우에는 오히 려 자괴감으로 인해 스트레스가 배가될 수도 있고⋯ 모든 종류의 스 트레스가 같은 해소방법으로 풀린다면 얼마나 아름다운 세상이겠는가. 근데 아니다. 세상일이 그렇게 간단하지 않다. 어떤 스트레스는 공을 개 세게 던지거나 뻥 차는 걸로 해결해야 하고, 어떤 스트레스는 친구 들과 하루 종일 수다를 떨면서 해결해야 하며, 또 어떤 스트레스는 전 문가의 도움을 받아서 해결해야 한다. 내가 어떤 스트레스를 받고 있는

지, 그리고 그걸 어떻게 해결해야 하는지를 판단하는 건 삶의 만족도 측면에서 꽤 중요한 일이다. 행복지수가 낮은 건 다 이유가 있다.

실제로 우리나라 사람들의 경우 대부분 스트레스를 푸는 방법이 정형화되어 있다는 느낌이다. 여긴 스트레스 쌓기에는 최적의 나라이고 여기 사람들은 그걸 견디는 데에는 완전히 도가 튼 사람들인데, 정작 그걸 푸는 건 어설프거나 남이 하는 걸 그대로 답습 하는 경향이 있다. 평일 동안 받은 스트레스는 당연히 불금 불토에 화끈하게 지르면서 해소해야 하지 않느냐는 그런 느낌. 스트레스를 받긴 한 것 같은데 일단 이걸 달래려면 금요일 밤 홍대든 강남이든 쏴봐야 한다는 느낌. '다른 사람들도 이렇게 스트레스 푸니까 나도 이러면 풀리겠지' 하는 건 심각한 유아적 발상이다. 몸이 피곤해 집에서 요양하는 사람한테 '금요일 밤인데 집에 박혀있냐? 어휴ㅉㅉ'이라며 핀잔을 주는 것도 웃기는 일이다. 클럽 간다고 다 스트레스 풀리는 거 아니다. 뭣보다 불건전한 목표를 가지고 클럽에 가는 사람(주로 남자)이라면 더더욱 그렇다. 목표를 이룬다면 그것대로 문제고, 이루지 못한다면 자괴감+피로감+극도의 스트레스다. 특히 난 사람 많은 것도 싫고 그게 여자든 남자든 부대끼는 것도 싫으며 땀 흘리는 것도 싫고 술도 안 좋아한다. 거기에 담배는 피지도 않고 냄새 맡는 것도 싫으며 춤추는 것도 별로 안 좋아하는 데다 시끄러운 건 질색을 한다. 그래도 난 금요일 토요일 밤마다 클럽에 가야 하는가? 가봤자 존나 극심한 스트레스다. 난 클럽에 갈 바에야 그냥 조폭아저씨 5명 있는 습식사우나에 있는 게 더 쾌적할 것 같다. 알몸인데 돈이라도 뺏기겠는가. 어… 제가 콩팥은 좀…

가만 보면 미디어가 그런 행태를 부추기는 경향도 있다. 상사한테 존나 털린 스트레스를 그날 밤 포장마차에 가서 소주 까면서 푸는 게 대체 언제 적 얘기인가? 그냥 집 가서 잠을 자든가 괜찮은 영화를 한 편 보든가 따뜻한 물에다 10분 정도 발이라도 담그고 있든가… 조금만 생각해보면 좋은 방법, 나한테 맞는 방법이 아주 많은데 왜 '이렇게 해야 할 것 같은' 방식으로 스트레스를 풀려고 하는지 알 수 없다. '남이 다 하는 걸 내가 못하는 상황'을 견디지 못하는 사람들의 비애다.

결국 대부분은 스트레스 푸는 법을 몰라서, 스트레스를 재생산해버린다. 예를 들어, 공부한 스트레스가 쌓여서 그걸 풀려고 PC방에 가서 롤을 한다. 그러면 대개 망하는 것이다. 니가 롤을 존나 잘하는 인간이거나 순수한 즐겜 유저(게임의 승패와 상관없이 즐겁게 게임을 하는 유저. 보통은 게임에 방해가 된다)라면 상관없지만, 그게 아니라면 높은 확률로 또다시 스트레스를 받을 것이다. 다섯 명이 있으면 그중에 꼭 한 명은 쓰레기가 있는 법이니까. 하나 더. 간만에 주말이고 해서 남자 혹은 여자 친구와 함께 놀이동산 데이트로 스트레스를 풀어보자고 했는데, 입장해보니 시발, 사람이 존나 많다. '아틀란티스', 그 2분짜리 롤러코스터 하나 타려고 120분을 대기해야 하는데 120분이면 적당한 길이의 영화가 한 편이다(진짜 영화 보면서 기다리는 사람도 있다). 주말에 할 일도 어지간히 없는지 요 근처 사람들은 다 여기로 모인 것 같다. 역시 사람 생각하는 게 다 똑같은 걸까? 갑자기 인구밀도

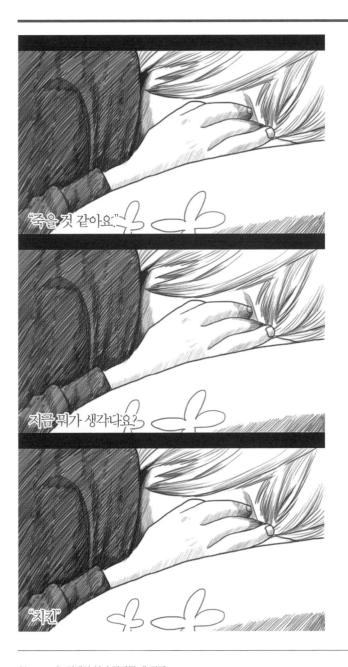

가 높은 대한민국에 사는 게 빡쳐 오기 시작한다. 툭하면 어깨빵을 당하고, 짜증은 솟구치는데 그와는 별개로 내가 괜히 오자고 말한 것 같아서 서로에게 미안한 상황. 결국 상대방 눈치만 계속 보다가 행복해야 할 놀이동산에 들어온 지 2시간도 안 되어 대판 싸우곤 각자 집으로 가서 삐친 채로 카톡도 안 하다가 급전화. 울고불고짜고 감정소모를 있는 대로 하고는 이내 지쳐 쓰러져 잠드는 것이다. …이게 대체 뭐하는 짓이란 말인가?

앞서 보았듯 스트레스에 대한 이해가 부족한 대부분의 사람들은 스트레스를 풀려다 오히려 배로 받고 가는 경우가 많다. 왜냐하면 한국인들은 노는 건 좋아하지만 노는 방법은 다양하지 않기 때문이다. 놀이라는 건 본질적으로 내가 재미와 흥미를 느껴서 스트레스를 해소하는 활동들인데, 우리나라의 놀이문화는 상당히 한정되어있다. 술 마시고 돈 쓰고 먹고 클럽 가고. 까놓고 말해 이것들이 좋은 방법이라고 할 수 있는 것들도 아니다. 과하면 몸에 안 좋다. 스트레스 해소가 된다고 해도 그동안 쌓이는 스트레스에 비해선 미미할 뿐이다. 예컨대 평균적으로 스트레스 100을 쌓고 10을 푸는데 이게 장기적으로 내 삶에 좋을 리가 만무하다. 단순 계산으로 매일 90씩 스트레스가 쌓이면 1년쯤 후엔 계왕권 4배를 쓴 손오공 전투력 수준으로 스트레스가 축적된다는 것을 알 수 있다. 이건 결국 터진다. 그 전에 터질 수도 있고, 그 이후에 터질 수도 있다. 중요한 건 어찌 됐든 터진다는 거다. 뻥!!!!쾅!!!!!!!!!! 푸쉬이이이이이이이이이-

솔직히 말하면, 내가 그랬다. 나는 사람 많은 거 좋아하지도 않고 술 마시는 것도 안 좋아하는데, 대학 신입생 시절에는 '당연히 대학생이라면' 그래야 하는 줄 알았다. 그래서 술자리가 생기면 쫄래쫄래 따라가 마시지도 못하는 술을 꾸역꾸역 마셔서 다음날 토를 하고, 사고도 몇 번 치고, 그러고 나서 한동안 자괴감에 빠져 허우적대다가 어느 순간 깨달은 것이다. 아. 나는 이걸로 스트레스를 풀 수 없는 인간이구나, 라는 걸.

나는 혼자 있을 때 굉장히 편안하고 안락한 느낌을 얻는다. 혼자 적절한 온도가 유지되는 방 안에서 의자에 편하게 앉아 멍을 때리고 있으면 심신이 안정된다. 그렇게 아무 할 일도 없이 광활한 우주와 그 사이에 붕붕 떠다니는 우주 먼지, 그리고 수많은 별들이 태어나고 사라지는 명멸의 과정을 머릿속으로 그리다 보면 스트레스가 풀린다(진짜다). 그리고 혼자 먹고 싶은 밥 먹는다. 혼자 밥을 먹는다는 건 아무 눈치도 보지 않고 내가 먹고 싶은 걸 먹을 수 있다는 뜻이다. 난 애슐리 같은 샐러드 바도 혼자 가서 먹은 적이 꽤 많다. 아무도 나 같은 거 신경 안 쓴다. 그리고 혼자 게임한다. 온라인 게임으로 경쟁하는 건 귀찮고 소모적이다. 지면 질수록 악에 받치고 상대방이 미워진다. 스트레스 받는다. 반면 콘솔 게임은 경쟁이 아니라 하나의 작품이라는 느낌이다. 기승전결이 있고 이야기가 있고 메시지가 있는. 나는 이렇게 스트레스를 푸는 사람이다. 사람들로부터 치이면서 사는 직업을 가진 사람이거나, 사람들을 만나면서 얻은 스트레스를 해소하는 데에는 나 같은 방법이 더욱 효과적일 수도 있겠다. 과학의 시점에서 스트레스라는 건 하나의 화학적 작용일 뿐이지만, 그 경위는 사람의 성향에 따라 판이한 것이고 그걸 해결하는 방법도 마찬가지다. 인간이라는 건 개체 차가 아주 큰 동물이다. 남들이 하는 걸 따라하고 흉내 내는 건 결국 또 하나의 스트레스가 된다. 다른 사람이 불편해 하지 않는 이상, 좆대로 해라(여성차별발언 아님. 남성비하발언 아님). 내 삶의 행복은 다른 사람이 담보해주지 않는다.

프레디 머큐리
Freddie Mercury 1946. 9. 5 ~ 1991. 11. 24

모난 돌

████████ 꽤 슬픈 얘기지만, 나는 생각해보면 어디에서든 '모난 돌'
이었다. 내가 잘하는 것들은 항상 어디에 방해가 되는 것이었다. 학창
시절엔 정신이 너무 산만해서 수업분위기를 흐리기 마련이었고, 대인
관계에서는 눈치가 너무 없어 아무리 즐겁게 떠들고 있는 친구들이라
도 내가 가면 정색을 하고 흩어졌다. 대화하다 보면 답답하기만 하니
까. 초등학교 시절 나를 유난히 미워했던 담임선생님은 나를 교무실로
불러 내가 모난 돌이라 했다. 정확한 뜻은 몰랐지만 어린 마음에 좀 기
분이 상했던 것도 같다. 초등학생한테 말하는 건데 '피곤한 인간' 정도
로 순화해서 얘기해주면 어디가 덧나나…

하지만 나는 내가 생각해도 상당히 피곤한 인간이었다. 굳이 하지

않아도 될 말과 행동을 끊임없이 해댔다. 사람들은 날더러 눈치도 없고 철도 없다고 했다. 어렸을 때부터 내게 귀가 따갑도록 들려온 말은 뭔가를 '하라'는 게 아니라 '하지 말라'는 것들뿐이었다. 물론 시킨다고 다 하지는 않았을 것 같지만, 난 따분하게 교실 의자에 앉아있는 게 싫을 뿐이었는데.

'너만 가만히 있으면 돼', '너만 조용히 있으면 돼', '왜 없어도 될 일을 굳이 만드냐?' 나는 항상 트러블메이커였고, 누군가의 장애물이었고, 디제스터였다. 그래서 나는 '다른 사람에게 덜 방해가 되는 사람'이 되는 걸 목표로 했다. 그래서 열심히 배웠다. 교실에서 조용히 앉아있는 법, 다른 친구들의 커닝을 모르는 체하는 법, 공공연한 왕따를 방관하는 법, 선생님에게 대꾸하지 않고 반성문을 쓰는 법. 이해는 할 수

없었지만, 어른들은 이런 걸 '철든다'라거나 '사회화'라고 부르는 듯했다.

'둥글게 사는 법'은 '닥치고 사는 법'과 동의어까지는 아니더라도 유의어쯤은 되는 것 같았다. 닥치고 있으면 적어도 일이 커지진 않았다. 모르거나 혼란스럽거나 궁금하거나 화가 나거나 짜증나거나 슬프거나 아프거나 무섭거나 싫을 때엔 최소한 조용히 있는 것만으로 최악의 상황은 면할 수 있었다. 그러다 보니 초등학교 시절 '저요! 저요!'하면서 주먹을 들던 아이는 어느새 강의실에서 한 마디도 하지 않는 대학생이 되어있었다.

흔히 사람들은 우리나라가 정이 넘치는 나라라고들 하지만, 모난 돌에게 돌아오는 것은 정情이 아니라 날카로운 '정丁'이다. 모난 돌은 어딜 가든 항상 정을 맞는다. 정을 받기는커녕 정에 맞기만 한 모난 돌들은 점차 둥글게 변해가는 과정을 거쳐야 한다. 그런데 우리 사회에서 필요한 것이 오로지 둥근 돌 뿐이냐고 했을 땐 그건 아니다. 둥글둥글한 돌이 장식용으로 쓰일 때, 모난 돌은 더 날카롭게 다듬어져 뗀석기 간석기로 쓰인다. 우가우가하던 원숭이들이 지금 이렇게 목에 주름을 잡고 다닐 수 있는 것은 모두 모난 돌들 덕분인 셈이다. 나는 이걸 쓰임새의 차이라고 말하고 싶다.

사실 둥글둥글한 것들만 잔뜩 모아놨을 땐 아귀가 잘 맞지 않는다. 중간에 반드시 날카롭게 패인 빈자리(은행 잎 모양의)가 생기기 때문이다. 그 빈자리를 채우는 것은 바로 모난 것들의 몫이라고 생각한다. 무엇이 옳다고 할 수는 없다. 그저 위치가 다를 뿐이다. 역할이 다를 뿐이다. 둥근 것들과 모난 것들이 옹기종기 모여 더욱더 튼튼한 전체가 된다. 높고 튼튼한 돌탑을 쌓을 때 필요한 것은 똑같은 모양의 돌 수백 개가 아니라 유기적 퍼즐처럼 섞일 수 있는 다른 돌들이다.

내가 좋아하는 농구에는 이른바 스크린Screen이라는 기술이 있다. 그냥 쉽게 말하면 '걸리적대는 것'이다. 공을 잡고 있는 팀원이 돌파나 슛을 쉽게 하기 위해 내가 수비수의 장애물이 되는 기술. 내가 걸리적 대는 능력이 어딘가에선 큰 도움과 조력이 될 수 있다는 것이다.

'조화'보다 중요한 것은 '차별받지 않음'이다. 다르니까, 어울리지 못하니까 차별하고 밀어내는 것은 조화가 아니라 배타다. 이 세상의 모든 별종들에게 필요한 것은 조화됨을 강요하는 것이 아니라, 그 독특

어… 그냥 돌탑 치곤 꽤 큰데…?

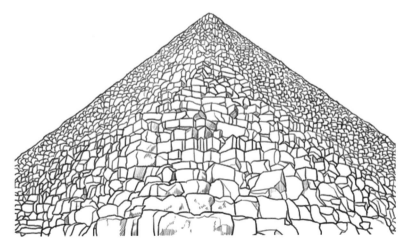

함을 창조적으로 뻗을 수 있도록 하는 포용과 지지다. 여전히 타고난 날카로움 때문에 미움 받고 있는 수많은 모난 돌들에게, 아직 꿋꿋하게 살아가고 있음에 감사와 경배를 드린다. 둥근 척하는 세상의 날카로운 틈바구니 사이에는 분명 우리가 필요한 곳이 있다. 깊게 찌르되, 창이 아니라 열쇠가 되면 좋겠다.

시드 비셔스
Sid Vicious 1957. 5. 10 ~ 1979. 2. 2

어른이 Kidult

━━━━━ 키덜트Kidult라는 말이 유행하기 시작한지는 몇 년 됐다. 꽤 철이 지난 말이라 그냥 써도 되잖을까 생각했지만, '수능 3등급 주제에 영어 많이 아는 척 하네ㅋㅋㅋㅋ'라고 할까봐 일부러 '어른이'라고 순화해 이름을 붙였다. 어쩐지 우리말이라서 더 정감이 가기도 한다. 그냥 기분 탓일까?

세대격차가 점점 줄어들고 있다는 느낌이다. 아니, 나이보다 젊게 사는 사람들이 많아지고 있다. 10대는 어떻게 살아야 하고 20대 30대는 어떻게 살아야 한다는 게 딱 정해져있는 건 아니라서 '나이에 맞게 산다'는 게 무슨 의미인지는 모르겠지만… 여하튼 내 느낌으로 그런 것 같다. 앞날이 창창한 20대 청년이 프라모델과 피규어를 모으는 것.

30대 아저씨가 롤과 메이플스토리를 하는 것, 40대 아줌마가 『원피스』, 『나루토』를 보고 눈물을 흘리는 것 등은 더 이상 어색한 광경들이 아니다. 기업들 입장에서는 좀 당혹스러울 것 같기도 하다. 애들 보라고 애니메이션 만들고 애들 갖고 놀라고 장난감 만들어놨더니 어른들이 다 쓸어 가버리는 어이없는 상황. 덕분에 애들은 울상이고 어른들은 '급빵끗'이다. 물론 회사야 당혹스럽더라도 돈은 더 버니까 상관없는 걸까. 해피밀 사은품 얻으려고 맥도날드 앞에 롯데월드 자이로스윙마냥 줄을 길게 늘어선 사람들을 보면 요즘은 키덜트 저격 장사가 대세인 것도 같다.

사실, '어른들의 세계'라고 하면 그리 아름다운 이미지는 아니다. 술과 담배, 주민등록증, 독립, 경제적 어려움, 세금, 전입신고, 공과금, 노동, 그리고 책임. 누구든지 시간이 지나면 신체적으로 어른이 되지만, 누구든지 어른이 '잘' 되는 것은 아니다. 누군가는 준비가 조금 덜 된 상태로 어른이 된다. 뭐랄까, 비유하자면 넌 '노르망디 상륙작전'에 투입되는 병사인데, 총에 총알이 없는 상태로 작전이 개시됐다는 느낌. '누군가는'이라는 말을 쓰긴 했지만, 솔직히 말하면 우리들 대부분이 그렇다. 총알 없는 총을 메고 총알이 빗발치는 전쟁터로 향하는 그런 병사다. 사실은 총알이 없다는 것도 잘 모른다.

신체나이와 정신연령은 다르다. 나이를 먹었다고 해서 그게 어른답게 생각할 수 있다는 걸 의미하지는 않는다. 평균적인 수치의 차이는 있겠지. 10대와 30대의 뇌 수준을 따져보면 당연히 전자가 철이 덜 들었을 것이다. 그런데 평균은 어디까지나 평균이라는 거('평균'리뷰 참조). '대부분' 그렇다고 해서, '다' 그런 건 아니다. 몸은 20대, 30대라도 정신은 10대일 수도 있는 거다. 그게 비참하다. 사람들은 나의 겉모습만 보고 내게 '어른처럼 행동할 것'을 요구하는데… 난 여전히 요구르트만 보면 뒤꽁무니를 물어뜯어 입으로 쏴서 먹고 싶고, 유아용 풀만 보면 큰 대자로 다이빙을 하고 싶으며, 봉봉(트램펄린. 우리 동네는 봉봉이라고 불렀음)을 보면 가서 풀차지 메가맨 점프를 뛰고 싶다. 10년 전이랑 똑같다. 단지 몸이 커지고 사는 곳이 커졌을 뿐이지.

난 이제 겨우 20대지만, 10대로 돌아가고 싶은 생각이 아주 가끔 들긴 한다. '충분히 젊은 놈이 무슨!'이라고 하면 무안하지만, 사실이다. 길을 걷다 시끄럽게 떠들며 지나가는 여고생들을 보면 '저렇게 생각 없이 살 수 있다니… 부럽다…' 같은 생각이 드는걸. 그래도 당연히 안 다. 쟤들은 쟤들 나름의 고충이 있을 거고, 내가 하는 걱정 역시 30, 40대에 비하면 별 거 아닐 수도 있다. 그래도 풋풋했던 시절을 그리워한다는 건 나이를 얼마나 먹든 똑같다. 사람이란 지금 힘들고 좆 같은 것만 계속 생각나지, 과거에 내가 얼마나 힘들었는지는 잘 기억이 안 나기 때문이다. 과거미화 하나는 죽이게 잘하는 동물이다. 아, 방금 내 학생 시절을 잠깐 복기해 봤는데. 취소다. 단 하루도 돌아가기 싫다. 한 시간 정도면 몰라도.

그래도 요즘엔 조금이라도 젊은 삶을 살기 위해 모두가 부단히 노력 중인 것 같다. '어른처럼' '어른답게' 보이는 욕구가 가장 강한 건 오히려 10대들이다. 10대들이 술 담배하고 클럽이나 다닐 동안, 20대 30대는 한정판매 피규어를 사려고 줄을 서거나 집에서 콘솔 게임을 하고 있으며, 40대 애기아빠는 비상금으로 커다란 물총을 사서 거실에 누워 군대놀이를 하고 있지 않은가. 얼마 전 내가 자주 가던 도림천 농구장에선 새로 나온 조던을 신고 페이드어웨이 슛을 쏘는 할아버지도 봤다. 저 할아버지가 조던보다 나이가 많을 것 같은데…

인터넷 덕분에 요즘 어른들은 꽤 많이 젊어졌다. 30대 40대가 〈리니지〉 하는 건 이제 자연스러운 그림이다. 세대 차이가 눈에 띌 정도로 명확했던 옛날에 비하면 요즘은 두 대 차이 정도 되는 것 같다. 여전히 '아재체', '줌마체' 같은 걸 보면 인터넷 상에서도 세대가 꽤 쉽게 구분될 수 있긴 하지만. 그래도 인터넷이라는 매체 덕에 정보는 인터넷을 접하는 연령대에게 대체로 고르게 분포한다.

일단 인터넷과 함께 자라온 우리 세대의 경우, 상대적으로 아랫세대와의 격차가 줄어든 것 같다. 물론 넘을 수 없는 최소한의 차이 정도는 있겠지. 그래도 우리가 지금 인터넷을 하고 있고 미래에도 할 예정이고 앞으로 태어날 놈들도 인터넷을 하리라는 걸 생각해 보면 지금의 차이만큼 세대 간의 정서가 크게 벌어지진 않을 것 같다. 그 때쯤 되면, 40대에 접어드신 담임선생님에게 '선생님 노잼각ㅋㅋ ㅇㅈ하는 부분?'이라고 했을 때 바로 분필이나 분필 지우개가 날아올지도 모른다.

내가 예상하건대, 아마 30년 후 게임회사들의 가장 주된 고객 연령층은 60대 이상의 노인들이 아닐까 싶다. PC방에는 10대부터 많게는

80대까지 다양한 연령의 사람들이 들어찰 것이고, 그래서 연령대를 구분해야할 필요성이 제기되어 노인 전용 PC방이나 청소년 전용 PC 방 같은 게 생겨날지도 모른다. 노인정에는 바둑판 대신 데스크탑이 주루룩 깔리고, 장기 대신 스타와 롤을 하겠지. 아마. '아이구~ 나이를 먹어서 딜이 잘 안 되는구만~', '할아버지! 요즘 그런 게임을 누가해요오~', '예끼 이놈! 천지스톰을 당할 놈 같으니!' 같은 대화나, '할아버지, 잠이 안 와요. 어떡하죠?', '이리 와서 〈디아블로3〉나 좀 해보거라. 곧 잠이 올 게다' 같은 말들이 오갈지도 모른다. 그쯤 되면 세대갈등은 현실보다는 인터넷, 특히 게임 안에서 더욱더 격화되어서 나타날 것 같다. 젊은 놈들이 영 탐탁지 않은 노년층들은 본격 PK길드를 만들어서, 연금을 들이부은 장비와 캐릭터 빨로 하루 종일 월드를 돌며 초중고딩들을 사냥하지 않을까? 이렇게 되면 진짜 무서울 것이다. 왜냐면 노년층 정도 되면 패드립에도 대개는 면역이 생기기 때문이다. 하루종일 게임할 수 있는데 캐릭터와 장비는 존나 쎄고, 패드립은 안 통한다니. 이론상 무적의 존재다.

그래도, 어른이가 많아지는 이유가 단지 인터넷의 활성화 때문만은 아니라 생각한다. 지금은 마냥 쉽게 어른이 되기 싫고, 되기 어려운 세상, 되어서 좋을 게 없는 세상이다. 정신은 젊은 시절 그대로인데 시간은 훌쩍 지나버렸다. 되돌릴 수 없음에 슬퍼하지만 구태여 7080라이브클럽을 찾아. 조용필과 이선희의 노래를 듣는다. 나중에 우리도 마찬가지겠지. 1020클럽 같은 곳에 가서 아이유나 빅뱅 노래를 들으며

'아아… 그땐 그랬었는데 흑흑' 하고 눈물을 흘리지 않을까. 뭐 그때쯤 되면 핵전쟁으로 지구가 개박살 났을 수도 있겠다. 내 생각에 지구가 그렇게 수명이 긴 행성은 아닐 것 같아서.

나는 이제 겨우 사회라는 열탕에 발을 담근 초년생이다. 너무 뜨거워서 확 들어가긴 그렇고, 아직은 발만 넣었다. 뜨거워서 빼고 싶은데 다른 만만한 탕은 없다. 이왕이면 '온열 스파로 해주지' 하는 생각도 들지만 별 수 없다. 하나하나 따지고 올라가다 보면 결국 열탕만 있는 목욕탕에 온 내 잘못이겠지. 이제 곧 그럴 때가 올 것이다. 원룸에 사는 게 부끄러워지는 때, 면허도 없고 차도 없이 걸어 다니는 게 창피해지는 때, 통장에 여덟 자리 수조차 모아두지 못한 게 놀림감이 될 때가. 아마 허리까지 집어넣으면 그렇게 될 것 같다. 시간이 아무리 지나도 뜨거운 게 익숙해질지언정 탕이 미지근해지지는 않을 것이다. 그래도 가끔 생각한다. 하나밖에 없는 탕이 이렇게 뜨거운 줄 모르고 들뜨던 시절. 들어오기 전에 했던 시원한 샤워를. 눈을 뜨면 여전히 몸이 화끈거린다. 영혼의 때가 불어간다. 나가면 벅벅 밀어야겠지.

조금이라도 젊게 살려는 노력은 아주 긍정적이다. 늙는다는 건 몸보다도 마음이 더 아픈 일이니까. 그러니까 내 말은 제발 우리도 '만나이' 좀 쓰자는 거다. 약국에서 약 타오면 내 약 봉투에 적혀있는 그 나이 말이다. 세계에서 우리나라처럼 나이 계산하는 나라 거의 없다. 만 나이가 진짜 나이이고, 글로벌하게 통용되는 나이다. 이걸 쓰면 한 살에서 두 살은 어려진다. 우리나라에서 내년이면 삼십대 됐다고 울상

짓지 마라. 다른 나라 가면 아직도 이십대 후반이니까. 우리나라에서 내년이면 이십대 된다고 기고만장하지 마라. 다른 나라 가면 그냥 십대 후반의 핏덩어리니까. 뭐 어떤가? 젊게 산다는 건 좋은 거잖아. 젊게 산다는 건.

지구에서 가장
유명했던
키덜트

1인분의 삶

서명

중학교 때였을 것이다. 한 번은 학교에 갔더니 내 짝꿍이 하루 종일 공책에다 낙서를 하고 있었다. 사실 나도 그땐 공부라곤 전혀 안 했기 때문에 공책에다 정육면체를 그리고 거기다 명암을 넣거나, 원을 그리고 거기에다 명암을 넣어 구로 만드는 헛짓을 하긴 했다. 그런데 놈은 달랐다. 알 수도 없는 짧은 글씨를 슥슥, 계속 반복해서 쓰고 있었다. 4교시 점심시간 직전까지 혼자 어리둥절하다가 그게 대체 뭔지 겨우 물어보니 놈은 다름 아닌 싸인Sign 연습이라고 했다. 아마 그게 내가 태어나서 가장 처음으로 본 서명이었을 것이다. 그전에는 봐도 서명이 뭔지 몰랐으니까.

그런데 왜 머리에 피도 안 마른 놈들이 수업시간에 당장 쓸 일도 없는 싸인을 연습하는가. 나중에 가면 다 쓸데가 있다고 말하긴 했지만, 사실은 그냥 멋있어보여서 했던 것 같다. 하여간 어른들이 하는 건 죄다 따라하고 싶은 것이 어린놈들의 심리 아니겠는가. 부모님이 안 쓰는 신용카드를 쓸데없이 지갑에 넣고 다닌다거나, 몰래 술을 사서 마신다거나, 학생답지 않게 짙은 화장을 한다거나 뭐 그런 것들. 무료한 수업시간을 쉽게 때울 수 있다는 것, 그리고 어른 흉내를 내고 싶은 어린 심리 같은 것들이 동시에 작용해서, 자신만의 싸인 만들기와 싸인 연습을 하는 게 금방 반 전체에 유행하기 시작했다. 예나 지금이나 유행이 뜨고 사라지는 건 한순간인 듯하다.

대부분은 하루나 이틀 정도 사인에 몰두하다 금방 다른 취미를 찾곤 했는데, 그 와중에 몇몇은 진심으로 싸인 연습을 몇 주간 계속 했다. 걔들 말로는 'TV에 나오는 슈퍼스타가 되면 싸인할 일이 많으니까 지금 연습해야 한다'고 했다. '어… 그래. 열심히 해'라고 대답하긴 했지만 좀 삽질인 것 같았다. 처맞을까봐 대놓고 말은 못했지만(쎈 애들이었다) 걔들 이름을 지금 네이버에 검색해보면 동명의 트로트 가수와 60년대생 기업인만 나온다. 중학교 동창들의 근황을 일일이 알지는 못하지만, 적어도 걔들이 슈퍼스타가 돼서 싸인하느라 바쁘진 않은 것 같아 마음이 편안했다. 아마 싸인지 말고 계약서 같은 데에는 싸인을 많이 했을 것이다. 통장개설이나 신체포기각서 같은 것들 말이다.

나는 기본적으로 유행을 따라가는 걸 별로 안 좋아해서(못하기도 했다. 눈치가 없었음) 싸인 연습을 일부러 안 했다. 중학교 3학년 때 조금 하긴 했다. 부모님 싸인 연습이었다. 그땐 학교에서 나눠주는 가정통신문에다 부모님 싸인을 받아오지 않으면 호되게 처맞는 아름다운 풍습이 있었는데, 어차피 내 부모님은 가정통신문 그런 거에 관심도 없고 딱히 호의적이지도 않았기 때문에 그냥 내가 그때그때 부모님 싸인을 대필해서 제출했다. 부모님 싸인이라는 건 무엇보다도 리얼함이 생명인 것이라 연습을 꽤 많이 했다. 정작 내 싸인은 생각도 없었고 관심도 없다 보니 영영 할 일이 없었다. 대학에 들어가고 나서도 그랬다. 계약서나 신청서 같은 곳에 필요한 서명은 그냥 이름을 정자로 적었고, 체크카드를 쓸 때 필요한 전자서명은 그냥 선만 찍 그었다. 서명 같은 거 없어도 사는 데에는 아무 지장 없었다. 애초에 나 같은 좆밥 쓰레기의 싸인을 어느 누구도 필요로 하지 않았으니까. 굳이 공적인 문서에 서명이 필요할 땐 인감도장을 찍었다. 그게 제일 깔끔하잖아?

솔직히 서명에 대해서 이해할 수 없는 부분이 많기도 했다. 보통 서명은 본인 이름을 변형시켜서 만든다. 서명署名의 사전적 의미 자체가 '본인의 이름을 써넣음'이니까(보통 서양에서 팬에게 해주는 싸인은 오토그래프Autograph로 구분한다. 우리나라에서는 그냥 서명=싸인). 그런데 대부분의 서명은 정말 이름이 맞는 건지도 모를 만큼 괴이한 형태인 경우가 대부분이다. 나는 그게 시발 글자라는 걸 믿을 수가 없었다. 글자라는 건 알아볼 수가 있어야 글자 아닌가. 나는 한국어 사용에 전혀 이상이 없는 한국인이고, 영어도 대강 발음정도는 할 수 있다. 일본어도 히라가나는 읽을 수 있으며 한자는 유치원 다닐 때 8급을 따서 기본적인 건 알 수 있다. 근데 내가 본 싸인은 죄다 여기에 포함되지 않는 외계어였다. 아마 아랍어나 상형문자 같은 고대어일 수도 있을 것이다. 물론 서명이라는 건 본인의 시그니처이고 그만큼 상징적인 의미긴 하지만… 일단 알아볼 수는 있어야 하는 거 아닌가? 흘림체까지라면 이해라도 하겠는데 이미 흘림체 수준이 아니다. 군이 분류하자면, 문맥이 없으면 어떤 글자인지 파악하기조차 쉽지 않은 한자 초서체와 비슷하다. 그런데 초서체는 속기를 위해 쓰는 거라고 변호라도 할 수 있는데, 이름 두세 자 적는 게 뭐가 그리 급하다고 그걸 초서체로 쓰냐고… 나는 이해할 수 없었다.

덕분에 꽤 당혹스러운 건 식당에 갔을 때다. 좀 유명한 식당이라는 곳에는 꼭 그곳을 다녀간 연예인들의 싸인이 가게 벽면 같은 곳에 줄줄이 붙여져 있는데, 문제는 그게 누구 싸인인지 알아보기가 힘들다는 거다. 연예인이 왔다간 식당이라는 건 좋은데, 대체 누가 왔다갔냐고. 싸인지 옆에 이름을 일일이 써놓거나 해당 연예인의 사진이라도 작게 붙여놓는 식당 주인의 배려가 없다면 전혀 알아볼 수 없는 것들이 대부분이다. 이게 누구 싸인인지 모르면 무슨 의미가 있지. 싸인을 좀 복잡하게 쓰는 사람들을 싸잡아 욕하는 게 아니다. 솔직히 서명을 어떻게 하든 그건 본인의 자유다. 그냥 나같이 배배꼬인 사람들에게는 유난히 불편하게 느껴질 뿐이다.

얼마 전 배우 박해일의 싸인이 화제가 된 적이 있다. 정자로 또박또박 쓴 글씨. 무심한 듯 시크하지만 자기 팬들에게는 따뜻해 보이는 그런 싸인이었다. 나는 여태껏 본 연예인들 싸인 중에 제일 좋다고 생각했는데, 이를 본 몇몇 사람들의 반응은 '존나 대충했네', '팬한테 너무 무심한 것 아닌가'였다. 아니 시발, 정자로 또박또박 쓰는 거랑 알 수도 없는 글자를 찍찍 그어서 주는 것 중에 뭐가 더 대충한 건지 생각을 좀 해봐라… 싸인으로 본인의 이름을 알린다, 내 이름을 시그니쳐로 만든다는 걸 가장 충실하게 수행하는 싸인인 것인데. 물론 갈겨쓰든 또박또박 쓰든 팬들을 향한 존중과 사랑은 매한가지일 테지만, 애플을 위시해 점점 심플리시티의 추세로 변화하고 있는 현대 디자인을 정면으로 관통한 싸인이 아닐 수 없는 것. 아마 박해일은 배우이면서 모던 타이포그래피 및 글씨 디자인에 조예가 아주 깊은 사람은 아닐까. 사실 잘 모르고 지껄인 말이다. 너무 진지하게 받아들이지 않았으면 좋겠다.

서명을 어떻게 하든…
　　그건 너의 자유지

　그래서 지금 나더러 싸인이 있느냐 없느냐고 물으면… 있다. 굳이 말하자면 내 싸인이 아니라 '김리뷰'의 싸인이다. 스타병에 걸렸다고 하면 할 말 없다. 근데 요청하는 사람이 꽤 있어서 최대한 간단하게 만들었다. 특히 지난 책을 냈을 때 SpoTV라는 방송국에서 내 책 400권을 사선 일일이 표지에 싸인을 넣어달라고 요청했는데, 그거 하느라 본의 아니게 싸인 연습을 제대로 했다. 지금은 꽤 잘한다. 그래봤자 난 기본적으로 악필이라 구려보이긴 하지만. 내 원래 이름은 그냥 정자로 쓴다.

　서명한다, 이름을 쓴다는 건 생각보다 꽤 의미가 크다. 어느 단체나 리스트에 나를 포함시키거나, 어떤 의견이나 주장, 조건에 동의하거나, 내 인생을 바꿀만한 계약을 체결하거나… 누구나 이름이 석 자인 것은 아니지만, 내 이름 석 자를 마음대로 부르고 마음대로 쓸 수 있는 건 거의 나만 갖고 있는 권리다. 사람들이 내 집과 재산을 훔쳐갈 수는 있어도, 내 이름과 내 정체성까지 훔쳐갈 수는 없다. 이름은 불러야 의미가 있다. 이름은 써야 의미가 있다. 오랫동안 인터넷에서 떠다니던 김리뷰라는 내 또 다른 자아가 종이에 인쇄되는 것은 여전히 어색하게 느껴진다.

셀프메이드 Self-made

나도 영어 잘 모르는데 한 번 써봤다. 미안… '자수성가_{自手成家}'같은 걸 제목으로 하려니 왠지 어린 나이에 집 떠나서 홀로 회사나 가정을 만들어 살아가는 전투적 삶의 모습을 담아야 할 것 같아서 부담이 됐다. 사실 자수성가라는 게 쉬운 것도 아니고, 아직 아무것도 해내지 못한 내가 함부로 쓸 만한 주제도 아니니까. 검색해보니 '셀프메이드'는 집에서 만들어 먹는 햄버거나 빙수 앞에도 쓰이는 모양이라 어감상 좀 만만하기도 했다. 적어도 자수성가보다는 가벼운 느낌 아닌가.

나는 적어도 우리나라 기준에선 비교적 일찍 독립을 했다고 생각한다. 대학 진학 때문에 스무 살 때 혼자 서울로 올라와 월세 단칸방과 고시원을 전전하면서 살았는데, 월세는 약 1년 정도 의지하긴 했지만 생활비는 혼자 벌어야 했다. 내가 부지런한 인간이 아니라는 걸 나도 잘 알지만, 그때는 정말 절박한 나머지 꽤 열심히 살았던 것 같다. 왜 냐면 오늘 당장 일하지 않으면 내일 굶어야 하는 상황이었으니까. 인간의 생존본능이란 무섭다.

그러다 학업을 그만두고 본격적으로 돈을 벌기 시작해 부모님께 오히려 용돈을 드리기 시작했고, 이것저것 닥치는 대로 일하면서 살았다. 그래서 지금은 나름 여유로워진 편이다. 반지하 방에서 지상 4층의 빛이 잘 들어오는 방으로 이사 왔고, 내가 개설한 통장에는 적은 돈이나마 차곡차곡 돈이 쌓이고 있다. 컵라면만 먹던 시절은 지났고 사실 꽤 자주 밥을 사먹는다. 김밥천국에서 제육덮밥이든 돈가스든 뭐든 먹을 수 있다. 이게 정말 별 거 아닌 것처럼 보일지 몰라도, 나에겐 생각할 때마다 감회가 새로운 일이다. 연고 하나 없는 서울로 올라와서 내가 직접 번 돈으로 방을 계약하고 월세를 내고 음식을 사먹다니. 몇 년 전, 혼자서 밥도 못하고 빨래도 어려웠던 시절을 생각하면 그야말로 상전벽해다.

솔직히 말하면 이건 집안 상황이 영 좋지 않았던 탓이기도 하다. 부모님께 재정적 여유가 있는 상황이었다면 그렇게 열심히 살지 않아도 됐을지 모른다. 근데 아니었다. 요즘 흔히 말하는 흙수저, 똥수저가 바로 나였다. 고등학교 땐 보충수업 교재를 사지 못해 선생님께 매를 맞았고, 돈을 써서 친구들과 어딜 놀러간다는 건 정말 어려운 일이었으며, 내가 공부하는 것에 부모님과 친척들은 큰 신경을 쓰지 않았다. 사촌 형이라는 놈은 어린 내게 군인정신을 강요하며 폭력을 휘두르기도 했다. 내게 소싯적이란 여러모로 고통스러운 나날이었다.

그렇게 살다 서울로 나 혼자 올라왔다. 누군가에게는 타지에 홀로 남게 되는 것이 두렵거나 공포스러운 일일지도 모른다. 그런데 그때 난 기회를 봤다. 나 홀로 바닥에서 치고 올라갈 수 있는 그런 기회. 내가 한 행동에 책임 역시 져야 하지만, 적어도 내가 해낸 것만큼 마땅한 보상을 받을 수 있는 인생의 첫 단추였다. 엄마는 내게 혼자 살면 한 달도 안 돼서 죽을 거라고 했지만. 글쎄, 난 지금 서울에 몇 년째 혼자 살아남고 있다. 생각보다 멀쩡하다.

돈이 생겨서 가장 좋은 건 마음에 여유가 생겼다는 점이다. 일단 밥 먹을 때 천원 이천원 정도로 미친 듯 고민하지 않아도 된다. 물론 땅 파서 천원 이천원이 나오진 않지만, 이정도면 적어도 노력해서 충분히 벌 수 있는 돈이다. 나는 더 이상 치즈돈가스가 먹고 싶을 때 꾹 참고 그냥 돈가스를 먹지 않는다. 그냥 치즈돈가스 먹는다. 겨우 천원 차이 나는데 뭐. 치즈돈가스 먹고 천 원 이상의 만족감과 힘을 낼 수 있다면 주저할 필요 없는 것이다. 내 재력은 벌써 이만큼 성장했다. 내 현실에 소름이 돋을 지경이다.

번 돈을 모아 여행도 다녔다. 마침 회사를 나와서 시간도 많겠다, 얼마 전에는 할인된 항공권으로 제주도 여행을 갔다 왔다. 비행기에서 내려다보는 지상은 정말 까마득했다. 우리나라는 정말이지 좁은 듯 넓었다. 아직 면허가 없어서 제주도에선 주로 버스와 배로 이동했다. 내가 벌어 내가 모은 돈으로 이동하고 밥을 먹다니. 아무도 날 재촉하지 않고 아무도 날 방해하지 않았다. 비록 짧은 여행이었고, 얼마 못가 다시 출판을 비롯한 격무에 시달리며 고통받게 되었지만 더없이 좋은 경험이었다. 이 책을 마무리하고 나는 어디든 다시 여행을 갈 예정이다. 내가 번 돈으로.

이런 내 관점에서 봤을 때는 부모님이 이뤄놓은 것을 자기가 이룬 것으로 착각하는 놈들이 병신 같다고 생각한다. 내가 해외여행으로 갔다 왔네, 어학연수를 갔다 왔네 하고 자랑하곤 그런 기회를 갖지 못한 사람을 내려다보는 건 더더욱 그렇다. 실제로 그러진 못하지만, 그냥 면전에다 대놓고 말하고 싶다. 그거 니 돈으로 갔다 왔냐? 니 부모님 돈으로 갔다 온 거지! 아르바이트로 벌어 한두 푼 모아 갔다 왔다는 건 그나마 낫긴 하지만, 따지자면 다 부모님의 몫이 크다. 아르바이트 나가서 돈 벌어 모을 동안 누가 재워줬으며, 누가 먹여줬으며, 누가 다른 부가적인 비용을 지불해줬나 따져보면… 정말 본인이 '셀프메이드' 한 것들이 맞는지 생각해볼 일이다. 우리나라에서 '혼자 독립해서 잘 곳을 얻고 스스로 일해 번 돈으로 월세와 각종 세금과 식비와 잡화비와 경조사비 등을 다 지불한 후 남은 돈을 모아 여행을 간다'는 건 생각보다 훨씬 어려운 일이다. 해외여행, 유학이나 어학연수는 더더욱 말할 것도 없다.

기억을 더듬어보면 수험생 때부터 느꼈던 것 같다. 누군가 수백만 원짜리 과외를 받고 학원을 다니는 동안 나는 담임선생님께 문제집을 얻어 풀었고 낡아빠진 수학의 정석을 다섯 번 돌려봤다. 대학별 논술 시험을 위해 서울로 올라올 때도 나는 꼭두새벽부터 무궁화호에 올라 서울역에서 새벽을 보낸 후 시험장에 도착한 반면 누군가는 전날부터 부모님이 잡아준 호텔에서 묵다가 여유롭게 자가용을 타고 시험장에 왔다. 그나마 고등학생 시절에는 잘 느끼지 못했던 빈부의 격차가 대학에 와선 너무나 선명하게 눈에 보이기 시작했다. 아니, 눈에 보이는 수준이 아니라 몸과 피부에 직접 느껴지는 것이었다. 누구는 학교에서

언제나 예외는 있다
치트키 쳐야 애한테 조공 바칠 수 있음

1인분의 삶

도보 5분 거리의 전세, 나는 버스 타고 2시간 거리의 반 지하 월세. 그럼에도 불구하고 억울하거나 삶이 원망스럽지는 않았던 것 같다. 내가 만들어내지 않으면 의미가 없다고 생각하기도 했고, 원래 그런 삶을 누리던 놈들은 본인의 행복을 자각하기 어렵지 않은가. 기껏해야 SNS나 인터넷에 자기보다 못해 보이는 사람들을 내려 보며 저질스러운 우월감을 느끼는 게 전부일 것이다. 난 그런 건 싫다.

〈스타크래프트〉를 처음 접했던 시절, 나는 싱글플레이를 하다 너무 어려워서 인터넷에 치트키를 검색했다. Show me the money, Power overwhelming 같은 것들. 존나 신기했다. 채팅창에 문구를 한 번 쓰니 미네랄과 가스가 올라가고, 한 번 더 쓰면 내 유닛들은 아무리 맞아도 생채기 하나 입지 않는 무적군단이 됐다. 나는 치트키를 쳐서 몇 번이고 컴퓨터를 조져놨는데, 이전보다 재미는 없었다. 이미 시작부터 자원도 많고, 유닛도 많고, 승리가 정해져 있는 게임이 재미있을 리가 없다. 그때부터 어떤 게임을 하든 아무 조작도 하지 않고 플레이하게 됐다. 있는 그대로 즐기는 게 게임 제작자에 대한 예의라고도 생각했고, 무엇보다 그 편이 가장 재미있으니까.

사실 삶이든 게임이든 누구나 조금이라도 '유리한 위치'에서 시작하고 싶어 한다. 최대한 많은 사람을 편하게 이기고 싶기 때문이다. 그런데 그게 객관적으로 재미있는 선택이냐고 물었을 땐, 의문부호가 붙는다. 나보다 못한 사람을 보며 우월감을 채우고 희열을 느끼는 변태가 아닌 다음에야 재미는 적다. 이왕 할 거면 노말normal이나 하드hard

난이도를 해야 가슴이 좀 뛰지, 베리 이지very easy나 비기너beginner는 공략하는 재미도 뭣도 없이 그냥 지루할 뿐이다. 어려운 난이도에서 쪼렙으로 시작하는 게 좀 어렵고 짜증날 수도 있다. 어느 구간에선 계속 실패해서 원점으로 돌아갈 때도 있을 것이다. 그런데 끈덕지게 내 플레이를 하다보면 숨겨진 루트를 찾고, 어느새 아이템을 한두 개 채워가다가 결국 공략에 성공하지 않는가. 나는 마찬가지라고 생각한다. 누군가를 이기려고 하는 게임은 부질없다.

나는 쪼렙으로 시작해 어떤 특별한 능력치도 장비도 없이 세상에 던져졌지만, 덕분에 지금 충분히 재미있는 삶을 살고 있다. 혼자 살아남아 재미있는 일을 하고 재미있는 사람들과 재미있는 얘기를 하고 있다. 그리고 아마 앞으로 더 재미있어질 것이다. 솔직히 나는 이미 어느 정도 행복하다. 남은 일은 더 행복해지는 것이다. 소시민적이라고 비웃고 싶다면 그래도 좋다. 어차피 우리들 대부분은 소시민이니까. 그래도 레디메이드Ready-made 인생을 사는 놈들과 셀프메이드Self-made 인생을 사는 나의 차이는 변함없다. 나는 지금 존나 좋다.

자연스러움

■■■■■■ 자, 이제 숨을 수동으로 쉬어보자. 혀를 어디 둬야할지도 고민해보자. 발가락에 감각을 집중해보고, 앉아있다면 손을 어디 두어야할지도, 그리고 침은 얼마마다 한 번씩 삼켜야할지도 생각해보자. 물론 이런 거 신경 안 쓰는 사람도 있을 것 같지만(이해를 못한 경우), 대부분은 좀 심신이 불편해졌을지도 모르겠다. 왜냐하면 자연스러움을 잃었기 때문이다. 요즘말로 하면 내츄럴하지 못한 것이다. 똑같은 말 동어 반복이지만 상관없다. 지금은 세계화시대 글로벌시대 2015년이니까.

나는 좀 부자연스러운 놈이다. 지금도 그런데, 예전에는 더 심했다. 그럼 뭐가 부자연스러웠나. 거의 다 부자연스러웠다. 숨 쉬는 거라든가, 걷는 거라든가, 자리에 앉는다든가, 밥을 먹는다든가. 생각해 보면 내가 자연스럽게 할 수 있는 것 자체가 몇 개 안 됐던 것 같다. 한 번은 밥 먹을 때 왼손을 어디다 둘지 계속 신경 쓰다가, 잘게 부서지지 않은 연근조림이 목에 걸려서 학생식당 안에서 한바탕 소동을 일으킨 적도 있다. 지금 생각해도 좀 부끄럽다. 그때 나는 언제나처럼 혼자 밥을 먹고 있었다. 혼자 밥 먹는 건 아무렇지 않은데, 혼자 밥을 먹다가 왼손 때문에 연근이 목에 걸려서 사람들의 주목과 비웃음을 받는 것은 괜찮지 않았다. 으 시발 부끄러.

이걸 뭐라고 표현을 해야 할까. 나는 존나 자연스럽다는 게 뭔지 잘 모르겠다. 최대한 자연과 동화되고 비슷해지는 것이 자연스러운 건가? 그럼 시발, '네이처리퍼블릭'은 자연스러운 로드샵이고 '에뛰드하우스'나 '아리따움' 같은 건 죄다 섭리를 거스르는 부자연스러운 로드샵인가? 말도 안 되는 소리다. 당장 산에 들어가 자연인으로 산다는 사람도 음식 익혀먹으려고 버너랑 부탄가스는 잘만 쓴다. 입고 있는 옷은 어디가 자연인가? 등산복 및 아웃도어 아울렛에서 40% 세일할 때 산 옷이 자연스러운 건가? 전혀 아니라는 거다.

그럼 주위에 있는 사람들과 똑같아지는 게 자연스러운 것일까? 역시 아닌 것 같다. 애초에 사람이라는 건 외모든 가치관이든 하나부터 열까지 다 다른 법인데. 군대처럼 훈련으로 모든 병사를 똑같이 만드는 일을 자연스러운 현상이라고 할 수는 없지 않은가. 엔트로피는 증가하고 세상은 항상 무질서한 방향으로 흘러간다. 질서에 순응하고 질서를 맞추기 위해 노력하는 게 자연스럽지 않은 이유다.

'그럼에도 불구하고' 우리는 계속 자연스러움과 조화에 집착한다. 갑자기 쑥 들어가는 것도, 툭 튀어나오는 것도 싫다. 새로 산 티셔츠를 입고 밖에 나가려니 찌찌가 툭 튀어나왔다. 찌셔츠다. 그래서 안에 따로 뭔가를 입으려니 흰 티셔츠라 안이 비춰보인다. 씨스루다. '남자인데 찌찌 보이는 게 뭐 어때서? 워터파크에서는 다 까고 다니잖아?'라고 잠깐 생각하곤 난데없이 구급상자를 열어 대일밴드를 꺼낸다. 티셔츠를 걷어 찌찌에 하나씩 붙인다. 심상치 않은 접착력. 뗄 때의 고통이 가늠조차 되지 않지만 일단은 찌찌를 가리는 데 성공했다. 자연스러워졌다.

그런데 예전의 나를 포함해 자연스러움에 집착하려는 사람들의 심리를 한 꺼풀 벗겨내면, 그곳에는 '내 기준에서의 자연스러움'이 아니라 '다른 사람들의 시선에서의 자연스러움'이 있다. 써놓고 보니 좀 아니다. 실제로 다른 사람은 내 찌찌가 티셔츠 바깥으로 튀어나왔는지 아닌지 신경도 쓰지 않으므로 '내가 상상하는 다른 사람들의 시선에서의 자연스러움'이라는 말이 더 적절하다. 겁나 길다.

그냥 그랬다. 티셔츠 중간에 미미한 얼룩이 생기면, 그걸 가리려고 손으로 배를 꽉 움켜쥐며 배 아픈 사람마냥 걸어 다녔다. 그러면 왠지 오히려 얼룩보다 더 사람들의 시선을 잡아끄는 존재가 된다. 학교 화장실에 가서 거울을 봤더니 안경이 좀 비뚤어져있었다. 그래서 집에 돌아갈 땐 안경을 벗고 갔다. 안경을 벗으면 시력이 마이너스라 차에 치일 위험도 있었지만 사람들이 '내 5도 정도 비뚤어진 안경'을 보고 쿡쿡 거리는 게 더 무섭고 위험하게 느껴졌다. 뛰어다니느라 땀을 흘리면 머리가 삐죽삐죽 솟았다. 그걸 사람들한테 보이는 게 싫어서 멀지도 않은 길을 택시 타고 집으로 갔다. 덕분에 다음날은 뚝배기 불고기 대신 삼각김밥을 먹었다.

남들보다 특별한 존재가 되고 싶었지만 남들과 다른 존재는 되기 싫었다. 정말이지 자연스럽게 살고 싶었다. 나 말고 다른 사람들은 정말 다 괜찮게 잘 사는 것 같았다. 그래서 비슷하게 따라하려고 했지만 그게 너무 힘들었다. '어떻게 다른 사람들은 이런 걸 아무렇지 않게 하지?' 같은 고민을 많이 했다. 편의점에 들어가 과자 하나 사는 게 힘들었다. 왜냐하면 계산할 때 아르바이트에게 어떤 표정과 어떤 말투로 어떻게 말할지를 다 생각해 놓아야 했기 때문이다. 길을 가다 우연히 과에서 아는 사람을 만나면 그 짧은 시간 안에 어떻게 말해야 할지, 어떻게 하면 친한 척하지 않고 쿨한 척 인사를 나눌 수 있을 지를, 손동작은 어떻게 해야 할지를 고민하다가 그냥 지나쳐버리고 말았다. 나에겐 얼굴 아는 사람한테 평범하게 인사하는 일조차 너무 버거웠다. 그 사실이 나를 무겁게 짓누르고 파괴시켰다. 다 정상인데 나만 비정상이라는 걸. 그땐 받아들여야 했다. 세상은 3D게임인데 나 혼자 도트그래픽인 것 같았다. 그리고 집에 가선 《아이언맨Iron man》을 봤다. 자연스럽고 쿨하고 멋지면서 특별한 존재인 토니 스타크는 아이언맨이었고. 동시에 욕망의 대리자였다.

1인분의 삶

불과 몇 년 전까지만 해도 다른 사람의 시선을 지나치게 신경썼다. 그런 내게서 '극도로 주관적인', '완전 제멋대로인' 김리뷰로서의 자아가 인터넷 공간으로 튀어나가 만들어졌다는 건 정말 아이러니한 일이 아닐 수 없다. 그때의 나는 농담이 아니라 사회에 대한 불만과 증오가 정말 많이 쌓여있었고, 도리어 평범한 사람들에 대한 경멸과 미움이 구체화되어 가는 과정에 있었던 것 같다. 그때, 자고 일어나 보니 하나가 생각났다. 리뷰를 하자. 내 맘대로 내가 하고 싶은 걸 내가 하고 싶은 대로 말하자. 어떤 의미에서 김리뷰는 내 욕망과 증오와 고통과 경멸과… 어쨌든 수많은 부정적인 감정의 덩어리였고, 거기에 약간의 해학을 미원과 다시다처럼 섞어서 완성된 자아였다. 어떤 의미에서 가장 내 모습에 가까웠다. 현실에서의 나는 '소심하고 조용한 아웃사이더 대학생', '묵묵히 자기 일 열심히 하는 막내', '부모님에게 항상 미안해하며 꿈을 향해 달리는 듬직한 아들' 같은 가면을 여러 개 쓰고 있었지만, 김리뷰에게 가면은 딱 하나였다. 그곳에서 나는 그저 익명일 뿐이었다. 익명이라는 가면 뒤에는 분명히 내가 있었다. 일베에서 했던 것처럼 사람들과 어울리기 위해 '호남 사람과 진보 정당을 증오하는' '아무 이유 없이 정부와 국가를 두둔하는' 애국보수(인지도 잘 모르겠지만)의 가면을 쓸 필요도 없었다. 김리뷰가 나였고 내가 김리뷰였다. 이건 명확하다.

그런데 꽤 놀라운 일. 김리뷰는 2달도 안되어서 20만 명 이상이 좋아하는 페이지가 됐다. 나는 다른 '페북스타'들처럼 내 사진을 올리지도 않았고(올렸다면 아마 지금처럼 못 됐을 것이다), 일부러 웃긴 목소리나 행동을 하지도 않았다. 나는 솔직하게 내 얘기를 했다. 그런데 그걸 사람들은 지지하고 응원해줬다. 그래서 생각했다. 다 나와 비슷한 걱정을 했구나. 완전히 똑같지는 않아도 사람이 하는 고민이라는 건 같은 거구나. 적어도 페이스북에서 김리뷰라는 놈은 '끊임없이 자연스럽기 위해 힘들어하는 사람들'에게서 아이언맨 같은 존재였던 것이다. 좆대로 리뷰하고, 좆대로 말하는. 세상은 객관적이고 그래서 사람들도 객관적이려고 조금이라도 노력하는데, 김리뷰는 그러지 않았다. 소신을 넘어 아집. 주관적을 넘어 극도로 주관적. 편파적. 이기적. 독단적. 그런데 수십만 명은 그걸 보고 좋아해주고 응원해줬다. 나만 도트그래픽이 아니라 다른 사람 역시 도트그래픽이었다.

역설이다. 자연스러워지려고 억지로 노력하다 보면 더더욱 부자연스러워진다. 왜인지 '리뷰왕 김리뷰'는 자연스러웠다. 물론 내가 인터넷 문화에 대해 꽤 파악하고 있다는 것도 주효했겠지만, 최소한 김리뷰 뒤에는 진짜 '내가' 있었기 때문이다. 나는 페이지에서 끊임없이 글을 썼고, 그래서 왼손을 신경 쓰느라 반찬이 목에 걸리는 일도 없어졌다. 왜냐면 키보드는 보통 두 손으로 치기 때문이다. 억지로 쓰지 않는 글, 조화를 신경 쓰지 않는 글, 주위의 반응과 시선도 신경 쓰지 않는 글. 제출용 레포트처럼 따로 개요를 짜서 쓰지도 않았다. 자연스럽게 의식의 흐름대로 써야겠다고 생각하며 쓰지도 않았다. 그런데, 자연스럽기 위해 노력하지 않았는데 가장 자연스러운 글이 나왔다. 지금도 마찬가지다. 나는 그냥 생각나는 대로 지껄이고 생각나는 대로 쓴다. 나나 김리뷰가 쓰는 글은 원래 그런 거니까. 그래서 이번에도 묘한 확신이 있다. 사람들은 이 글을 좋아해줄 것이다. 만일 아니면, 뭐 어떤가.

그래서 지금에 와선 끊임없이 자연스러워지는 것에 신경을 끄려고 노력하는 것 같다. 자연스러워지지 않으려 하는 것과는 다르다. 왜 나에게 자연스러워질 것을 강요하는가. 비슷한 얘기를 하던 노자, 장자는 수천 년 전에 저세상으로 갔는데. 솔직히 말하면 나는 자연이 싫다.

좋아
아주 자연스러워

자연에서 오는 집먼지 진드기도 싫고 버릇없이 내 손가락을 쏴대는 벌도 싫다. 아프니까. 그렇게 자연이 좋으면 자연에 들어가 살았겠지. 난 아니다.

'이 글이, 세상 속에서 자연스러워지느라 여태껏 노력한 당신에게 약간의 위로가 되길' 같은 쓸데없고 병신 같은 말은 하기 싫다. 그런 걸 찾는다면 다른 책을 봤어야지. 이 책만 빼면 요즘 나오는 에세이들은 다 그러니까. 에세이 코너에 가서 아무거나 집어 읽으면 얼추 비슷한 말이 나올 테니 그걸로 위로해라. 적어도 이 책과 이 책을 쓰는 나는 그럴 생각 없다. 그럴 의도도 없었고 딱히 그러라고 쓴 것도 아니기 때문이다. 굳이 말하자면 이걸 쓰는 이유는 내가 위로받기 위함이다. 이 책은 베스트셀러가 아니라 내 생각과 내 얘기의 모음집이 되기 위해 쓰기 시작한 책이니까. 어… 편집자님 농담인 거 아시죠?(부자연스러움)

용서

인간은 누구나 잘못과 실수를 한다. 그래서 연필 뒤에는 지우개가 달려있고, 키보드에는 백스페이스BackSpace가 있는 것이다. 그런데 우리가 삶 속에서 저지르는 몇몇 실수 중에는 필기나 워드 작업에서의 실수처럼 쉽게 지우기 힘든 것들이 있다. 예를 들자면 중요한 시험에서 답안지를 밀려 썼다든가, 친구에게 공유할 은꼴 사진을 여자친구에게 보냈다든가, 일베를 했었다든가, 단톡방에 욕이나 음담패설을 했다든가… 뭐 많다. 인간의 실수와 잘못을 지칭하는 단어만 해도 우리나라 말로 수십 개나 되지 않는가.

실수, 실언, 실책. 이런 잘못들의 가장 큰 걸림돌은 바로 시간을 되돌려 주위 담을 수가 없다는 사실이다. 당연하다면 당연한 일이다. 열

역학 제2법칙에 의하면 엔트로피는 증가하고, 시간이라는 건 스윙스처럼 앞으로만 가지. 뒤로는 돌아갈 수 없기 때문이다. 아낙네가 바닥에 쏟은 물을 주워 담을 수 없듯, 김정은이 이미 쏜 대포나 미사일을 도로 가져올 수 없듯 말이다. 이 존나 단순한 사실이 인간을 끝없이 고통스럽게 만든다. 인간과 실수는 불알친구다. 인간은 언젠가 반드시 실수를 하고, 반대로 실수를 하기 때문에 인간이다. 지구에서 뽈을 가장 잘 찬다는 리오넬 메시도 페널티킥 실수를 십수 번이나 했다. 그 뽈 잘 던진다는 클레이튼 커쇼도 1년에 홈런 몇 개씩은 꼭 맞는다. 기계나 컴퓨터가 아닌 다음에야 실수를 전혀 하지 않는다는 건 불가능하다. 기계나 컴퓨터 역시 확률상의 문제일 뿐 언제든지 실수를 할 수 있다는 걸 생각해보면, 이 세계 자체가 수많은 실수들과 실수 아닌 실수들이 유기적으로 엮인 채 구성되어 있을지도 모른다.

뭐 어쨌든 요는 사람은 똑같은 잘못과 실수를 끝없이 반복하는 동물이라는 것. 그렇다면 관건은 실수를 '줄이는 것', '재발하지 않도록 하는 것', 그리고 무엇보다도 내가 저지른 잘못들에 대한 '용서'를 얻는 것이라 하겠다. 이 중에 뭐가 쉽고 뭐가 어렵냐 하는 걸 명확하게 구분할 수가 있겠느냐만, 가장 후자의 것이 다른 것보다 추상적이고, 스스로 인지하기 어려운 개념이라는 것은 확실하다. 용서를 구한다는 게 딱 어느 정도 선까지 포용을 해주는 거라고 정의되어 있는 것도 아니기 때문이다. 그리고 그걸 정의하기엔 우리는 너무나 자주, 다양한 실수를 한다. 일일이 정해주기엔 너무 번거롭고 귀찮고 어려운 일이다.

자세히 보면 용서라는 행위 자체도 모호하기 짝이 없다. 어디까지 해야 용서인가? 과거는 모두 잊고 새출발만 생각하는 것? 과거를 기억하되 앞으로 지켜보겠다는 것? 잘못은 잘못이니 욕하는 대신 무시하는 것? 용서에 대한 기준은 너무나 혼잡해서 혼돈의 카오스다. 좀 생각하면 당연한 일 같다. 왜냐하면 잘못은 '내가'하는 것이지만, 일반적으로 용서는 '니네가' '해주는' 것이기 때문이다. 강요할 수도 없고, 억지로 이해시킬 수도 없는 노릇이다. 용서라는 건 순전히 받아들이는 사람의 몫이고 권리다. 딱히 의무도 아니다. 용서할 수 없을 만큼 큰 잘못이라고 생각하면 그러지 않을 수 있는 것 아닌가. '적어도 난 용서를 빌었으니까 니가 받아들이든 안 받아들이든 상관없다'라는 건 '왜 사과했는데 안 받아줘!'라며 떼쓰는 초등학생 수준의 발상이다. 요즘은 사과한다고 다 용서받지 못하는 세상이다. 자비로운 신은 용서할지 몰라도 사람은 결코 그렇지 않다.

죄 짓지 않는 사람은 없다. 그렇다면 사회적으로 '용서'할 수 있는 방법을 만들어야 하지 않을까? 나는 법조인도 아니고, 법 상식에 빠삭한 것도 아니며, 굳이 억지로 관련을 짓자면 법 공부 하는 사람들이 널린 신림동 고시촌에 꼽사리 껴서 살고 있을 뿐이지만, 의외로 '법'이라는 건 심판보다는 용서를 위해 만들어진 것 같다. 사회가 용인할 수 있는 인간의 행동 범위를 정해놓고 그걸 벗어나는 사람에게 정해진 처벌을 가하는 것. 사회 전반이 느끼기에 '충분한' 죗값을 치르도록 나라에선 교도소라는 무료 기숙사까지 운영해주는 것이다. 이것은 사람의 갱생 가능성을 믿는다는 것. 과거는 돌이킬 수 없지만 사람은 다시 태어날 수 있다는 것. 지은 죄의 무게만큼 무거운 시간을 보내고, 사회로부터 용서받은 후 떳떳한 사회구성원이 되라는 것. 이렇게 보면 법과 형벌이라는 건 국가에서 제공하는 무료 고해성사 서비스라고 볼 수도 있지 않은가. 오… 방금 되게 철학적이었네 쒯ㅋㅋ

단지 문제가 있다면 현행법이 요구하는 죗값이라는 것이 국민정서를 달래줄 만큼 적절한 수준이 아니라는 것 정도? 마음 같아선 연쇄살인마나 아동 성폭행범 같은 놈들은 닥치고 사형을 때려야 하는데, 나라에서 얘들을 무기징역 내지 몇십 년동안 내가 낸 세금으로 세끼 밥 먹이며 가둬났다 풀어주는 게 모두에게 만족스러울리 없다. 하긴 법이라는 것이 모두에게 만족스러울 수 있느냐 하는 것도 꽤 철학적인 문제다.

그런데 더더욱 어려운 것은 법으로 규정되지 않는 사람의 실수와, 그런 실수에 대한 용서다. 딱히 법은 안 어겼는데 일반적으로 나쁘게 여겨지는 행동을 했다면 그걸 어떻게 반성하고 어떻게 용서해야 하나. 예를 들자면 뭐가 있을까. 얼마 전 간통죄가 헌법재판소에서 위헌 판결을 받았다는 소식을 들었을 것이다. 이제 결혼한 유부남녀가 대놓고 바람을 피워도 더 이상 법적인 구속을 받지 않는다는 얘기. 그러나 아직 수천 년 전 공자선생님의 가르침이 DNA 끝자락에 남아있는 대한민국의 정서는 불륜을 쉽게 받아들이기 어렵다. 당장 내 배우자가 외도를 했을 때 '불법도 아닌데 뭐… 그래도 다음부터는 그러지 마! 알겠지? 하핫'이라고 쉽게 넘어갈 순 없을 거니까. 꼭 우리나라가 아니더라도 일부일처제가 일반적인 대부분의 나라에선 다 그럴 것이다. 심지어 중동 근처에서 불륜을 저지르다 걸리면 그 자리에서 돌 맞아 죽는다. 얄짤없다. 법은 불륜을 용서해도 사람은 불륜을 쉽게 용서치 못하니까. 결국 법과 형벌이라는 것 역시 용서라는 카테고리 안에서는 너무나 작다.

몇 번 말하는지 모르겠지만, 사람은 누구나 실수와 잘못을 한다. 여기까지는 괜찮은데, 문제는 오늘날이 우리가 하는 행동 하나하나가 알게 모르게 다 대중에게 노출될 수 있는 정보화 사회라는 것이겠다. 온라인 RPG게임에서는 내 캐릭터가 어떤 행동을 하는지 게임 운영서버에 모두 로그라는 자료가 되어 하나하나 저장된다고 하는데, 우리도 딱 그런 셈인 것이다. 그리고 대한민국은 인터넷 보급률에서는 세계 최고를 달리는 초 IT국가! 달리는 지하철에서도 쉼 없이 인터넷을 할 수 있는 지금, 모든 사람들의 인터넷 속 아이덴티티가 보호받을 수 있을까? 글쎄. 이미 사람들은 페이스북 타임라인과 옛날 미니홈피, 블로그를 뒤져보는 것만으로도 '이 사람이 어떤 사람인가' 정도는 파악할 수 있을 것이다.

사실 여기까지도 별달리 큰 문제는 없다. 내가 사회적으로 큰 파장을 일으키거나, 주목 받는 일을 하지 않는 이상, 나의 정보를 구태여 찾아보려는 사람은 손에 꼽을 정도일 테니까. 썸남썸녀, 인사담당자, 부모님 정도나 될까. 그런데 그것이 실제로 일어나면 참 난감해진다.

대한민국 사람들은 사회적으로 어느 정도의 관심을 받는 사람들에게는 좀 더 높은 윤리적 잣대를 갖다 대기 때문이다. 친구들과의 단체 카톡방에서 음담패설을 하지는 않았는지, 인터넷 커뮤니티에서 장애인이나 노약자 혹은 외국인을 비하하는 발언을 하진 않았는지, 함께 일하는 동료나 친구를 웹상에서 몰래 씹어대지는 않았는지, 하는 것들. 어쩌면 사소해 보일 수도 있겠다. 그런데 이걸 100명, 1,000명, 혹은 10,000명 앞에서 보여주어야 할 때는… 절대 사소하지 않다. 죄와 잘못의 무게는 사람들의 관심에 따라서도 가중이 되는 모양이다.

누구나 저지를 수 있는 과오나 실수가 많은 사람들 앞에서만 잘못으로 인정되는 것 역시 문제라면 문제다. 그 와중에 '너는 얼마나 떳떳하길래' 같은 유치한 얘기도 나온다. 딱히 법을 어긴 것도 아닌데 대체 뭐가 문제냐는 논리 역시 등장한다. 그러나 마지막에는 반드시 내가 사과하고 반성해야 한다. 잘못을 돌이킬 순 없어도 끊임없이 되새기며 되살아날 수 있어야 하니까. 용서는 궁극적으로 사람의 문제다. 모든 사람을 만족시킬 수 없듯 모든 사람에게서 용서받을 수도 없다. 그렇다면 사람은 어떻게 죄를 씻을 수 있는가, 이 중2병스러운 질문의 대답에는 많은 선택지가 있다. 종교로의 귀의, 자숙, 자진사퇴, 사회봉사, 기부… 그러나 위와 같은 일련의 사건을 겪은 내 대답은 '씻을 수 없다'라는 거였다. 왜냐하면 우주가 탄생한 이후로 시간은 계속 흐르고, 엔트로피는 증가하고… 그냥 존나 돌이킬 수 없기 때문이다. 앞으로 뭘 한다고 해서 내가 한 행동들이 없던 일이 되지는 않는다.

1인분의 삶

쌀이 급해서
쌀이 급해서

나는 더 큰 도발을 하네

나는 용서를 그저 '덧칠하는 과정'이라고 생각한다. 사람들이 흔히 쓰는 '이미지 세탁'이라는 말은 어폐가 있다. 세탁이라는 건 빨아서 깨끗해지는 건데, 덧칠한다는 건 깨끗해지는 걸 의미하는 게 아니기 때문이다. 가구는 낡으면 다 부숴서 새로운 가구로 만들 수 있지만, 사람은 안타깝게도 그게 안 된다. 그래서 새로 칠하는 것이다. 다시 쓸 수 있게, 낡고 썩었던 흔적들을 극복하고 다시 빛날 수 있게.

크리스토퍼 놀란 감독의 작품, 《다크나이트 라이즈》에서는 '클린 슬레이트'라는 물건이 나온다. 주민등록번호와 생년월일, 이름만 적으면 여태껏 있었던 전과가 싹 다 사라진다는, 실존한다면 조폭과 야쿠자들의 머스트헤브 아이템이 될 법한 물건이다. 그런데 전과가 없어진다고 해서, 기록이 모두 사라진다고 해서 내가 했던 잘못이 사라지는가. 아닐 것이다. 손으로 하늘은 가려도 나의 개 큰 머리통은 모두 가릴 수 없다. 결국 가장 진정성 있게 나를 용서할 수 있는 건 죽기 직전의 나다. 적어도 나는, 반성할 수 있는 과거를 가진 사람은 그만큼 더 나은 사람이 될 수 있다고 확신한다. 나를 용서해 달라는 말이 아니다. '사람은 절대 변하지 않는다'는 꿈도 희망도 없는 얘기로, 스스로 용서받을 기회조차 빼앗는다는 건 가혹한 일이라는 거다. 사람은 끝없이 실수를 한다. 그래서 끝없이 변해왔다. 나는 우리가 사람의 변화를 믿을 수 있는 사람이 되어주었으면 한다. 용서라는 게 실제로 존재하는 거라면…

매너리즘 mannerism

■■■■■ 매너리즘이다. 매너Manner가 좋아져서 사람들한테 인기가 많아진다 뭐 그런 뜻은 아니고, 굳이 쉽게 말하자면 좀 다르긴 달라도 '슬럼프'랑 비슷한 의미 되겠다. 네이버 사전에서는 '항상 틀에 박힌 일정한 방식이나 태도를 취함으로써 신선미와 독창성을 잃는 일'이라고 정의해 놓았는데, 창조적인 일을 할 때마다 똑같은 패턴으로 고착화된 결과물이 나올 때 우리는 흔히 '매너리즘에 빠졌다'라고 하는 듯하다.

뭔가 끊임없이 새로운 걸 해야 하는, 억지로라도 새로워야 하는 창작자의 입장에서 매너리즘이란 건 참 무서운 존재다. 진수성찬도 길어야 삼일이고, 사람은 똑같은 재화와 서비스와 컨텐츠에 쉽게 지루함을 느낀다. 한 번 새로운 것을 내놓는 건 쉬울지 몰라도 끊임없이 새롭기는 너무나 어렵다. 나 역시 마찬가지다. 비슷한 소재를 비슷한 내용과 비슷한 표현으로 계속해서 뽑아내다 보면 금새 '좆노잼'이라는 댓글이 달린다. 솔직히 존나 상처라는 것만 알아줬으면 좋겠다. '병신', '등신', '호구새끼' 같은 욕보다 '게임 허접'이라는 말이 더 자존심 상하지 않은가. 하지만 어떻게 보면 자신만의 컨텐츠를 팔아먹고, 그걸로 돈을 받아서 밥도 먹고 월세도 내는 창작자는 창작의 프로가 되어야 하는 셈. 항상 흥미롭고 재미있는 창작물을 내놓는 게 일이고, 그게 안 되면 대중들에게 비판을 받는 것이 당연하다면 당연한 일이지만…

사실 '새로운 생각'이라는 것이 늘 하고 싶다고 되는 게 아니다. 아이디어라는 건 본인의 경험으로부터 나오는 법인데, 만날 똑같은 곳에 출근해 똑같은 곳에 앉아 똑같은 공기를 마시며 똑같은 사람들과 일을 하는, 다람쥐 쳇바퀴 도는 삶 속에서 새로운 생각을 하라는 건 사과나무 키우면서 참외, 수박, 두리안이 열리길 바라는 것과 비슷하지 않을까. 시키고 강요해서 '창의적'인 것을 만들어 낸다면 그건 이미 '창의적'이라고 말할 수 없는 것이다.

눈에 보이지는 않지만 매일매일 급변하는 세상. 그래서인지 우리는 우리 주위가 매번 선물처럼 새로워질 것을 기대하고 강요한다. 갤럭시 S6가 나온 지 얼마 되지도 않았는데, 인터넷 포털에는 벌써부터 갤럭시 S7의 스펙을 예상하고 있다. 만약 '아이폰7'이 전작과 똑같은 디자인으로 출시가 된다면 애플 주식은 폭락을 면치 못할 것이고, 혁신은 죽었네, 스티브 잡스를 예토전생으로 되살려야 되네 어쩌네 하는 얘기가 신문과 잡지에 쫙 깔릴 것이다.

그렇다고 해서, 정말 새로운 걸 계속 시도하고 정신없이 특이한 것만을 추구하다 보면 또 '초심을 잃었네', '예전만큼만 하지'라는 말이 나온다. 새롭지 않으면 새롭지 않은대로 욕을 먹고, 새로운 걸 내놔도 마음에 들지 않으면 그것대로 욕을 먹는 셈이다. 그래서 다듀는 1,2집 때가 좋았다느니, 펠릭스 에르난데스는 예전 체인지업이 더 좋았다느니, 김리뷰는 미갤 시절이 훨씬 글빨이 좋았다느니 하는 얘기가 나오는 것이다. 시발 나보고 대체 어쩌라는 건지… 온고지신? 이 시점에서는 존나 개소리처럼 들린다. '새로움과 동시에 옛것도 계승해!' 라는 주문은 클래식하면서 모던하게 해달라, 크면서도 작게 해달라, 아이스 아메리카노를 따뜻하게 해달라는 것과 동일한 수준으로 어이가 없기 때문이다. 하던 걸 계속하면 도태되고, 계속 세상에 발을 맞춰가면 초심을 잃는다. 꾸준히 재미있음과 동시에 자신만의 아이덴티티를 유지하는 건 그야말로 맨발로 작두타는 것만큼이나 어려운 일이다. 그런데 해야 한다. 어느새 그런 세상이 돼버렸다. 이런 개미친…

기계는 연료만 있으면 돌아가지만, 사람은 밥 먹인다고 딱히 일하지 않는다. 밥을 꾸준히 먹여서 꾸준히 얻을 수 있는 결과물은 똥뿐이다. 밥이 신선하지 않다면 그마저도 꾸준하지 못할 것이다. 인간은 원숭이 주제에 쓸데없이 복잡하고 쓸데없이 예민한 동물이다. 최적의 근무환경과 최고의 장비, 그리고 끊임없는 동기부여와 쓸데없이 높은 페이를 지급해도 그 놈이 기대만큼 일을 잘 할 거라고 장담할 수 없다. 아스날 시절의 박주영이 그랬고, 텍사스 시절의 박찬호가 그러했으며, 첼시 시절 페르난도 토레스와 레알 마드리드 시절의 카카가 그랬다. 이렇게 놓고 보면 일관성과 인간성은 완전히 대척점에 있는 단어 같기도 하다.

그런가 하면 NBA 샌안토니오 스퍼스의 농구선수, 팀 던컨 같은 놈도 있는데, 창의적인 슛, 패스와 무브move가 끊임없이 필요한 농구 바닥에서 십수 년째 똑같은 기술로만 해먹고 있다. 조던의 경우 대학시절과 커리어 초반, 커리어 후반의 슛 폼과 플레이 스타일이 계속 달라져서 끊임없이 발전하는 모습으로 인해 더욱 놀라운 선수였던 반면

이기면 장땡이지 ㅅㅂ

이 자식은 맨날 똑같이 드리블 치고 똑같이 슛을 넣으며 매년 똑같은 성적을 기록하는 변태다. 덕분에 나이가 먹어도 기량이 쉽게 떨어지지 않는다는 장점이 있긴 하지만, 문제는 플레이가 너무 정형화된 노잼이라 팀 자체가 재미없는 팀이 돼버렸다는 것. 하긴 맨날 똑같은 루트로 똑같이 이겨대면 보는 팬은 재밌을지 몰라도 상대편 입장에선 총을 갈기고 싶은 심정일 것이다.

이쯤 되면 글을 읽는 입장에선 'X발, 이 새끼 대체 말하고 싶은 게 뭐야'라고 물을지도 모르겠다. 그래서 결론이 뭐냐? 결론은 딱히 없다. 언제부터 내가 결론이 명확한 글을 썼다고… 일관성이니 창의성을 모조리 묶어 일관적인 창의성을 뽑아내는 게 사람들이 원하는 거라면, 그걸 위해서 부단히 노력해야 한다는 뻔한 얘기는 하기 싫다. '해보긴 해봤어?' 나 '1만 시간의 법칙' 같은 얘기를 몇 번이나 들어 먹어야 속이 풀리겠냐? 단순히 정신력이 해이하다, 노력이 부족하다는 말로 모든 걸 극복할 수 있는 시대가 아니다. 초심은 유지하면서 끊임없는 혁신을 하라는, 사회의 불가능한 요구에 '흉내'라도 내야 하는 시대. 우리는 그런 시대에 살고 있다.

그 속에서 내가 내린 결론은, 초심이든 혁신이든 결국 다 집어치우고 내가 하고 싶은 대로 해야 한다는 것이다. 반응을 신경 쓰면 무엇이든 뻔할 수밖에 없다. 내가 꼴리는 대로, '뻔하지 않은 방식'으로 해야 '뻔하지 않은 반응' 역시 나오는 것이다. 내가 해야 하는 건 '새로운 것'도, '늘 하던 것'도 아닌, '존나 하고 싶은 것'이다. 불확실한 미래를 보장받기 위해서 현재의 행복을 저당 잡히는 멍청한 짓을 하고 싶진 않고, 그래서 내가 하고 싶은 걸 하는데 날 매너리즘에 걸렸다고 말한다면 평생 매너리즘으로 사는 것도 나쁘지 않을 것이다. 내가 이렇게 산다고 지구가 멸망하진 않을 테니까.

의식의 흐름
(졸린데 억지로 쓰기)

의식의 흐름이라는 기법이 있다. 어떤 화가인지 기억은 잘 안 나지만, 자고 일어나 몽롱한 상태에서 펜을 집어 바로 슥슥, 캔버스에 되는대로 그려서 작품을 완성시키는 짓거리를 하곤 했는데 이런 걸더러 의식의 흐름, 내지 자동기술법이라고 한다. 자동기술법은 좀 딱딱하기도 하고(한자어니까) 어감도 안 좋기 때문에 나는 보통 의식의 흐름이라는 말로 쓴다. 의식과 무의식을 오가며 완성되는 창작물이라니, 생각만 해도 놀랍고 재미있는 일 아닌가.

그런데 사실 의식이 흘러가는 대로 마구 글을 늘어놓는 건 꽤 어려운 일이다. 안타깝게도 사람에게는 자제력이라는 게 있고, 최소한의 수정 능력이라는 게 있다. 능력이라기보단 의지에 가깝다. 원고지에 글을 쓰면서 글자 하나 틀리지 않는 사람은 없다. 키보드로 글을 쓰는 나 역시 글 하나 쓰는데 몇백 번이나 백스페이스를 써대는 지 모른다. 사람이란 모름지기 그런 게 있는 것이다. 제동장치라는 거. '아 그래도 이건 아니지' 하는 거. 생각나는 대로 줄줄 쓰는 건 좋은데, 오타거나 맞춤법이 틀렸거나 하는 건 용납을 못해 지운다. 참내. 자동기술법이 라며, 패시브라며.

그렇다. 자동기술법… 아니 의식의 흐름은 쉽게 말해 패시브다. 우리말을 영어로 바꿔놓으면 쉽게 말하는 것이냐고 묻는다면 그냥 받아들이라고 말하고 싶다. 나는 대한민국에서 사는 20대 남자이고, 대한민국에 사는 10대 20대 남자에 RPG게임을 해본 평범한 사람이라면 누구나 패시브라는 단어의 뜻을 알고 있다. 반대말은 액티브다. 게임에서 스킬skill은 액티브 스킬과 패시브 스킬로 나뉘는 것이다. 액티브 스킬은 라이트닝 볼트 같은 거고, 패시브 스킬은 뭐가 있더라? 오버 드라이브… 아 이것도 액티브 스킬이구나. 마땅한 예시가 생각이 안 나긴 하는데, 하여튼 '내가 발동하지 않아도 자동으로 발동되는' 스킬을 패시브 스킬이라고 했던 것 같다. 애초에 영단어 뜻 자체가 액티브는 '능동적'이고 패시브는 '수동적'인이 아닌가. 어, 수동적인 거면 수동으로 발동해야 하는 거 아닌가 그럼? 생각해보니까 좀 그렇네. 이 새끼들 그냥 갖다 붙이면 다 되는 줄 알아요 아주.

그런 적이 있었다. 어렸을 때, 그러니까 RPG게임을 접한 지 오래되지 않았을 때. 〈디아블로2〉를 할 때였던 것 같다. 분명 새로운 스킬을 배웠는데, 그걸 쓸 수가 없었다. 잘 이해할 수 없을지는 모르겠지만, 게임에서 내 캐릭터가 일정 수준의 레벨에 도달했고, 그 대가로 배운 스킬을 실전에 써본다는 건 어마어마하게 거대한 의미인데, 그게 안 됐다. 패시브, 스킬이라서. 근데 시발 그 나이에, 지금도 영어를 잘 못하는데, 패시브라는 게 '굳이 니가 쓰지 않아도 자동으로 걸리는 스킬'이라는 뜻인 줄 내가 어떻게 알았겠는가. 그런데 난 병신같이 아무한테도 '이게 왜 발동이 안 되는지' 물어보지 않았다. 창피했기 때문이다. 새로운 스킬을 배워놓고도 못 쓰는 놈이라니. 얼마나 창피하냔 말이다. 한 일주일 쯤 지나고나니 나는 다른 액티브 스킬을 배웠고, 내가 배웠던 패시브 스킬은 그냥 뒤쪽 한 켠에 처박혔다. 그렇게 나는 패시브를 받아들였다.

그러니까, 말이 길어지긴 했는데, 의식의 흐름 기법으로 글을 쓴다는 건 말 그대로 패시브로 글을 쓴다는 얘기다. 아무 생각 없이도, 딱히 글 쓸 생각 없이도 쓸 말이 줄줄 나와서 원고지와 A4용지를 채우는 것이 패시브 글쓰기의 기본이다. 많은 사람들이 내 리뷰를 보고 의식의 흐름 기법이네, 생각나는 대로 막 쓰네, 하는데 아니다. 나도 생각 정도는 한다. 뭐 대학교 강의시간에 제출하는 레포트나 소논문(같은 말인가?)처럼 점수를 따야 하는 글도 아닌데, 뭐하러 내가 개요를 짜고 글의 원인과 결과를 명확하게 드러내서 쓴단 말인가. 나는 그걸 안 할 뿐이지, 적어도 생각은 하면서 글을 쓴다는 거. 얘기해주고 싶었다. 물론 한 번 써놓고 고치는 일은 잘 없다. 귀찮으니까.

책에 쓰는 글은 당연히 생각을 더 많이 한다. 왜냐면 책이라는 건 팔아치우는 거고, 팔아치우기 위해선 글이 좋아야 하는 거고(맞나? 아닐지도…), 좋은 글을 쓰려면 당연히 생각을 많이 해야 하기 때문이다. 나는 그래서 이 책을 쓰기 위해 정말 많은 생각을 했다. 생각, 생각, 생각. 신한카드!!! 그런데 문제는, 지금 좀 졸리다는 거다. 마감은 끝물이고 오늘 하루는 너무 힘들었다. 난 어제 하루 종일 글을 쓰다가 갑자기 몸에서 열이 나고 속이 메쓰껍고 현기증이 나고 그래서 의자에서 병신 같이 아래로 쓰러졌는데, 그렇게 바닥에서 빌빌기다가 그제서야 내가 감기몸살에 걸렸다는 걸 알았다고. 그래서 난 바로 긴급하게 내 휴대폰의 지도를 켜서 주위 병원을 찾아 택시를 타고 찾아가선 수액을 놓아달라고 했다. 수액… 이전 책 쓸 때도 비슷한 일이 있었던 것 같은데. 매번 책 쓸 때마다 수액 맞는 게 습관이 되어버리면 어떡하지. 싫으면서도 내 왼팔 중간에 꽂히는 주사바늘을 거부할 수 없었다. 왜냐면 나는 너무 아팠고, 몸이 힘들었고, 몸살에는 수액이 직빵이기 때문이다(방 찾는 앱 광고 아님). 진짜다. 감기몸살 걸릴 기회가 있다면 꼭 수액을 맞아봐라. 간혹 친절한 병원은 스테로이드 주사를 같이 놔주는데, 그러면 인간이 약으로 얼마나 강인해질 수 있는지 깨달을 수 있다. 솔직히 수액의 효능을 확인하기 위해 일부러 감기몸살에 한 번쯤 걸려보는 것도 권할만 하다고 생각한다. 수액은 대단하다. 비싸서 그렇지. 비싸지 않았으면 정말 매일매일 맞으러 왔을 거다. 진심이다.

그래서, 수액을 맞고 겨우 정신을 차리고 집으로 돌아와서는 그 다음날인 오늘 아침부터 또 글을 썼다. 잠을 몇 시간 못 잤다. 나는 항우 울제 비슷한 걸 매번 정신과에서 처방받아 먹는데, 이게 무기력증을 예방하는 효과가 있어서 잠이 깨는 성분이 들어있다. 그래서 난 잠을 잘 못 잔다. 졸려도. 핫식스 레드불 뭐 이런 거랑 비교 좀 안 했으면 좋겠다. 그건 편의점에서 파는 거고, 이건 정신과에서 파는 것도 아니고 처방해주는 거니까. 일반인은 쓸 수 없다. 나 같은 병자나 쓰는 거지.

#자가 혐오

잠은 못 자는데 글은 써야 한다. 결국, 이게 내가 이따위 글을 쓰고 있는 이유다. 여기까지 쓰는데 단 10분도 안 걸렸다. A4로 세 쪽이 다 되어가니 약 3,000자 정도는 됐을 텐데, 대학 수시 입학할 때 논술시험에서 지문 읽고 도합 1,500자 정도를 2시간 주고 쓰라 했던 것 같다. 물론 학교마다 다르지만 평균적으로 그렇다고. 나 평균도 리뷰했었는데. 나름 잘 써진 것 같다. 이 책에 들어있으니 기회가 된다면, 아니 책을 샀다면 다 읽어야지 무슨 소리냐. 사람들은 사실 돈 주고 산 걸 다, 제대로 쓰지 않는다. 생각보다 말이야. 생각해본 적이나 있을까? 내가 내 돈 주고 산 지우개를 정말 다 가루가 되도록 쓴 적이 있는지? 물론 지우개야 쓰면 쓸수록 크기가 작아지는데다가, 좆만한 고무조각이라서 다 쓸 때쯤 되면 꼭 어디든 사라져버리니 어쩔 수 없다고 쳐도, 메가스터디 같은 돈 주고 보는 인터넷 강의도 수강생들의 과반수 이상이 완강을 못한다는 거. 난 진짜 한심하다고 생각했다. 왜냐면 난 돈안내고 둠강 받아서 공부했는데(고마워요 삽자루 선생님) 적어도 난 내가 받은 둠강은 완강을 했거든. 완강을 넘어서 두 번 세 번까지도 봤다. 처음엔 1.1배, 그다음엔 1.2배, 그다다음엔 1.3배로 봤다. 그때도 다음팟 인코더를 썼는데 지금처럼 굉장히 빨랐다.

산송장이다. 나는 산송장이다. 영어로는 좀비다. 그냥 원령 같은 거다. 몸에는 아무 힘도 없고, 정신도 텅텅 비어있는데, 글을 써야한다는 목적 하나가 나를 컴퓨터 앞에 앉혀 끊임없이 키보드를 두드리게 하고 있다. 그만 자고 내일 쓸까? 당연히 생각해보긴 했다. 근데 잠을 잘 수가 없다. 왜냐면 나는 우울증 환자고, 아니 정확히 말하면 비전형 우울증 환자고, 그래서, 약을 먹어서 내가 자고 싶을 때 잘 수가 없기 때문이다. 난 내가 자고 싶을 때 잘 수 없다. 자야할 때 잘 수 없다. 잘 수 있을 때 잘 수밖에 없다. 아무리 힘들고 지쳐도 잠이 안 오면 잘 수 없다. 지금의 내가 그렇다. 그 사실이 나를 우울하게 만드려는 데, 우울해지는 것도 허락되지 않는다. 내가 점심 즈음에 먹은 그 약은, 항우울제라서…ㅋ

만화나 게임 같은 곳에 나오는 원령이나 귀신을 병신 같다고 생각한 적이 많았다. 시발, 살아서 맴돌기에도 좆같은 세상인데 왜 죽어서까지 여기 있는 거? 보니까 대단한 원한도 아니더만. 죽고 나면 다 끝 아닌가? 내가 친구한테 등 떠밀려 죽었다고, 내가 가족한테 발목 잡혀 쓰러졌다고 원한이 남을까? 아니지. 죽은 사람은 원한이 없지. 나는 김리뷰인데 죽어서도 김리뷰인가? 아니야. 죽으면 그냥 송장이지. 근데 귀신은 계속 있다. 왜냐면 없어질 수 없거든, 내가 지금 너무 피곤하고 힘든데도 잘 수가 없는 것처럼.

그런데 생각나는 대로 마구 써대는 이런 작업도 꽤 번거롭고 힘들다는 걸 알아줬으면 좋겠다는 소망이 있다. 이렇게 정신없는 글을 여기까지 읽은 것도 좀 대단하다고 생각한다. 참고 버티면 희망이 찾아오겠지. 나도 그렇게 생각한 적이 있었는데.

사실 사람들이 말하는 예술이라는 건 그냥 다 현학적 허영 같다. '나는 이해하는데 너넨 이걸 이해 못해' 하는 그런 허접한 지적 허영심. 그냥 다 밟아주고 싶다. 짓이겨서 비빔밥 부침개를 만들고 싶다. 비빔밥 부침개라는 음식은 내가 알기론 없지만 만들려면 만들 수 있잖아. 대충 어떤 의미인지는 감이 올 거라고 생각한다. 이해하기 어렵고 보는 사람은 좆 같은 게 예술이고 아방가르드라면 이것도 아방가르드고 예술이다. 눈의 초점이 계속 풀리는 데도, 산송장이 제 의식 가누는 대로 쓰는 이 글이 바로 예술이다. 누가 부정하냐, 건방지게.

#자의식과잉

생각 없이 던진 돌에 개구리가 맞아 뒤진다. 그러니까 물수제비는 웬만하면 하지 말자. 생명 경시하는 행동이다. 우리는 고등학교 윤리 교과서에서 배웠다. 생명은 소중히 다뤄야 하는 것이고, 우리의 생명이 소중한 만큼 다른 생명 역시 고귀하다고. 그래놓고 나는 오늘도 애꿎은 식물인 벼의 열매, 쌀로 밥을 해먹었고, 아직 세상에 태어나지도 못한 닭, 병아리인 계란을 프라이팬에 지글지글 보글보글해서 후라이로 구워먹었다. 이건 존나 잔인한 일이다. 왜냐면, 왜냐면 닭한테는 콘

돔 같은 것도 없기 때문이다. 닭에게는 애초에 선택권이 없었는데. 양계장의 퀴퀴퀘퀘한 불빛으로 생식하는 개들? 계들?… 이 무슨 잘못이 있었겠냐고. 뭐 내가 하고 싶은 말은 결국 그거였다. 니가 살면서 한 번도 계란후라이를 안 먹었다면 물수제비를 던지지 말라는 거. 뭔 소리냐고? 나도 모르겠다. 그게 의식의 흐름 아니겠나. 나는 그냥 물수제비 할 뿐이다. 말없이, 생각 없이 던진 돌일 뿐이다. 이 글이란 것은. 휙! 뿅덩 뿅덩 뿅덩 뿅덩- 네 번이나 튕겼네. 잘 됐다.

주제파악 (자기혐오)

존나 진부한 방식이긴 하지만, 명언을 하나 인용하는 것으로 시작해보려 한다. '너 자신을 알라'. 고대 그리스의 철학자 소크라테스가 한 말이다. 21세기 한국어로 번역하면 '넌 병신인데 넌 니가 병신인 걸 몰라' 정도가 되겠다. 요즘은 나보다 열 살만 많아도 꼰대취급을 받는 세상인데, 2,500년이나 묵은 그리스 꼰대가 한 말치곤 꽤 멋지다. 딱 여섯 글자로 인류 역사 내내 우려먹어질 명언을 만들다니. 부럽다. 꿈보다 해몽 같기는 하지만 원래 세상 사는 게 다 그런 거다.

나는 어렸을 때부터 주제파악 하나는 기가 막히게 잘했다. 당연히 태어날 때부터 그런 건 아니었고, 내 주위의 온갖 상황이 나로 하여금 주제파악을 하도록 만들었다고 보는 게 맞겠다. 나는 다섯 살 때부터 아버지가 집에 안 계셨고, 어머니는 신용불량자셨으며, 집이 없어 나라에서 운영하는 임대아파트에다 얼마 안 되는 보증금을 내고 몇 년째 살았다. 집에 돈을 벌 사람이 없어서 우리 집은 10년이 넘는 시간 동안 기초생활수급자였다. 내가 중학교에 진학할 때는 이웃에게 돈을 빌려서 교복을 샀고, 고등학교에 진학할 때는 똑같은 이웃에게 다시 돈을 빌려서 교복을 샀다. 모든 학생이 참여해야 하는 방과 후 보충수업에는 돈이 없어 교재를 사가지 못했고, 그래서 많이 맞았다. 존나 주제파악을 안할래야 안할 수 없는 상황이었다. 나는 어딜 가든지 자연스럽게 어깨와 고개를 숙이고 다녔다. 조금 나아지긴 했지만 지금도 좀, 그렇다.

항상 나는 '나는 무엇을 잘할까'보다는 '나는 왜 이걸 못할까'를 생각했다. 난 달리기도 느렸고, 점프력도 낮았고, 농구도 못했고, 축구도 못했고, 싸움도 못했고, 공부도 못했다. 난 존나 개병신이었고 난 그걸 너무나 잘 알고 있었다. 그래서 학교가 끝나면 거의 항상 집으로 향했고, 집에 도착하자마자 씻지도 않고 컴퓨터 앞으로 가서 게임을 켰다. 적어도 게임에서 나는 개병신까지는 아니었으니까.

나는 반에서 서열이 많이 낮긴 했지만 왕따나 빵셔틀은 아니었다 (남고 3년 다니면서 빵셔틀은 한 번도 본 적이 없다. TV나 만화에서만 나왔음). 그래서 나보다 좀 더 만만한 이미지가 되어버린 누군가가 나 대신 괴롭힘을 당할 때는 몰래 안도의 한숨을 쉬었다. 난 그저 가만히 닥치고 있었다. 썩어 들어가는 기분이었다. 스스로가 스스로를 쓰레기라고 느꼈다. 내가 쓰레기고 쓰레기 같은 생각을 하는 걸 알면서도 아무 것도 할 수 없었다. 주제파악을 잘 하고 산다는 게 그나마 장점인 줄로만 알았는데, 그게 나를 괴롭혔다. 쓰레기 같은 생각을 하면서도 진짜 쓰레기가 되고 싶지는 않았으므로. 내 죄책감을 씻을 수 있는 유일한 방법은 집에 가서 혼자 참회록에 가까운 일기를 쓰곤 그걸 구기고 찢어서 쓰레기통에 처넣는 것뿐이었다. 나는 학창시절 내내 담배도 피지 않았고 술도 마시지 않았고 일진은 절대 아니었으며 다른 사람의 돈을 빼앗지도 않았지만, 난 내 학창시절이 떳떳하지 않다. 악하진 않았을지언정 비열하고 비굴했기 때문이다. 요즘 세상에서 방관하는 것은 명백하게 죄가 된다.

대학에 들어가서도 마찬가지였다. 집에는 여전히 돈이 없었고, 그래서 서울에 올라와서도 잠만 겨우 잘 수 있는 단칸방들을 전전했다. 나는 다른 대학생들과 똑같은 대학생이 아니었다. 대학생의 신분이기 위해서 난 때때로 노동자가 되어야 했기 때문이다. 머리로는 상관없다고, 이게 내 주제라고 끊임없이 마인드컨트롤을 했지만 사실은 받아들이지 못한 것 같다. 내 안의 어딘가에는 계속 정체를 알 수 없는 불만과 증오 같은 것들이 쌓여갔다. 그땐 그게 뭔지 정확히 알지는 못했지만 나는 그걸 글을 쓰면서 풀었다. 일간베스트저장소라는 곳에서.

낮은 자존감, 바닥에 붙은 자존심. 예전부터 나는 어떤 잘못을 할 때마다 끊임없이 죄의식을 축적했다. 나의 죄의식이란 마치 방사능 같았다. 끝없이 쌓이는데 배출되지는 않았으니까. 사람의 눈을 똑바로 보

1인분의 삶

는 게 두려웠다. 내 안의 죄까지 꿰뚫어보는 것 같아서. 오프라인에서
는 비굴한 가면을 썼고 온라인에서는 센 척하는 가면을 썼다. 현실에
서 받지 못하는 관심을 온라인에서라도 받기 위해 정성껏 발악했다.
글을 쓰고, 글을 썼다. 그게 남에게 얼마나 큰 상처를 주는 글인지는
별로 중요하지 않았다. 일베는 어느새 내 죄의식의 거대한 부분을 담
당하고 있었다. 그런데 마음은 크게 불편하지 않았던 것 같다. 적어도
일베에는 그때의 나와 같은 새끼들이 존나게 많았으니까. 죄라는 건
많은 사람과 함께 저지를수록 인지하기 어려운 것이었다. 그리고 나는
얼마 후 그 대가를 호되게 치르게 됐다.

시간이 오래 지난 지금도 사람이 많은 곳에 가는 게 좀 두렵다. 누가
나를 몰래 욕하진 않을까, 내 모습을 보고 비웃지는 않을까 하는 생각
이 먼저 든다. 인간관계를 맺을 때 역시 마찬가지다. 먼저 호의를 보이
며 다가오는 사람이 있으면 고마움보다는 의심이 먼저 앞선다. '왜 나
를?', '왜 나한테 잘 해주지?', '내가 이용가치가 있나?', '이래놓고 뒤에
가서는 내 뒷담화를 까겠지?' 죄와 피해의식. 여전히 좁고 깊은 인간
관계만 유지하는 이유다. 나는 내 주제를 너무나 잘 안다. 나는 좆밥이
다. 앞으로 가야 할 길이 너무 멀다. 역설적인 건 이런 사실들을 정면
으로 모두 받아내고 게워낼수록 나는 조금씩 행복해지기 시작한다는
사실이다. 주제파악을 통해서.

지금도 똑같다. 나는 페이스북을 빼면 아무것도 없다. 내 페이지를
봐주는 팔로워들을 빼면 난 아무것도 없다. 지금 내가 낸 책들은 서점

구석에 처박혀 있어서 존나 찾기도 힘들다. 주관적으로 쓰는 내 리뷰는 객관적으로 허접하다. 애초에 허접해서 공감을 얻은 것이긴 하지만 좀 더 잘 쓰고 싶었다. 그런데 여전히 허접하다. 심지어 난 이제 재미도 없다. 여태껏 내가 만든 자료에 내가 웃은 건 다섯 번도 안 된다. 사람들이 좋아해주기 때문에, 그리고 나도 먹고는 살아야 하기 때문에 계속 이어나가고 있을 뿐이다. 페이스북과 페이스북에서 나를 아껴주는 사람들 덕분에 나는 겨우 돈을 벌기 때문이다. 내가 보답할 수 있는 일은 그저 해왔던 걸 더 열심히 하는 것뿐이다. 다시는 실망시키지 않는 것뿐이다.

나는 우울증 환자다. 정신과 상담을 내내 받아왔고, 약도 계속 처방받아 꾸준히 먹고 있다(지금 이 순간에도). 적지 않은 돈을 내고 정기적인 상담도 받았다. 의사선생님과 상담사는 모두 입을 모아 내가 자존감이 너무 결여되어 있다고 말했다. 스스로를 용서할 줄 모른다고 말했다. 자의식과잉은 좋지 않지만 자기혐오도 좋지 않다고… 맞는 말이었다. 아마 맞을 것이다. 전문가의 판단이니까. 나는 자의식과잉과는 대척점에 있는 인간이다. 거기서 벗어나기 위해 스스로의 자존감을 깎아내리고 흙탕물에 짓이기는 일을 쉼 없이 한다. 그래서 나는 '내가 뭐라도 된 줄 아는 사람'이 너무 싫다. 그렇게 되기도 싫고 그런 사람을 보는 것도 싫다.

그래서 나는 소위 말하는 '페북스타'들이 존나 싫다. 외모나 몸매, 목소리나 우스꽝스러운 행동, 다른 사람의 자료를 가지고 팔로워를 끌어 모으곤 그게 제 것이며 그게 권력과 대단함인 양 행동하는 것이 눈꼴사납다. 내가 팔로워들의 것이지 팔로워들이 내 것이 아니다. 날 아껴주는 사람들은 내 꼬봉이 아니다. 굳이 말하자면 내가 날 아껴주는 사람들의 꼬봉이다. 되도 않는 겸손을 떠는 것이 아니라, 정말이지 나는 하나도 대단하지 않다. '40만 명이 사랑해주는 나'가 대단한 것이 아니라 '나를 사랑해주는 40만 명'이 대단한 것이다. 이렇게 부족한 인간의 이렇게 부족한 글이나마 끝까지 읽어주고, 격려해주고, 비판해주고, 응원해주는 사람들이 대단한 것이다. 페이스북에서는 제멋대로 행동하는 컨셉이라 따로 말은 하지 않았지만 항상 내 구독자들이 내게 해주는 모든 말로부터 형용 할 수 없을 만치 큰 힘을 얻는다. 그게 없었다면 내 페이지도, 책도, 김리뷰도, 아무것도 없었을 것이다. 이 모든 것들은 내가 아니라 구독자들로 인해 이룰 수 있었던 것들이다. 물론 인세는 내가 받지만. 미안… 회사들 삥 뜯어서 이벤트 많이 할게. 나 그런 거 잘하잖아.

나는 내가 바닥부터 기어 올라왔다고 생각했는데, 기억을 더듬어보니 땅 속에서부터 기어 올라왔던 것 같다. 이제 겨우 바닥이다. 그런데 딱히 슬프거나 우울하지는 않다. 오히려 앞으로 올라갈 길이 더 많아서 행복하다고 느낀다. 끝없는 자기혐오 속에서 나는 어떻게 살아야 하는지를 배웠다. 겸손함과 자신감을 이은 직선 사이에서 중점을 찍을 수 있게 되었다. 시작이 미약할수록 끝의 창대함은 더욱 위대해진다. 나는 성공하지 않고, 행복해짐으로서 위대해질 생각이다. 다른 사람들이 부러워 하는 삶이 아니라 과거의 내가 부러워 할 삶을 살 생각이다. 나는 끝없이 내 주제파악을 했고, 그래서 이젠 내 삶을 관통하는 주제 Topic를 파악했다. 해쉬태그는 하지 않겠다. 더 이상 설명할 필요가 없기 때문에.

커트 코베인
Kurt Cobain 1967. 2. 20 ~ 1994. 4. 5

Chapter 3.

리뷰 알지도 못하는 놈들아 니들이 와서 함 해볼래

X알못

X알못. 'XX 알지도 못하는 놈'의 준말이다. 수년 전 모 프로게이머가 성적이 부진한 와중에 쏟아진 팬들의 과도한 비난을 이기지 못하고 멘탈이 붕괴, 미니홈피에 '게임 알지도 못하는 놈들아 니네들이 와서 함 해볼래'라고 일갈한 것에서 유래한 유행어다. 이게 '겜알못'으로 축약되어 사용되다가 목적어인 '게임'을 여러 바리에이션으로 바꾸어 사용하게 되면서 '알못'드립이 시작된 것이다. 주로 디시인사이드 등지에서 자주 쓰인다.

예컨대 이런 식이다. '게임 알지도 못하는 놈'이 겜알못이니까, '영화 알지도 못하는 놈'은 영알못, '축구 알지도 못하는 놈'은 축알못이다. 대체로 농담이긴 하지만 당연히 좋은 의미는 아니다. 해당 분야에

1인분의 삶

대해서 나보다 잘 모른다는 식으로 무시하는 어투다. 반대로 'X잘알'은 'XX를 잘 아는 놈'의 준말인데, 알못에서 파생된 용어다. 나와 의견이 같거나 비슷하면 보통 '잘알'로 취급해주는 식이다.

물론 이 일련의 '알못' 드립이 웃자고 하는 얘기일 수도 있지만, 사실 진지를 한 사발 처먹고 보면 꽤 심각한 문제일 수 있다. 그럼 왜 쓸데없이 진지빠느냐고 되물을 수도 있겠지만 나는 원래 별거 아닌 걸 진지빨고 보는 리뷰를 즐겨한다. 몰랐니? 이 리뷰 알지도 못하는 놈들아. (농담입니다… 헛소리해서 죄송합니다)

좀 그렇다. 애초에 알못과 잘알의 판단기준이 본인한테 있다는 게 이 유행어의 근본적인 문제라고 할 수 있는데, 간단히 말해 내 의견과 다르거나 반대되는 것 같으면 알못으로, 내 의견을 뒷받침 해주는 주장을 하거나 의견이 거의 같거나 비슷하면 잘알이라는 것. 이 알못 드립을 한 꺼풀 벗겨보면 결국 '내가 옳고 니가 그르다'는 식의 유치한 편 가르기 심리가 존재한다. 원래 사람이 그렇다. 옳든 그르든 내 의견에 동조해주는 사람은 좋게 보이고, 아주 작은 부분이라도 꼬투리를 잡거나 반대되는 의견이다 싶으면 나쁘게 보인다. 성격의 문제일 수도 있겠지만 이건 오히려 인간에 본성에 더 가깝다. 그렇다고 긍정적이라는 것은 절대 아니지만.

무엇보다도 알못드립의 문제는, 주관적으로 평가해야 하는 카테고리에서 더욱 두드러진다는 점이다. 이를테면 수학을 못한다고 해서 수알못, 심리학을 모른다고 해서 심알못이라고 하진 않는다. 왜냐하면 이것들은 비교적 평가기준이 명확한 데다 객관적이기 때문이다. 알못드립은 주로 '게임', '영화', '음악' 같이 문화적인 부분, 특히 사람마다 향유하는 방식과 가치관이 다른 범위에서 주로 나타난다. 예를 들어 콘솔 게임 커뮤니티에서 최고의 서양 RPG 게임으로 평가받는 〈엘더스크롤 5 : 스카이림〉이라는 게임을 좀 지루했다고 하면 금방 겜알못이라고 뭇매를 맞은 후 부관참시를 당할 것이며, 음악 커뮤니티에서 퀸의 명곡인 '보헤미안 랩소디'를 너무 복잡하고 이상한 노래라고 하면 음알못이라고 욕먹고 강퇴를 당할 것이다. 만약 영화 갤러리에서 최고 명작들인 《다크 나이트》, 《보이후드》, 《클레멘타인》, 《영웅 : 샐러맨더의 비밀》 같은 영화들을 재미없다고 한다면 금방 영알못으로 낙인찍힌 후 두고두고 회자되며 영원히 고통받는 것이다.

좀 잘못됐다고 생각한다. 〈스카이림〉보다 〈치타맨〉을 더 재밌게 한 게이머가 있을 수 있는 것이고, '보헤미안 랩소디'보다 '오빠차'나 '암욜맨'이 더 취향인 리스너가 있을 수 있는 것이며, 《다크 나이트》보다 《디 워》, 《나가요 미스콜》을 더 재미있게 본 관객이 샅샅이 찾아보면 희박한 확률이나마 있을 수 있는 것이다. 평점이라든가 수상내역이라든가 평론가들의 리뷰라든가 하는 것들 역시 통계와 경향성에 기인한 것이지, 그게 만고불변의 진리라는 뜻은 아니다.

알못드립은 누구나 다른 생각을 가질 수 있다는 것을 인지하지 못한 것에서 시작한다. 리처드 링클레이터 감독의 영화 《보이후드》는 12년간의 촬영 기간, 그리고 감독 특유의 감성과 연출력이 결합된 명작으로 평가받긴 하지만, 그건 '대부분'의 평가일 뿐이고 나는 지루하고 따분했다. 솔직히 그럴 수도 있는 거 아닌가? 나는 조용하게 감성을 자극하는 영화보다는 흑인이 나와서 닥치는 대로 때려 부순 후 멋있는 대사 갈기는 미국 액션 영화가 더 취향에 맞는데. 그래서 나는 느낀 그대로《보이후드》를 내 취향이 아니라서 지루하다고 평가했다가 몇몇 사람들에게 뭇매를 맞았다. 별로 신경 쓰이진 않았지만 그냥 그런 마인드가 너무 싫었다. '어떻게 내가 재미있게 본 영화를 니가 재미없다고 할 수 있어! 네 영화보는 눈은 쓰레기야!', '전문가들, 평론가들도 다 내 의견이랑 같아! 니가 틀린거야!' 라는 식의 논리들. 애초에 나는 이걸 부수고 싶어서 리뷰를 시작했다.

솔직히 말하면 발상 자체가 정말 유치하고 어이없다고 생각한다. 그렇게 고상하고 대단한 취미(애초에 취미에 고상하고 대단한 것이 따로 있는지는 모르겠지만)도 아니고, 기껏해야 상업게임 상업영화 상업음악이나 들으면서 그걸 가지고 사람의 눈코입 수준을 재단하며 자기우월감을 채우는 것이 어쩌면 천박하다는 생각도 든다. 알못드립을 취향 존중의 반대말로 사전에 올려도 큰 문제가 없을 것이다.

내 의견과 다르면 모두 사파邪派이고, 그 와중에서도 나의 특별함과 대단함, 위대함을 알아주길 바라는 알못드립 종자들의 사상을 보고 있자면 철없는 따돌림이나 배타주의를 넘어 전체주의, 나치즘이 떠오르기도 한다. 이런 알못드립들의 뿌리에는 7, 80년대의 '너 빨갱이지!'가 있고, 최근 인터넷의 '너 일베충이지!'라는 말과도 맞닿아 있다고 생각한다. '내 생각과 다른 너'를 못 돼먹고 사악한 집단으로 몰아넣어 버리는 위험한 생각. 진짜 알지도 못하는 놈들은 나와 다른 생각, 다른 사람을 알못으로 취급하는 놈들 본인일지도 모른다.

최고의 걸그룹이 에이핑크인지 걸스데이인지, 국힙 원탑 래퍼가 개코인지 타블로인지, 최고의 애니메이션이 《아이마스》인지 《러브라이브》인가 하는 그건지, 이런 것들은 아무도 모른다. 오로지 본인만이 알고, 본인의 세상에서 결정이 되는 것이다. 취향은 애초부터 객관적이지 않다. 부디 지금의 부당한 'X알못'들이 색다른 시각과 생각으로 존중받을 수 있는 세상이 됐으면 좋겠다. '영알못', '음알못', '겜알못' 김리뷰보단 그냥 병신 호구 김리뷰가 나는 편하다.

210

문체

아주 오래전부터 인터넷에 글을 써오면서, 문체에 대한 조언 내지 비판을 많이 받아왔다. 글에 군더더기가 왜 이리 많냐, 쓸데없는 말은 왜 자꾸 덧붙이냐, 읽는 사람 무섭게 왜 이렇게 무뚝뚝하게 쓰냐, 예의 없이 말은 왜 이리 짧냐, 같은 것들. 그 와중에도 신선하다는 의견도, 새롭고 창조적으로 보인다는 의견도 있긴 했지만. 내 글은 어딜 가든 크고 작게 논란거리가 됐던 것 같다. '아예 못 쓰는 놈은 분명 아닌데, 잘 쓴다고 하기엔 애매하다'는 말을 많이 들었다. 나도 공감한다. 잘 쓴다는 건 평론가든 전문가에게든 명확한 기준을 통해 어느 정도 검증을 받아야 '나는 글을 잘 쓴다'라고 자그맣게 얘기라도 할 수 있는 건데, 난 그렇지 않다. 진짜 문학 평론가에게 내 글을 보여줄 바에야 그냥 그 자리에서 혀를 깨물고 기절하는 편이 낫다고 생각한다. 창피하고 부끄러울 테니까… 애초에 내 글을 글이라고 쳐주기나 할까. 글에 있어서 내 유일한 장점은 그나마 '(근거없이)자신감 있게' 쓴다는 건데, 전문가들의 평가로 말미암아 영혼까지 탈탈 털리게 되면 그때부턴 펜이고 키보드고 다시는 잡기 어려울 것 같다. 내 멘탈은 쿠크다스이고 팔할 정도 금이 간 유리창이며 50턴 넘게 진행된 젠가와 같아서, 건들면 무너지고 휙 바람 불면 쓰러지는 그런 것이다. 부디 조심해줬으면 좋겠다.

그래도 만족하는 건 내가 김리뷰로서 써온 글들에 대해 꽤 많은 사람들이 공감하고, 어느 정도는 긍정을 표시해줬다는 점이다. '얘 글 쓰는 거 너무 재밌어' 하는 댓글이 달리면 오르가즘을 느낀다. 내가 글쓰는 방식이 흥미롭다니, 이것만큼 글쟁이에게 환희를 안겨줄 말이 있을까? …말은 잘 안 하지만, 나는 내 '리뷰왕 김리뷰' 페이지의 팔로워, 구독자들이 너무 고맙다. 나는 페이지에 훈남 훈녀의 얼굴이나 몸매 사진을 올리지도 않았고, 겨드랑이로 병신짓거리를 하는 영상을 올리지도 않았으며, 치즈가 쭉 늘어진 등갈비처럼 위가 꼴리는 사진을 올리거나 노래 개 잘 부르거나 피아노를 신들린 듯 치거나 춤을 개 멋있게 추거나 하는 걸 올린 적도 없었다. 내가 올린 건 단지 글이었는데 40만 명 이상의 사람이 나를, 내 글을 좋아해 준다는 것, 멋진 일이다.

애초에 글이라는 건 내 생각이고, 내 자아다. 내 외모나 내 재능이나 내 행동이 아니라, 내가 '생각하는 방식'이 사랑받는다는 건 내 가장 본질적인 부분이 사랑받는다는 것과 같다. 그래서 더 애착이 간다. 어떤 마케팅 담당자는 '리뷰왕 김리뷰 페이지는 팬들의 충성도가 높네요'라고 했지만, 나는 걔들을 팬이라고 생각한 적 없다. 구독한다고 팬인가? 나는 그냥 그들에게 '재미있는 글을 쓰는 친구'다. 그들도 나에게 있어 마찬가지고. '리뷰왕 김리뷰'라는 페이지는 그냥 우리를 매개해주는 장소일 뿐이다. 약 40만 명과, 약 40만 1명째인 나의. 그건 충성도라고 할 수 없다. 유대라고 하는 것이다.

내 글이 꽤 많은 사람에게 호감을 얻은 이유는 내 글의 수준이 높아서가 절대 아니다. 오히려 반대다. 수준이 낮은 글이라서 페이스북이라는 대중적 장소에 잘 어울렸고, 잘 읽혔고, 그래서 지금 얼렁뚱땅 책까지 쓰고 있는 거다. 내 문체는 페이스북에, 대한민국의 인터넷에 가장 최적화된 문체였다. 나중에는 어떨지 모르겠지만 적어도 지금까진 그랬던 것 같다. 쉬운 어휘, 간결한 진행, 진지함과 가벼움, 극도의 주관과 대중성. 내 글에 있는 요소를 다 뽑아봐야 그리 많은 수식어가 나오지 않겠지만, 그래서 많이 읽힌다. 심플 이즈 베스트인 거다. 내 입장에서는, 적어도, 글 쓰는 사람에게 '내 글이 많은 사람에게 읽혀지고 사랑받는 것'만큼 큰 희열은 없다. 영화 갤러리에서 내 리뷰의 수준이 낮다고 욕을 바가지로 먹여도 이젠 아무 상관없는 이유다. 나는 내 인생을 살고 내 리뷰를 쓰니까. 더 이상 영화 갤러리에 가서 찌질거리지 않는다. 마음에 안 들면 욕해라. 욕도 관심이니까. 고맙다.

그럼에도 불구하고 자꾸 내 글을 권위적 관점으로 찔러대는 사람들이 꼭 있다. 이게 글이냐? 이게 문학이냐? 이게 리뷰냐? 뭐 어떠냐. 아니라고 치지 뭐. 애초에 나는 광대인데. 나더러 문학성을 따지고 기존 업계의 권위를 따지는 건 갑자기 서커스에 쳐들어와선 '왜 넌 광대주제에 무회전 프리킥을 못 차냐?' 라고 비난하는 것과 비슷하게 느껴진다. 난 시발 광대고, 광대는 피를로나 델 피에로처럼 프리킥 안 차도 된다. 스테판 커리처럼 3점슛 안 넣어도 된다. 오승환처럼 돌직구 안 던져도 된다. 사실 못 하는 거긴 하지만, 애초에 할 필요도 없다.

사용되는 어휘의 수준을 따지며 글을 재단하는 놈들은 다 법전으로 머리를 찍어버리고 싶다. 법전은 판례상 무기가 아니라고 들었기 때문이다. 어려운 말 어려운 단어를 원하면 법전이나 네이처를 읽지, 왜 내 리뷰를 보냐? 단지 어려운 어휘가 많고 어려운 문장구조를 많이 쓴다고 해서 글의 수준이 정해지는 거라면, 수능 영어 3등급인 나도 거뜬히 읽을 수 있는 파울로 코엘료Paulo Coelho의 『연금술사Alchemist』같은 책은 세계적 베스트셀러가 아니라 아마존의 눈물쯤 될 것이다. 어려운 어휘가 많은 걸로 글의 수준이 높다고 판단하는 놈들은 뻔하다. 내가 이해할 수 없으면 막연히 고급지고 고차원적인 것이라고 착각하는 단세포들. 대중성과 작품성이 당연히 반비례하는 것은 아니다. 그렇게 생각하는 건 그냥 저질스러운 스노비즘Snobbism이다. 스노비즘도 모르겠으면 네이버 검색창에 검색해보든가… 현실은 찌질이들의 심미적 감각과는 지구와 퀘이사Quasar만큼이나 괴리되어있다. 듣도 보도 못한 북유럽 요리 안 하고, 플레이트에 억지스런 데코레이션 안 해도 백

1인분의 삶

종원은 이미 우리나라에서 최고의 셰프 아닌가. 어려운 문장과 어려운 단어가 필요한 곳은 보그Vogue나 텝스TEPS, 수능 영어 빈칸 문제 지문 정도다. 추상적, 현학적, 형이상학적인 표현으로 작품성을 확보하는 건 이미 곰팡이가 필만큼 고리타분한 방식이라는 것만, 알아줬으면 한다.

잘은 몰라도, 국어사전에는 실생활에 안 쓰이는 단어가 많다. 니가 아는 단어로 국어사전에 수록되어있는 만큼의 단어 분량을 줄줄 쓸 수 있는가, 스스로 물어본다면 답은 자명하다. 국어사전에 있는 단어를 많이 써야 좋은 글은 아니다. 예컨대 힙합씬에서 유명한 '화나'라는 래퍼(요즘은 뭐 하시는지 모르겠다. 작업물 좀… 흑흑)는 자음과 모음을 자유자재로 다루며 유기적인 라임Rhyme을 잘 배치하기로 정평이 난 뮤지션. 그런데 문제가 하나 있다면 라임에 너무 집착한 나머지 일상생활에서는 찾아보기 힘든 단어나 표현들을 가사에 간혹 배치한다는 점이다. 그래서 듣는 사람에게 리듬감과 라임은 잘 느껴질지 몰라도 가사의 내용 자체는 전달이 안 되는 경우가 있다. 그중 대표적인 예가 소울컴퍼니에서 활동하던 시절 냈던 '아에이오우어 pt2'라는 곡에서의 벌스Verse인데. 그냥 기억나는 대로 여기에 써보자면 다음과 같다.

'밤새 난 생각해봐 세상에 산재한 세말의 탐색과 생산에 관해
폐쇄된 외계의 랩 괴재 F.A.N.A 내 생애 최대의 계획이 개시돼
피맺힌 외길에 임해 흰 잿빛의 미랠 짙게 칠해

계속된 속된 논쟁 속 내 존잴 곡해로 매도해 욕해도 해롭겐 못해
무대를 채운 채 두뇌를 깨우네 군센 불세출의 문체를 뱉을 때
헛된 여백 겉에 여태껏 외면됐던 개념의 열쇠를 꺼내 성켈여네'

　모음의 배열과 배치를 조금만 잘 살펴보면 그야말로 등어리에 소름
이 돋을 지경이다. 이 가사를 쓰기위해 얼마나 많은 고생과 노력을 했
을지 짐작조차 가지 않는데… 사실상 한글 변태라고 봐도 큰 무리가
없을 것이다(욕 아님). 세종대왕님이 봤다면 '몰라, 뭐야 그거… 무서
워…' 했겠지. 그럼에도 불구하고, '관객에게 가사가 얼마나 잘 들리
고 이해를 시킬 수 있느냐'라는 기준에서 봤을 땐 확실하게 정말 좋은
가사는 아닐 수 있다는 것이다. 사실 나는 이 노래를 몇 번씩 들었음에
도 아직도 저 가사가 무슨 의미인지 이해할 수가 없다. 이 가사가 주는
메시지가 뭔지, 어떤 내용을 전하고 싶었는지, 느낌은 오는데 막상 머
리로 이해는 할 수 없다. 현장에서 이걸 라이브로 들었을 땐 더 혼란스
러웠을 것이다. 그렇다고 화나에게 이 가사의 뜻을 일일이 물어볼 수
도 없는 일이다. 그건 뮤지션에게 실례니까.
　나로 말할 것 같으면, 말줄임표(…)를 굉장히 많이 쓴다. 개인적으
로 글이라는 건 읽고 난 뒤의 여운이 가장 중요하다고 생각하고, 말줄
임표는 그걸 가장 잘 살려줄 수 있는 문장부호라고 생각하기 때문…
은 아니고 그냥 쓰다 보니 버릇이 됐다. 실생활에서 이야기할 때도 말
끝을 얼버무리거나 흐려버리는 습관이 종종 있는데 그게 문체에까지

　　　　　　　　　　　　　　　　　　　　　1인분의 삶

영향을 미친 것 같다. 나름 고쳐보려고 했는데 잘 안됐다. 쓰고 싶을 때 못쓰니까 나중엔 글이 쓰기 싫어져서. 그만두는 걸 그만뒀다.

결국 하고 싶었던 얘기는, 문체는 내가 만드는 거라는 말이다. 내가 '김리뷰체'를 쓰듯이 말이다. 글을 익힌다는 건 궁극적으로 '내 문체'를 개발해 쓰는 과정이라고 생각한다. 내가 아무리 김훈의 조사와 문장구조를 따라하고, 이문열의 표현과 어휘를 베껴 쓴다고 해도 내 손에서 나오는 건 결국 내 글이다. 김훈이나 이문열의 글이 아니라. 카피캣은 어디까지나 카피캣이다. 애플 따라해서 잘 커봐야 샤오미겠지. 샤오미는 애플이 될 수 없다. 삼성은 삼성이고 미쓰비시는 미쓰비시다. 중요한 건 '오리지널리티'라는 거다.

내가 어휘력이 부족해 한 문단에 두세 번씩 동어반복을 한다고 해도, 최소한 내 글은 '여태껏 있었던 문체들의' 동어반복은 아니다. 애초에 라디오헤드는 지네들 음악 하는 놈들이다. 천재노창도 지 음악 하는 놈이다. 내 음악과 내 글을 계속 만들고 쓴다고 해서 그게 의미가 없느냐면 아니다. 항상 판도를 바꾸는 놈은 '내 꺼' 하는 놈과, 놈들이다. 나는 내 꺼한다. 내 글 쓴다. 무소의 뿔처럼은 아니고 그냥 내 길 간다. 나에게 '처럼'은 없고 '척'도 없다. 애초에 아버지 일찍 돌아가셔서 친가에 아는 친척도 없다. 같은 말이 계속 반복되는 거, 신경도 안쓴다. 나 말줄임표 많이 쓰고, '사실'이라는 말 많이 쓰고, 매번 평이한 어미만 주구장창 쓰지만, 난 상관없다. 난 억지로 다른 표현을 찾으려고 하지 않으니까. 대신 억지로 다른 감성을 찾아 넣으려고 하고, 억지

Radio 'The Music' head···

로 다른 비유를 하려고 한다. 그게 다. 그게 내가 글 쓰는 방식이고 그걸 엮어서 책으로 만들었다. 읽고 싶으면 읽고, 읽기 싫으면 안 읽으면 된다. 만약 읽고 재밌으면 사는 거고, 사서 읽어보니 흥미로우면 예스24랑 교보문고에 리뷰를 남기는 거고, 그것도 모자라면 친구나 가족한테 직접 선물하면 되는 거다. 그게 맞다. 적어도 내가 알기에 이정도로 글 쓰는 건 합법이다. 난 대마 빨고 글 쓰는 게 아니니까. 헤밍웨이는 당신이 알고 있는 가장 진실된 문장을 쓰라고 했다. 난, 그러고 있다.

네가 글을 어떻게 써야 하는지를 배워야 한다는 건 그들이 상관할 바가 아니다.

- Ernest Miller Hemingway

디스 _{Dis}

담배 아니다. 네이버 시사상식사전에는 '디스리스펙트 disrespect(무례)의 준말로 상대방의 허물을 공개적으로 공격해 망신을 주는 힙합의 하위문화를 일컫는다.' 라고 정의가 되어있는데, 그냥 쉽게 말하면 '까는 거'다. 주로 힙합에서 쓰는 단어였지만 요즘은 어느새 대중화가 돼서 힙합이 아닌 다른 곳에서도 곧잘 쓰인다. 예를 들면, 내 리뷰라거나.

나는 디스를 좋아한다. 왜냐하면 세상에는 까지 않으면 안 될 것들이, 디스 안 하고는 배기지 못할 것들이 주옥같이 산재해 있기 때문이다. '리뷰왕 김리뷰' 페이지를 개설해 수백 개의 리뷰를 하면서, 가장 좋았던 건 자연스럽게 하고 싶은 디스를 할 수 있다는 점이었다. 왠지

1인분의 삶

사람들은 내가 정상적으로 리뷰 할 때보다 그냥 대놓고 '싫다'고 어린아이 투정부리는 식의 '디스'를 더 좋아했던 것 같다. 지금 생각해보면 내가 한 것들 중 몇 개는 리뷰가 아니라 아예 디스로 바꿔 불러야 할 것들이었다. 페이지 이름이 '리뷰왕 김리뷰'니까 그냥 이름만 리뷰라고 했던 거지. 나도 안다. 반성하고 있다. 그래도 이름이 리뷰였다면 리뷰답게 했어야 했는데.

나는 디스를 하기도 많이 했지만, 당하기도 엄청 많이 당했다. 아마 지금 이 순간에도 당하고 있을지 모른다. 뭐 당연한 일이라고 생각한다. 애초에 잘못한 말도, 잘못한 행동도 많다. 나 같아도 나를 영혼까지 깠을 것만 같은데 보는 사람들은 오죽하겠냐고. 그래도 뭘 하긴 해야 한다. 내가 이렇게 병신인데도 좋아해주는 사람이 있고, 기다려주는 사람이 있으니까(놀라운 일이다). 세상 사람들에게 모두 호감일 수는 없는 법이니까. 내가 아무리 반성하고 뉘우친다고 해도 그걸 받아들이는 것은 받아들이는 사람들의 자유다. 내가 왈가왈부할 처지가 안 된다. 난 이미 한 번 커다란 실수를 했고, 그래서 수많은 사람들에게 실망을 줬다. '난 그거 사과 했는데 왜 용서 안 해줘?'라고 따지는 건 초등학생 수준의 발상이다. 내가 병신이긴 한데 그 정도는 아니다. 용서하건 말건 내가 신경 쓸 것 아니고, 신경 쓴다고 해서 달라질 수 있는 것도 아니라는 걸 이젠 안다. 그냥 지금은 날 용서해준 모든 것들에 대해 실망시키지 않겠다는 거, 때문에 그저 버티고 있을 따름이다.

말이 길었는데, 그래서 디스가 좋고 나쁨을 굳이 따지라고 한다면 좋은 쪽이라고 말하고 싶다. 당연하지. 나는 애초에 디스 없이는 살 수가 없는 인간이니까… 담배는 안 핀다. 솔직히 내가 욕하고 싶은 거 마음대로 욕도 못하는 세상이라면 금방이라도 답답해 거품 물고 죽게 될 지도 모른다. 나라님 욕하면 농사 쓰는 소를 가져다가 사지를 찢어 죽이던 때가 불과 몇 백 년 전이고, 국가원수 욕한다고 잡아들여다가 남산에서 뒈져라 고문하던 때가 불과 몇 십 년 전인데, 표현의 자유가 허락되는 21세기에 태어나서 천만다행이다.

사실 디스라는 게 별로 큰 의미가 있고, 대단한 이유가 있어서 이루어지는 건 아니다. 그냥 싫으니까 '싫다'라고 말하는 거지. 누가 마약을 하고, 표절을 하고, 일베를 한다는 이유 때문에 싫어질 수도 있겠지만… 대부분은 그래서 디스를 하는 게 아니다. 일단 싫은 게 먼저고, 거기에 그럴듯한 정황과 목적과 이유들이 덧붙여져서 디스를 하는 것이다. 디스의 본질은 '그냥 싫음'이다. 그래서 이게 나쁜가? 왜? 싫을 수도 있지. 뭐가 잘못인가.

디스 한 번 했다고 '난 너랑 시발 평생 한 번 얼굴 안 볼 거고, 너는 존나 시발놈이야. 그리고 난 너에 대해 다시 평가할 생각은 죽어도 없어'라는 뜻은 아니다. 조금만 긍정적으로 보면, 디스를 한다는 건 적어도 관심은 있다는 뜻 아닌가. 지금도 관심조차 받지 못하고 역사의 뒤안길로 사라지고 있는 사람과 기업과 아이돌 그룹들이 얼마나 많은지를 생각해보면… 노이즈 마케팅도 마케팅이다. 과하면 뭐든 안 좋겠지만.

사실상 목적이 있는 디스도 많다. 요즘은 대체로 이런 것 같다. 요컨대, 세상에서 가장 재미있는 게 싸움구경 아니겠는가. 그래서 디스라는 건 그 형태가 어찌됐든 많은 사람들의 관심을 받기 마련이다. 사람들의 관심과 주목을 끌기 위해 하는 디스는 생각보다 많은 곳에서 찾을 수 있다. 복싱 챔피언 메이웨더가 경기 직전 상대방에게 SNS로 존나 깐죽거린다거나(이러면 대전료가 올라간다고 한다), 지금은 세계 최고의 래퍼가 된 에미넴이 머라이어 캐리를 디스 했던 거, 지금은 같은 크루에 있는 산이가 한 때 버벌진트를 패기롭게 디스해 사람들의 반응을 이끌어냈던 것 역시 같은 맥락이라 볼 수 있다. 어쩌면 디스의 본질은 가장 흥미로운 볼거리인 '싸움구경'을 제공한다는 점, 그리고 이를 통해 관심을 끌 수 있다는 점에 존재하는 것일지도 모른다.

　그럼에도 디스를 많이 했고, 많이 당한 입장에서 내가 말해두고 싶은 건, 사회가 용인하는 표현의 적정선이라는 게 있다는 거다. 어디서 많이 들어본 얘기겠지만, 사회 전반이 추구하는 가치와 크게 어긋나는 표현이나 방법으로 디스를 한다면 오히려 역풍을 맞을 가능성이 높다. 일단 패드립은 안 된다. 연좌제는 시대착오적 오류다. 헌법에도 명시되어있는 부분이다. 내가 보기에 A가 잘못했고 그래서 A가 마음에 안 들면 A만 까야한다. A의 어머니 아버지, 할아버지 할머니나 형 누나 동생, 삼촌에 사촌에 고모 이모 조카와 키우는 고양이까지 들먹여서는 안 된다. 그건 'A를 잘못된 방식으로 까는 나'가 또다시 디스의 도마 위에 오르도록 만드는 행위다.

그리고 없는 사실을 만들어 까는 것도 무리수다. 요즘 쓰는 쉬운 말로는 '주작'이라고 한다. 주작은… 하면 안 된다. 스포츠를 좋아하는 사람이라면 많이들 봐왔을 것이다. 주작의 말로들을. 아무리 마음에 안 들어도 한 짓거리들로 까야지, 어렴풋한 예측이나 예상 같은 것으로 까다가 상대방에게 실질적으로 피해를 주는 루머나 유언비어 수준으로 커지면 꼼짝없이 철창신세를 져야할지도 모른다. 이 시점에서 영화 《타짜》의 명대사를 한 번 되뇌어야 한다. 확실하지 않으면 승부를 걸지 말라는 거. 네가 디스를 즐겨하고, 디스를 하고 싶다면 명예훼손과 모욕죄에 대해서 자세히 알아두고, 조심해야 할 필요성이 있다. 법은 일단 걸리고 나면 사정 봐주고 그런 거 없기 때문이다.

무엇보다도 주지해야 할 것은 디스는 상대방을 화나게 하는 게 목적인 행동이 아니라는 거다. 맨 위에 사전에서 인용해온 디스의 정의 역시 '공개적으로 공격해 망신을 주는 것'이지 '공개적으로 공격해 기분을 개 더럽게 만들고, 화나게 하는 것'이 아니다. A를 공개적으로 나쁜 놈이라고 욕하는 게 목적이 될지언정 A가 머리끝까지 화가나 나를 칼로 찔러 죽이고 싶도록 만드는 게 디스가 아니다. 적어도 내 생각에는, 디스라는 건 상대방더러 '죽으라'고 하는 것이 아니라, '고치라'고, '증명하라'고 하는 것이다. '니가 마음에 안 들어서 내가 하는 말들에 대해 찔린다면 고치고, 아니라면 증명해라'는 얘기.

그럼에도 불구하고, 우리는 상대방을 도발하는 게 자기 인생의 가장 중요한 일인 양 욕과 패드립을 남발하는 사람들을 인터넷 등지에

1인분의 삶

서 쉽게 볼 수 있다. 그렇게 해놓곤, 정작 본인이 했던 말들이 문제시 되면 표현의 자유를 들먹인다. 디스 문화에 대한 오해다. '디스'라는 탈을 써서 온갖 비윤리적 표현이 성립가능하다면 법이 왜 있고 경찰은 왜 있겠는가. 결국 상대를 도발하는 게 최후의 목적이 되면 패드립과 주작까지 서슴지 않고 하게 되는 것이다. 아무리 싸움구경이 재밌다 해도 어디까지나 룰이라는 게 있고, 그걸 준수하면서 이루어졌을 때 재밌는 것이다. 복싱하는 데 써머쏠트킥 써서 이기면 누가 인정해주는가? UFC에서 체어샷 갈겨서 이기면 누가 칭찬해주는가? 막말로 친구끼리 맞다이 까는 데 갑자기 빡친다고 벽돌이나 커터칼을 들고 설치면 진짜 좆 되는 거 아니겠는가. 지킬 건 지키라는 말이 괜히 있는 게 아니다.

그런데 문제는 애초에 온라인 세계 자체가 디스리스펙으로 점철된 무법천지라는 사실이다. 지금 이 순간에도 많은 사람들이 온라인 공간에서 자신에게 향하는 온갖 디스를 상당부분 암묵적으로 용인하고 있다. 왜냐하면 일일이 고소하기에는 시간과 에너지가 너무 아깝기 때문이고, 어느 정도 받아들일만한 수준의 디스라면 크게 개의치 않고 오히려 피드백으로 수용할 수도 있다. 이래서 명예훼손과 모욕죄는 친고죄(당사자가 고발해야 성립되는 범죄)다. 아니면 본인이 적정선 이상으로 디스당하고 있는 걸 모르거나.

일각에서는 연예인들이 자신을 욕한 악플러들을 싸잡아 고소하는 걸 비웃거나 어처구니없는 일로 치부하기도 하는데, 이건 존나 당연한 일이다. 합의금을 뜯어내 돈이나 벌 요량으로 고소를 하는 사람도 물론 있겠지만, 법잘알(법전 잘 알고계신 분들. 주로 판검사 변호사가 있다)들이 아무 잘못도 죄도 없는데 돈 내거나 감옥가라고 하지 않으신다. 다 지은 죄가 있으니 고소가 먹히는 것 아니겠는가. 가만 보면 연예인들이 본인 악플러 들에게 원하는 건 합의금 같은 게 아니다. 욕을 그렇게 먹을 만큼 유명한 인물이라면 돈은 이미 꽤 벌고 있을 테니까. 실제로는 합의금보다 진심 어린 사과를 요구하는 경우가 많다. 반성문을 써서 보내든, 직접 만나 심층적인 대화를 하든, 무릎을 꿇고 간절히 빌든. 그래서 선처가 이루어지는 경우 역시 많고. 그러니까 어디까지나 적정선이 중요하다는 거다.

디스가 'A가 싫다'라는 의사표현을 하는 수단이 되는 건 좋지만 '내가 싫어하니까 너네들도 싫어해라'라는 식이 되면 곤란하다. 그건 디스도 아니다. 선동이라고 부르지. '난 쟤 싫다'는 되는데 '너네도 쟤 싫어야 되는 게 정상 아냐?'가 되면 처맞아야 마땅하다. 표현의 자유는 딱 거기까지다. 네 표현은 상관없는데 다른 사람 표현까지 훈수를 두려 하면 안 된다. 어차피 우주에서 보면 똑같은 먼지들인데, 같은 먼지들끼리 뭐가 잘났다고 훈수질이란 말인가.

내가 생각하는 디스는, 그 사람이 아니라 그 행동이나 그 현상, 그 사건에 대해 까야하는 거라고 본다. 상투적인 말이지만 죄는 미워하되 사람은 미워하지 않아야 한다고 할까, 사실 그 죄 지은 건 사람인데 어떻게 사람을 안 미워할 수가 있냐고 따지면 별로 할 말은 없지만. 사람이 태어날 때부터 성격이 결정되고, 결함을 안고 태어나고, 무슨 수를 써도 고칠 수 없다면 정말 억울하지 않을까? 우리가 기대할 수 있는 건 과거가 아니라 미래뿐인데. 앞으로가 아니라 여태껏만 보고 인간을 판단하고 정의한다면 그야말로 오만이다. 최소한 내가 아는 사람은 잘못이나 치부를 지적당하면 그걸 부끄러워하고, 창피해할 줄 아는 동물이다. 그게 뭐? 뭐냐니, 발전의 시작이지.

수박 Soul Food

■■■■■ 미국의 소설가 마크 트웨인은 수박을 '천상의 맛을 가진 과일'이라고 했다고 한다. 수박은 과일이 아니라 채소인데… 마크 트웨인도 어쩔 수 없는 문과였던 것일까? 뭐 말이 그렇다는 거지, 천상의 과일까지는 아니어도 수박이 존나 맛있는 음식임에는 틀림없다. 분명 여름은 개뜨거운데다, 열대야 때문에 밤에 잠도 설치며, 벌레도 급증해 게임하다 보면 눈앞에 날파리가 날아드는 짜증나는 계절이지만, 수박의 존재란 이 모든 요소들을 커버할 수 있을 만큼 대단한 것이라고 느껴진다.

집 앞 식자재마트에 장을 보러 가면 거의 항상 수박이 있다. 집으로 돌아가는 길이 미묘한 오르막길이라 짐이 무거울 땐 사기 부담되는 놈이지만, 대체로 그냥 사서 돌아온다. 수박을 고를 때 좆도 모르면서 항상 몇 번 두들겨보고 사게 된다. 사실 다 똑같아 보이는데 자존심 때문에 괜히 그러는 것 같다. 집에 와서 뜯어보면 어차피 같은 수박 맛이다. 수박이 맛없는 경우는 거의 없다.

수박은 생각해보면 아주 멋진 녀석이다. 겉은 단단하기 짝이 없지만 속은 부드럽고 달콤한 반전 있는 과일. 뭐랄까, 수박 속의 탐스러운 붉은 색을 보고 있노라면 오르가즘 비슷한 걸 느끼게 되는 것 같다. 수박이 주는 질감과 달달한 냄새가 자연적인 붉은색을 4D로 각인시켜준다. 립스틱의 붉은색과 수박의 붉은 색은 분명 다른 매력이 있는 것이다. 그래도 둘 다 뇌쇄적이라는 의견에는 이견이 없다.

수박주스, 수박화채, 수시, 수테이크, 수파게티 등 수박을 먹는 방법은 그야말로 각양각색이지만, 수박을 가장 편하게 먹을 수 있는 방법은 정육면체로 잘라 락앤락 통에 우겨넣고 냉장시킨 다음 덥거나 입이 심심할 때마다 꺼내먹는 것이다. 사실 이게 부모님이 해서 넣어놓을 때는 그냥 먹기만 해서 몰랐는데, 생각보다 수박을 썰어 넣는 게 쉬운 일이 아니었다. 물이 겁나 많아서 한 번 썰고 나면 주방이 물바다가 된다. 그래도 요즘은 혼자 살면서 스킬이 늘었는지 꽤 잘하는 것 같다. 쏭덩쏭덩 썰 때 왠지 모를 쾌감도 있고…

수박을 먹을 때는 마음이 굉장히 편안해지는 효과가 있는 것 같다. 일단 대부분이 물이라 아무리 많이 처먹어도 살이 거의 안 찌는(것 같은)데다, 기본적으로 자연에서 나는 채소라서 몸에도 좋기 때문이다.

비타민도 풍부하고, 잘은 몰랐는데 암과 심장마비를 예방하는 리코펜이라는 게 겁나 많다고 한다. 옛말에 몸에 좋은 건 쓰다는 말이 있는데 이쯤 되면 다 개소리인 것 같다. 보약 대신 수박 존나 퍼먹는 게 훨씬 이득이다.

어쩌다 보니 수박의 장점 소개가 되어버렸는데, 무엇보다도 가장 큰 장점은 그 양에 비해 굉장히 싸다는 것이다. 대부분이 물이라 포만감이나 양도 많고, 가격 역시 1~2만 원대다. 땅 파서 만 원이 나오는 줄 아냐 그러면 별 수 없지만, 요즘은 햄버거 세트 하나 먹는데도 5천 원이 훌쩍 넘는 시대다. 수박 한 번 사서 그것만 먹어도 하루는 버틸 수 있다는 걸 생각해보면 가성비 하나는 죽여주는 과일…채소인 셈이다. 그래서 미국이나 남미에서도 빈민층, 특히 흑인들의 소울 푸드Soul Food였다고 하는데, 팍팍한 삶 속 인생의 쓴 맛이란 쓴 맛은 다 봤을 사람들이 이 수박의 단맛으로 삶의 애환을 달랬다고 생각해보면 꽤 낭만적이기까지 하다.

맛은 죽여주는데 값은 싸고 양도 많은데 몸에 좋기까지 하니 이쯤 되면 계란, 닭 가슴살 이런 걸 다 엿 먹이고 감히 완전식품이라고 할만 하다. 유일한 단점이라면 정말 대부분이 물인 탓에, 먹고 나면 이뇨작용이 심각하게 좋아진다는 것. 밑도 끝도 없이 오줌이 나오고 심지어 설사까지 하게 된다. 물론 덕분에 변비나 방광염 걱정은 없겠지만, 징할 정도로 몸에서 물이 나오는 데 기분이 참 묘하다. 수박이든 인생이든 먹은 만큼 나오는구나, 뿌린 대로 거두는구나. 마냥 좋은 것만은 없

구나. 그래도 수박만큼 좋으면 오줌 오십 번 백 번 싸도 좋다. 아 백 번
은 취소다 너무 많은 듯ㅋ.

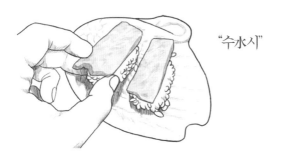

"수水시"

야동 Adult Video

━━━━ 그렇다. 야동이다. 알고 보니 야구 동영상이다 뭐 그런 허접하고 재미도 없는 농담이 아니다. 야한 동영상이다. 우리가 흔히 생각하는 그거 맞다. 요즘은 야동보다는 AV_{Adult Video}라는 표현을 더 자주 쓰는 모양이다. 결론부터 그냥 까놓고 말한다. 야동은 나쁜 것이 아니다. 오히려 유익하고 좋은 쪽에 속한다. 방송통신심의위원회와 여성가족부는 그렇게 생각하지 않는 것 같지만…

사실 우리나라에서 '야동을 보는 사람'에 대한 인식은 굉장히 편협하고 척박하다. 변태, 관음증 환자, 심지어 예비 성범죄로까지 본다. 솔직히 좀 너무하다. 야동 그거 좀 볼 수도 있는 거 아닌가? 인간의 욕심은 끝이 없고 같은 잘못을 반복한다지만, 딱히 야동이 인간성을 파괴

할 만큼 거대한 잘못이라곤 생각되지 않는다. 오히려 더 큰 잘못을 방지하는 방파제이자 안전장치라고 생각한다.

야동을 이해하기 위해서는 일단 양성의 성욕 메커니즘 차이를 인식해야 한다. 무엇이든 예외가 있는 법이고, 그래서 일반화를 하는 건 항상 위험한 일이지만 대체로 남성의 성욕은 여성의 성욕보다 얕고 잦게 일어난다. 남성의 성욕은 시각 촉각 청각 그야말로 온갖 자극을 통해 일어날 수 있는 반면, 여성의 성욕은 비교적 복잡하고 심리적인 영향을 많이 받기 때문이다. 남성의 성욕은 굳이 비교하자면 여성의 식욕과 같다. 집에서 팬티 한 장 걸치고 누워서 불알 긁다가도 생기는 것이 남자의 성욕이다.

여기까지는 아무 문제없다. 성욕이라는 건 인간이라면, 아니 자웅동체가 아닌 동물이라면 누구나 느끼는 당연한 욕구이기 때문이다. 그런데 문제는 어떻게 해결하느냐다. 매번 성욕이 일어날 때마다 성관계를 한다는 건 불가능하기도 하고 바람직하지도 않다. 아마 일주일도 안 되서 허리가 부러져 사망하지 않을까? 그래서 필요한 것이 수음, 곧 자위다. 다행히도 남성의 성욕은 배변욕과 비슷해서 한 번 싸고 나면 끝이다. 결국 이 행위를 원활하도록 돕는 촉매제가 강렬한 시청각적 자극을 제공해주는 야동인 셈인데, 보통 이 과정이 끝난 다음의 남성은 평온을 되찾고 일상으로 돌아간다.

여자 친구가 있거나 이미 결혼을 한 남자라도 예외는 아니다. 애초에 연애나 결혼 자체가 성관계만을 위해서 하는 것이 아니고, 무엇보다도 위에서 말했듯 남성과 여성의 성욕은 그 깊이와 빈도에서 큰 차이를 보이기 때문이다. 성관계… 아 개답답하네 시발, 섹스!! 섹스는 한 쪽만 원해서 할 수 있는 것이 아니다. 서로 원해야 하는 것이지. 부부나 연인 사이에서도 강간이 성립된다는 것을 생각해보면 당연한 애기다. 그래서 남자가 성욕을 느낄 때마다 여자에게 관계를 요구할 수는 없는 것이고 그 반대의 경우에도 마찬가지이기 때문에 야동이 필요한 것이다. 현명한 커플과 부부라면 이런 비대칭적 성욕구를 이해하고 해결할 줄 알아야 한다.

그런데 세간의 잘못된 분위기 때문에, 지금도 많은 사람들이 야동이 성범죄를 일으키는 만악의 근원이라 착각을 하고 있는 것 같다. 사실은 그 반대다. 야동은 남자가 혼자 건강하게 성욕을 해결할 수 있도록 해주는 착한 녀석이다. 생각을 해보자. 자위를 위해 야동을 찾는 남

전설의 그 분.jpg
edd-202…

1인분의 삶

자와 섹스를 위해 여자를 찾는 남자 중 어느 쪽이 더 위험하겠느냐고. 당연히 후자다.

솔직히 말하면 이건 우리나라에 유교 탈레반이 너무 많기 때문이다. 성욕은 지극히 당연하고 얼마든지 건강하게 해소할 수 있는 것인데, 그걸 왠지 부끄럽고 창피하며 말하기 어려운 것으로 만드는 한국의 묘한 분위기가 야동을 보는 남자들을 더 몰아붙인다. 남성의 성욕은 이른바 비교체험 극과 극이다. 한 번 지진, 해일처럼 뜬금없고 격하게 들이닥쳤다가도 해소된 후에는 금방 바람 한 점 없는 고요의 바다가 된다. 그런 의미에서 야동을 보며 성욕을 해결할 줄 아는 남자는 스스로를 통제할 수 있는 멋진 남자다. 이걸 못해서 성범죄나 성매매를 일삼거나 밤마다 클럽에 가서 원나잇스탠드를 노리는 쓰레기들이 얼마나 많은지 생각해보면 더더욱 그렇다.

야동사이트가 막혀서 빡쳐서 이러는 게 아니다. 절대 아니다. 나는 지금 평온하다. 제발 야동 규제하고 사이트 막을 돈과 노력으로 성교육에 좀 더 신경을 썼으면 좋겠다. 해킹은 존나 못 막으면서 야동사이트는 왜 이렇게 잘 막는지. 솔직히 말해서 우리나라 성교육은 예전보다 아주 조금 나아졌을 뿐 아직도 존나 병신 같은 수준에서 벗어나지 못했다. 성욕이 어떤 것이고 어떻게 조절하는지, 성관계는 어떻게 하는지, 성범죄를 어떻게 예방하는지, 가장 중요한 것들은 다 빼놓고 허구한 날 정자 난자 수박 겉핥기 같은 얘기만 주구장창 해대니 성에 대한 인식이 지각을 뚫고 맨틀 외핵 내핵까지 낮아진 것이다. 아기가 어떻게 생기는 거냐고 물었을 때 학이나 황새가 물어다준다는 헛소리를 아직도 하는 사람들이 있다. 존나 어처구니없는 얘기다. 누굴 진짜 병신으로 아나?

내가 볼 때 우리나라 성교육은 야동보다 못하다. 차라리 야동이 제공하는 인사이트는 더 없이 직관적이기라도 하지 않은가. 우리나라 성교육이 턱없이 부족하니 미성년자들은 자연스럽게 야동을 찾게 되는 것인데, 그걸 보는 사람을 병신 만들고 규제나 해대니까 OECD에서 성범죄율 3위나 하고 그러는 것이다. 왜 우리나라보다 훨씬 야동 많이 만들고 많이 보는 미국, 일본이 우리나라보다 성범죄율이 낮을까 생각을 좀 해봐라.

야동을 보는 남자들이 성범죄를 저지른다는 통계에도 의미가 없는게, 야동을 보지 않는 성인 남자는 존나 찾기도 어렵다. '성범죄자 10명 중 9명이 야동 시청해' 같은 논리는 '살인범 10명중 10명이 비빔밥 먹은 적 있어', '강도 100명에게 물어보니 모두다 숨 쉰 적 있어'와 같은 수준이다. 영화와 현실을 구분하지 못하는 건 그 사람의 문제지 영화의 문제가 아니다. 야동 역시 컨텐츠 자체의 문제가 아니라 범죄자가 문제인 것이다.

물론 야동이 남성에게 왜곡된 성 인식이나 성적 판타지를 심어줄 수 있다는 측면은 완전히 부정할 수는 없다. 전문 AV배우와 실제 연인은 명확히 다른 존재이다. 그런데 야동은 뭐랄까… 르브론의 덩크슛이나 베컴의 프리킥 영상과 같다. 보기에는 존나 쩔고 한 번 해보고 싶기

야 죽이는 건 좀 너무하지 않냐?
좀 인간적인 방법으로…

도 하지만 불가능하다는 걸 너도 나도 다 알고 있다.

제발 야동 차별하지 말고 야동 보는 사람도 이상한 눈으로 쳐다보지 않았으면 좋겠다. 야동은 결코 잘못되지 않았다. 이 세상이 잘못 됐을 뿐… 물론 미성년자한테 집적대는 놈은 얄짤 없다. 아동 포르노 만들거나 보는 놈들은 사정없이 사형시켜야 한다. 멀쩡한 일반인한테 접근해서 몰카 찍고 유출시키는 놈들도 마찬가지다. 그런 수준 낮은 거 보지 말고 그냥 AV를 보자. 개들이 더 예쁘고 몸매도 좋고 잘한다. 하루빨리 야동의 공익성과 끝없는 유익함을 깨닫는 사회가 되었음 한다. 바탕화면에 당당하게 야동을 놔줘도 아무도 뭐라 하지 않는 그런 세상이 왔으면 한다.

맞춤뻡

우리나라의 맞춤뻡은 참 어렵다. 외냐하면 한국어는 새계에서 가장 어려운 언어 중 하나이기 때문이다. 어휘로 보면 동음이의어도 만코, 문뻡 역시 매우 어려운 축에 속하며, 무엇보다도 예왜가 만타는 것. 거기에 대한민국에 인터넷이 본격적으로 보급돼기 시작하면서, 온라인상에서의 과도한 은어사용이나 초성채 사용 등으로 언어생활 자체가 많이 파괘된 것 역시 맞춤뻡의 어려움을 가중시킨 원인 중하나다. 특히 야갤 씨벌롬들이 야민정음이라는 걸 만드러서 요즘 인터넷에서 재대로 맞춤뻡을 준수하는 사람을 차자보기좃차 힘들다. 재송해요. 새종머왕님… 저는 힘이 업서요ㅜ

솔지키 말하면 나는 소시쩍부터 글 쓰는 것을 조아햇고, 그러다보니 자연쓰럽게 맞춤뻡에 민감한 사람이 됐다. 내가 그나마 아는 척 할 쑤 인는 게 이거밖에 업기 떼문이다. 물론 나라고해서 모든 맞춤뻡에 통달하거나 그런 것은 아니지만 자주 틀리는 어휘에 대해서는 꾀 많이 알고 잇고, 적어도 내가 틀리는 맞춤뻡에 대해서는 더 잘 알고 고치려는 노력을 하는 편이다(그래야 다른 사람들한태 아는 척 하기도 쉽다)그래서 다른 사람이 맞춤뻡을 틀리는 것에 대해 지적하는 경우가 종종 잇는데, 그러다 보면 맞춤뻡을 지적당하는 것 자체를 굉장히 기분 나쁜 것으로 인식하는 사람들을 발견하게 됀다.

먼저 한 가지 말헤두자면, 맞춤뻡을 틀린다는 건 죽을죄가 아니다. 맞춤뻡 그거 하나 틀리는 게 곤장을 쳐맛거나 사형을 당할만한 일도 아니고, 그게 그 사람의 지적수준을 폄하할 수 있는 기준이 돼는 것도 아니다. 그냥 평소 흔하게, 혹은 비일비제하게 있을 수 있는 일이다. 진심 맞춤뻡은 누구나 틀릴 수 있는 것이다. 국립국어원 원장님도 실수로 틀릴 수 있는 게 맞춤뻡이고, 나 역시 남을 지적하면서도 내가 똑가튼 오류를 범할 수도 있는 것이다. 맞춤뻡을 틀렷다고 지적하는 건 '너 지퍼 열렷어' 정도의 의미이지, '너는 인간말종쓰래기야'라는 의미가 아니다. 맞춤뻡은 누구나 틀릴 수 잇다. 딱히 니가 병신이라서가 아니다.

근데 외 맞춤뻡을 지적당했을 때 화를 내는지 모르겠다. 나로선 이해할 수 업는 일이다. 내가 기분 나쁘라고 한 예기도 아니고, 그냥 선의로 예기한 걸 가지고 잘난 척 한다느니 그거 많이 알아서 조켓다느

내가
이런
새끼들
때문에

니 비아냥대면 기분이 상할 수바께 업다. 오히려 '맞춤뻡을 외 지켜야 하느냐'고 돼묻는 사람도 잇는데, 그럴 땐 정말 할 말이 업서진다. 우리가 쓰는 우리말 똑바로 좀 쓰자는 개 그러케 잘못한 일인가? 영어 스팰링 틀리는 건 존나 부끄러하면서. 당장 맞춤뻡을 틀린 것보다도, 앞으로의 개선의지가 전혀 엄는 이런 사람이야말로 큰 문재라고 생각한다. 틀렸으면 고치면 돼고, 실수했으면 다음부턴 그러지 않으려고 노력하면 뢴다. 실수 한번 한 게 창피한 것이 아니다. 실수를 했음에도 고치려고 하지 않는 것이 더욱 창피하고 부끄러운 일이다.

사실 나는 쳌check을 쓰는 입장이라서 맞춤뻡을 더더욱 잘 지켜야 하는 입장이기도 하다. 맞춤뻡을 지나치게 마니 틀리면 편집짱님이 일하는 게 더욱 힘드러지기 때문이다. 반대로 나에게는 사소한 맛춤뻡 준수가 편집자님에게는 큰 도우미 될 수 있다는 것이다. 그래서 나는 쵀대한 맛춤뻡을 잘 지키기 위해 오늘도 부단히 많ㅎ흔 노력을 기울이고 잇다. 편집자님 힘내새요. 맛춤뻡 열씨미 지키는 김리뷰가 잇잖아요. 해해.

해외파

■■■■■ 나는 여권이 없다. 해외에 나가본 적도, 나갈 여유도 없었기 때문이다. 솔직히 말하면 우리나라는 유난히 해외여행이 어려운 나라인 것 같기도 하다. 유럽처럼 열차타고 몇 시간만 쭉 가면 이웃나라에 닿는 것도 아니고, 국경이 맞닿아있는 나라라고 해봤자 북쪽에 있는 이상한 애들뿐이다. 삼면 바다고 북쪽은 휴전선이라서, 사실상 반도가 아니라 섬이랑 다를 게 없다. 결국 해외에 나가려면 십중팔구는 비행기를 타고 나가야 하는데, 비행기는 육해공 중에 가장 평균 단가가 비싼 이동수단이 아닌가. 좁아터진 대한민국에서 먹고살기도 바쁜데 물 건너 바깥으로 나간다는 걸 생각해본 적이 없었던 것 같다. 이왕 여행을 할 거면 국내 여행을 먼저 하고 나가자는 생각도 있었고. 그래

1인분의 삶

서 아직 안 나가고 있다. 사실은 돈이 없어 못 나갔다. 여권을 만들 수 있는 날이 오긴 올까, 잘 모르겠다. 이 책이 잘 팔리면 생각 정도는 해볼 수 있겠다. 그렇다, 이왕이면 좀 사달라는 얘기다.

섬이라서 그런 걸까? 우리나라는 유난히 물 건너 대륙의 문물에 관심이 많은 것 같다. 미국과 중국 혹은 저 멀리 유럽까지. 대한민국에 사는 사람이라면 누구든 '외국산'이나 '외제'에 대한 동경과 환상이 조금씩은 있다고 보아도 과언이 아닐 것이다. 그러나 미리 말해두지만 지금부터 내가 말하고 싶은 건 뭐 우리나라가 엄청 서구화가 돼서 본연의 색을 잃었네, 무조건 미국이나 유럽이라고 좋은 건 아니네, 신토불이라는 말도 있고 우리의 것을 아끼고 사랑할 줄 알아야겠네 하는 고등학교 국어(상) 교과서 1단원의 '황소개구리와 우리말'같은 뻔한 얘기가 아니라는 거다. 첨언하자면 나는 참개구리든 황소개구리든 둘 다 싫다. 징그러우니까.

우리 것은 '우리 것이니까' 좋고, 외국 것은 '외국 것이니까' 좀 나쁘다는 건 존나 구시대적 발상이라는 것만 알았으면 좋겠다. 우리나라는 기본적으로 수출로 먹고 사는 나라인데… 삼성 갤럭시나 LG 디스플레이도 외국 입장에선 외국 것 아닌가? 우리 물건은 해외에 잘도 팔아치워 놓고 '우리는 다른 나라 거 안 쓴다 왜냐면 다른 나라 거니까ㅋ' 라고 하는 건 좀 졸렬한 것 같다. 소비자 입장에선 국산이든 외산이든 더 좋은 걸 보… 아니, 더 좋은 걸 사서 쓰면 되는 것이다. 당연한 소비자의 권리다. 딱히 내가 아이폰을 써서 이런 말을 하는 게 아니다. 원래 자기 입장에서 좋은 거 쓰는 거지…

　단지 외국물을 지나치게 추구하는 건 자존심의 문제라는 거다. 내가 보기에 대한민국은 아직 자신이 없다. '한글은 존나 세계에서 가장 과학적이고 훌륭한 언어야!'라고 외치면서 정작 토익, 토플, 텝스 점수에 집착하고 영어권 국가의 문화와 사람들에게 환상을 품는다. '한국 학생들이 전 세계에서 제일 똑똑하다!'면서 유럽의 선진국형 교육에 대한 로망을 가진다. '우리가 일본은 제친지 오래지ㅋ', '엥? 거기 완전 방사능으로 망한 나라 아니냐?'라고 하면서 이대호가 홈런 치면 금방 인터넷에 일본 네티즌들의 반응이 올라온다. 뭐랄까 학창시절 학교에서는 '내가 존나 짱'이라고 나대는데 집에 가서는 누가 내 욕을 하지는 않는지 고민하고 자괴감에 빠져 계속 자기 단점만 생각하다 울며 잠드는 애매한 찌질이 같다고나 할까? 내가 그래봐서 잘 안다. 그래서 더 안타깝다.

　우리나라는 참혹한 전쟁 끝에 올라선 세계 10위권의 경제대국과, 국민과 사회가 병든 개발도상국 사이에서 끊임없이 정체성 싸움을 하고 있다. 지킬박사와 하이드나 아수라 백작도 아니고… 사람들마다 선진국 대열에 들었는지 의견이 엇갈리는 마당에(아마 기준에 따라 다르긴 할 것이다. 경제, 정치, 국민성 등), 자신감 운운하는 건 시기상조 같다는 느낌도 든다. 자기혐오와 자의식과잉, 주제파악과 자아도취의 중간 그 어딘가에서 끝없는 자신과의 싸움을 벌이고 있는 모습. 일제강점기와 사실상 중국의 속국이었던 조선시대를 벗어나 우리만의 정

　　　　　　　　　　　　　　　　　　　　1인분의 삶

체성을 확립하려면 필수적 과정인 것일까? 아니면 일제강점기 때 '츠쿠요미'(『나루토』에 등장하는 가상세계를 만들어 내는 환술)에라도 걸린 것일까?

그냥 대한민국에서 한국말로 공부하고, 한국기업에 들어가 한국말로 대화하고 일하며, 한국 사람한테 물건이나 서비스를 팔면서, 한국에서 살 사람들이 대부분일 텐데, 그 대부분이 영어공부를 하고 영어권 국가에 빚을 내 어학연수를 갔다 오는 게 나는 이해가 안 된다. 그 돈을 나한테 주면 내가 잘 써줄 수 있는데. 가장 어이가 없었던 건 수험생 시절이었다. 왜 외국에서 좀 살다왔다고 재외국민 전형이니 글로벌인재니 해서, 나는 엄두도 못 낼 대학을 나보다 못한 성적으로 꿀럭꿀럭 순풍순풍 들어가는가. 해외에 사는 애들이 더 힘들게 살아서? 우리나라에서 사는 것도 다 힘들고 다 어려운데 무슨. 지옥불반도라는 말이 괜히 있는 게 아니다.

흔히 외국물이라고 한다. 해외에서 몇 년 살다 왔다고 하면 일단 표정이나 대우부터 바뀐다. 우리나라 전반이 다 그렇다. 미국이나 호주에서 1년 유학 갔다 왔다고 전부 영어를 잘하는 것도 아닌데 그런다. 뭘 하더라도 좀 멋있어 보이고, 왠지 시크해보이는 데다 성적으로도 개방적일 것 같다. 옷도 대충 입는 것 같은데(사실 복학생 오빠랑 다를 것도 없는데) 개성 있어 보이며, 혹시라도 우리나라 문화를 이해하지 못할까봐 안절부절하며 조심스럽게 대하게 되는 것이다. 식당을 가더라도 매번 가던 김밥천국보단 아웃백 스테이크 하우스 혹은 블랙스

미스에 데려가 스테이크를 썰게 해야 할 것 같은 그런 느낌. 그런데 알고 보면 한국말 잘 하고 김치 잘 먹는 영락없는 한국인이다. 이게 무슨…

스포츠계도 그렇다. 아무래도 국내에서 뛰는 선수들보다는 해외로 진출한 선수들의 기량이 높은 건 어느 정도 맞는 말이겠만(애초에 잘 했으니까 데려갔겠지), 그게 자국 스포츠에 대한 비판의 근거로 사용되는건 이상하다. EPL은 EPL이고, K리그는 K리그이며, MLB는 MLB이고, KBO리그는 역시 KBO리그다. 마찬가지로 KBL은 KBL이고 NBA는 NBA다. 왜 굳이 비교하며 스스로 비난을 사는지 이해할 수 없다. 비교를 통해서만 무언가의 가치를 따질 수 있는 사람은 불쌍한 사람이다. 한국에서 태어난 한국인인 우리를 외국의 기준으로 판단한다면 참 안타까운 일 아니겠는가?

물론, 외국과의 비교를 통해서 보완할 점을 보완하고, 벤치마킹과 로컬라이징을 적절히 섞어(오 방금 좀 전문가 같았음ㅋ) 발전의 계기로 삼는 건 더없이 좋은 일이다. 발전할 점이 많다는 건 얼마나 즐거운 일인가. 그런데 우리나라의 외국물, 해외파에 대한 환상은 발전적인 방향과는 좀 거리가 있는 것 같다. '오… 우리도 저렇게 될 수 있을까?' '저런 건 보고 배워야겠다. 좀 더 발전할 수 있어'보다는 '우리나라랑 비교가 안 되네ㅋㅋ 개쩔' '오늘도 센송합니다(조센징의 '센'과 죄송의 '송'을 합친 말)ㅜㅜ'가 되어버리니까. 덕분에 대한민국에선 외국에서의 경험이 재산 이상의 자산이 된다. 사실 미국이든 영국이든 유럽이

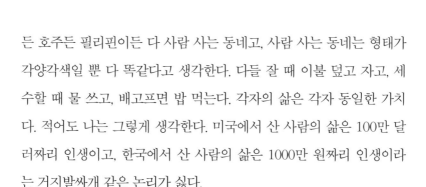

나 머웅이라고 해 만나서 반갑다
나 정말 하고 싶은 말이 있는데
　　외국인들이 너무 멋있어 보였어
　　　　근데 내가 할 수 있는 건
　이거밖에 없는 것 같아

든 호주든 필리핀이든 다 사람 사는 동네고, 사람 사는 동네는 형태가
각양각색일 뿐 다 똑같다고 생각한다. 다들 잘 때 이불 덮고 자고, 세
수할 때 물 쓰고, 배고프면 밥 먹는다. 각자의 삶은 각자 동일한 가치
다. 적어도 나는 그렇게 생각한다. 미국에서 산 사람의 삶은 100만 달
러짜리 인생이고, 한국에서 산 사람의 삶은 1000만 원짜리 인생이라
는 거지발싸개 같은 논리가 싫다.

　그냥 다 똑같다고 생각하면 좋겠다. 왜냐면 다 똑같으니까. 나는 무
신론자이지만, 왜 쓸데없이 바벨탑 같은 걸 지어서 개망루트를 탔는지
이해가 안 된다. 말이 다르고 먹는 게 다르고 하는 게 다르다고 다른
인간이 아니다. 샴고양이든 페르시안이든 똑같은 고양이 아닌가. 좀
다른 게 틀린 게 아니듯, 좀 다른 게 특별해지는 세상이 아니었으면 한
다. 지구는 하나의 마을이라서 지구촌이라 부른다는 얘기를 초등학교
사회시간부터 배웠는데 왜 마을에도 계급이 나뉘는지. 나는 지금 한국
에서 살고 있고, 아마 10년 후에도 그럴 것이다. 미국 갈 돈도, 갈 일도

없는 내가 수능 영어 3등급 이상의 영어 실력을 갖출 필요는 없다. 안 배울 거고, 유학도 안 갈 거고, 어학연수도 안 할 거다. 하기 싫으니까. 돈이 없어서 못 하는 거긴 하지만 돈이 있어도, 시켜줘도 안 할 거라는 얘기다. 해외여행? 필요한 회화만 속성으로 배워가거나 가이드를 고용할 거다. 아마 10년쯤 뒤면 이과생들이 열심히 개발해서 자동 음성 통역기 같은 걸 만들지 않을까. 그럼 아마 강남역 10번 출구에 있는 영단기나 파고다어학원도 싹 다 망하거나 망하기 직전까지 갈 것이다. 예나 지금이나 나는 해외파가 될 생각도, 해외파를 특별대우할 생각도 없다. 그냥 사람이니까.

1인분의 삶

부먹찍먹

■■■■■ 진짜 좆같으니까 이딴 좆같은 걸로 안 싸웠으면 좋겠다. 탕수육은 중국집에서도 꽤 비싼 음식이라 난 잘 먹지도 못하는데, 왜 소스를 부어먹느니 찍어먹느니 하는 걸로 처싸우는 지 이해할 수가 없다. 탕수육이라면 부어먹든 찍어먹든 뭘 하든 맛있는 법인데… 솔직히 탕수육이 맛없기는 진짜 힘들다. 차라리 맛없는 걸로 싸우면 이해라도 하겠다. 맛없는 걸 먹으면 당연히 화가 나니까. 근데 탕수육은 탕수육이다. 먹는 것 가지고 장난치면 나중에 그 음식 다 지옥가서 비벼먹는다는데, 탕수육은 왠지 비벼먹어도 맛있을 것 같다. 탕수육은 고기고, 고기는 곧 단백질이니까.

그래서 나는 부먹이냐 찍먹이냐? 잘 모르겠다. 매번 기분에 따라 바뀌었던 것 같다. 사실 기억도 잘 안 난다. 보통 나한테 소스통제권이 없기도 했고(대체로 얻어먹었기 때문이다. 탕수육은 누가 사주는 게 2.21배 정도 맛있다). 물론 자주 못 먹은 것도 있지만, 근본적으로 소스를 부어먹든 그릇에 담긴 소스를 찍어먹든 그냥 나한테는 똑같은 탕수육이다. 애초에 소스를 어떻게 해서 먹느냐는 그리 중요하지 않다. 가장 중요한 것은 탕수육 그 자체다.

내 생각에는, 어떻게 보면 부먹찍먹 논란은 전국 중국집 연합회(약칭 전중련)에서 의도적으로 인터넷 공간에 유행시킨 것은 아닌가 싶기도 하다. 나의 가설은 다음과 같다. 최근 몇 년간 급격히 치솟은 물가 때문에 돼지고기와 식용 기름의 가격 역시 올랐고, 탕수육의 원가 역시 만만찮게 상승했을 것이 뻔할 뻔자. 그렇다고 이 상황에서 그냥 탕수육 가격을 올려버리면 길 건너편에 위치한 홍콩반점 놈들에게 손님을 다 뺏기는 참사를 겪게 될지도 모른다. 그럼 결국 남은 방법은? 그동안 쓰던 돼지와 기름을 더 저렴한 것으로 교체하는 것밖에 없다. 가격 경쟁력은 유지하되 실질적 가격상승을 꾀하는 방법. 그런데 요즘 세상이 어떤 세상인가? 소비자들의 입맛은 더더욱 날카롭고 민감해졌으며 경쟁업체들은 틈만 나면 무고한 자영업자를 짓밟으려고 혈안이 되어있다. 당장 중국집의 랜드마크인 탕수육 재료가 질 나쁜 기름과 돼지로 조리된다면 십중팔구는 이를 알아채고 다른 가게로 갈아타버릴 것이다. 이 경우는 그냥 가격을 올려버리느니만 못한데⋯ 그래서 머리를 굴린 게 이 '부먹찍먹' 논란인 것이다. 진짜 쓸데없는 걸로 시도 때도 없이 싸우는 게 디씨놈들과 인터넷 놈들의 특징! 특히 떡밥이 하나 나오면 그게 갈기갈기 찢길 때까지 털어먹는 것이 디씨인사이드다. 사실상 인터넷 메뚜기떼와 다름이 없다. 전중련은 이를 지능적으로 이용해 '탕수육의 맛은 소스를 부어먹느냐 찍어먹느냐에 따라서 갈린다'라는 인식을 10~30대들에게 주입하는 데에 성공했다. 덕분에 아무도 질이 나빠진 고기와 기름에 신경 쓰지 않는다. 탕수육에 있어서 그저 부가적인 요소일 뿐인 '소스'에 집착하며, 부어먹는 자와 찍어먹는 자의, 존나 인생에서 가장 쓰잘데기없는 싸움을 계속하다가 잔말 말고 처먹기나 하라며 엄마한테 빗자루로 연신 구타를 당할 뿐이다. 결국 이 과정에서 이득을 보는 것은 오로지 중국집 업자뿐이다. 아무리 인터넷상에서 벌어지는 키보드 배틀이지만 탕수육 얘기를 하다 보면 당연히 탕수육이 먹고 싶어지기 때문이다. 그래서 없는 돈이나마 탈탈 털어 짜장 하나에 탕수육 소짜 하나 시켜서 우걱우걱 처먹게 되고… 그리고 소스를 찍어/부어 먹으면서 생각한다. '탕수육 소스를 부어/찍어 먹는 놈들은 이 맛을 모르겠지. 한심한 놈들 같으니, 쯧쯧.' 이 모든 것이 전중련의 사악한 간계인줄도 모르고 말이다. 이렇게라도 설명하지 않으면 이런 좆도 쓸모없는 이유로 개처럼 물고 뜯고 싸우는 걸 이성적으로 이해하기가 어렵다.

까놓고 얘기해보면 딱히 부어먹고 찍어먹는 단 두 가지 방법만 있는 것도 아니다. 취향에 따라서는 간장에 찍어먹는 사람도 있으며(내가 가끔 그렇다) 최근에는 담가먹이라는 신기술도 나왔다. 정말 탕수

유재석도 좋아하는 부먹!
(※아닙니다)

육 본연의 맛을 가장 잘 느끼려면 아예 소스를 안 찍어먹는 방법도 있으며, 혹자의 말로는 탕수육은 원래 소스에 볶아서 나오는 게 옳다고 말하기도 하니 볶먹도 하나의 방법이 될 수 있다. 방법은 우리 생각보다 훨씬 많다. 머리가 나빠서 생각할 여지도 없었거나 애써 눈을 돌리고 있을 뿐이다.

그나마 부먹찍먹 논란이 우리에게 시사하는 바가 있다면, 우리가 겪는 대부분의 갈등 상황이 부먹찍먹을 가리는 것만큼 어이없는 이유와 과정으로 생겨난다는 것이겠다. 이성적으로 봤을 때 정말 별거 아닌 문제인 경우가 대부분이다. 알고 보면 해결할 수 있는 정말 많은 방법이 있었다. 그런데 정작 중요한 것, 본질적인 것은 빼놓고서 본다. 왜냐하면 갈등의 목표는 문제를 해결하는 게 아니라 적을 해결하는 것이기 때문이다. 부먹찍먹이 '탕수육을 어떻게 하면 좀 더 맛있게 먹을 수 있을까?'라는 과제에만 집중했다면 일찌감치 문제는 해결되고

1인분의 삶

도 남았을 것이다. 오히려 탕수육을 즐기는 여러 가지 방법이 아예 새로 탄생했을지도 모르는 일이다. 그런데 갈등 상황에서는 그게 안 된다. 문제나 과제는 없고 해치워야 할 적만 덩그러니 있을 뿐이다. 동맹 다 끊긴 아드레날린 저글링이다.

조금 확장해서 보면 제2차 세계대전도 마찬가지다. 세계평화와 인류발전이라는 과제는 도외시한 채 연합국 추축국으로 팀 갈라서 패싸움하고 폭탄 떨어트리고 상대 국가를 파멸시키는 데에만 혈안이 된 나머지, 인류 역사상 가장 큰 전쟁을 저질러 버린 것이다. 참혹한 전쟁 속에 셀 수도 없이 많은 사람이 저세상으로 여행을 떠났다. 물론 우리나라는 2차 대전 종전을 기점으로 독립을 하게 됐으니 좋은 게 좋은 거라면 별 수 없지만, 결과가 좋다고 해서 과정이 정당화되고 그러진 않는다. 그러다 총 맞는다. 눈앞의 이익과 욕심을 한 꺼풀 벗기고 바라보면 땅을 니가 처먹느냐 내가 처먹느냐는 건 부먹찍먹과 비슷한 수준으로 의미가 없는 논제다. 히틀러, 이 병신…

흑백논리. 내 편 아니면 다 적. 무의미한 배타주의. 부어먹지 않으면 다 병신이고 찍어먹지 않으면 다 병신이라는 이런 마인드가 모이고 모여 지옥불반도를 만드는 것이다. 모든 배타주의는 탄압받아야 마땅하다. 사람은 헌법에 의해 차별받지 않을 권리를 보장받기 때문이다. 하물며 탕수육에 소스를 부어먹느냐 찍어먹느냐 하는 걸로 차별을 받는다면 존나 어이가 털리는 일이 아닐 수 없을 것이다. 피부로 차별하고 태어난 지역으로 차별하는 걸로도 모자라서 탕수육 처먹는 방법으로까지 차별을 해댄다면 인간은 차별하는 동물이라고 해도 마땅히 틀린 말이 아니게 될 것이다.

누구나 차별받으면 기분 나쁘다. 너도 나도 똑같이 마음 상한다. 또 이런 좆 같은 이유로 인한 차별은 또 다른 차별을 재생산한다는 점에서 더더욱 문제가 된다. 미국에서 인종차별을 겪었던 아시아인이 동남아로 가서는 역으로 동남아인을 차별하는 경우처럼. 차별은 그래서 위험하다. 그게 어떤 이유로, 어떤 형태로 전달되든 말이다. 그러니까 싸우지 마라. 탕수육은 결국 고기고, 고기는 그냥 옳다. 돈 많이 벌어서 많이 먹는 게 답이다. 그래도 고기만 너무 많이 먹으면 비만 및 성인병에 취약해질 수 있으니 야채를 꼭 함께 먹자. 상추나 깻잎도 좋고 무쌈도 나트륨이 걱정이긴 하지만 나름 괜찮다.

※그래도 개인적으로 치킨을 밥이랑 같이 먹는 건 이해가 좀 안되긴 한다. 보고 있으면 비위가 상할 것 같으니 당신이 치밥을 즐긴다면 다른 사람을 위해 집에서 즐길 것을 당부한다… ㅅㅂ, 웃기지마 이 더러운 치밥충 놈아. 치킨은 치킨 그 자체로 옳은 거야!!

#분노조절장애 #자가분열 #병신

에버랜드 (PPL 아님)

■■■■■ 에버랜드다. 읽기 전에 일단 광고하려고 쓰는 게 아니라는 것만 알아줬으면 좋겠다. 에버랜드를 광고하기에는 난 존나 개미 같은 존재이기 때문이다. 에버랜드를 나 따위가 광고해봤자 아무 쓸모 없다. 이미 사람이 존나 많기 때문이다. 연간 입장객이 약 천 만 명이라는데 이쯤 되면 웬만한 광고는 의미도 없다. 반대로 내가 여기서 에버랜드를 존나 디스하더라도 에버랜드에게는 1도 데미지 안 들어간다. 아마 알지도 못할 것이다. 그래서 그냥 쓴다. 난 삼성 라이온즈 팬인데 고소는 안 했으면 좋겠다.

내가 가장 처음으로 에버랜드에 간 것은 중학교 2학년 수학여행 때였다. 지방에서 중고등학교를 나온 사람이라면 대부분 에버랜드를 수학여행으로 경험했을 것이다. 특히 대구에서 용인은 존나 멀기도 하고… 우리 집은 돈이 없어서 에버랜드까지 갈 일도 없었다. 교통비부터 입장료까지 돈이 한두 푼 깨지는 게 아니니까. 놀 거면 집이나 PC방에서 게임 때리는 게 싸게 먹힌다.

근데 수학여행이라는 것이 말이 여행이지 사실상 임용고시 통과한 선생님들을 가이드로 쓰는 패키지투어다. 게다가 나는 학창시절 말수도 적고 소심하며 호리호리한데 싸움도 못하는 찌질이였기 때문에, 45인승 버스를 타면 항상 맨 뒷자리에 앉는 일진 애들이 언제 내 뒤통수를 때릴지 눈치를 보느라 여행다운 여행이었다고 할 수 없는 여행이었다. 그래도 에버랜드는 나름 좋은 추억으로 남아있긴 했다.

그런데 서울로 올라와, 다 크고 나서 처음으로 에버랜드를 갔다(누구랑 갔는지는 구태여 얘기하지 않겠다). 계획을 철저하게 잡고 간 건 아니고 그냥 비수기에 사람도 없고 할인도 하길래 즉흥적으로 갔다. 그리고 서울에서 에버랜드 가는 건 비교적 저렴한 루트가 많았기 때문에, 각종 노동으로 피폐해진 내 삶을 리스펙해주기 위해 강남역까지 지하철 타고 가서 에버랜드로 가는 버스를 탔다. 용인 전대(에버랜드)역까지 도착하는 데 2시간 정도 걸렸다. 용인에 도착해서 내린 다음에도 에버랜드가 안 보여서 좀 당황스러웠다. 알고 보니 에버랜드 입구까지는 또 셔틀버스를 타고 15분 정도 가야했다. 평일 오전인데도 사람이 겁나 많았다. 시바 분명 비수기라고 했는데…

사람이 많았다. 겁나 많았다. 비교적 겁나 쾌적하고 적은 거라고 하는데, 아마 추석 같은 명절이나 대놓고 연휴인 시점에 왔으면 구라 안 치고 사람들 어깨에 치여서 탈골이 되지 않을까 하는 생각이 들었다. 새삼 대한민국의 극악한 인구밀도에 소름이 돋았다. 한반도 절반도 안 되는 땅덩이에 5,000만 명이 부대끼며 사니까 사람이 적을래야 적을 수가 없겠구나. 우리나라랑 땅 크기가 거의 같은 아이슬란드의 인구가 32만 명이라는데… 내가 잘못 생각했구나. 아주 낮은 확률로나마 내가 돈을 꽤 번다면 노후는 반드시 뉴질랜드나 아이슬란드 같은 곳에 가서 편안한 죽음을 맞고 싶어졌다.

에버랜드에 들어가서 가장 먼저 향한 곳은 동물원 쪽이었다. 나는 동물을 사랑한다. 걸어서 동물원이 있는 로케이션으로 가는데 황금원숭이와 여러 구관조들이 있었다. 우리 속에 갇혀서 이곳저곳을 뛰어다니는 황금원숭이. 왠지 탈출하려고 하는 것 같았다. 역시 영장류는 어떤 동물이 됐든 자유를 갈망하는 모양이다. 중국에서 직접 들여왔다고 하는 걸 보면 한 마리에 아파트 보증금 값은 거뜬히 될 텐데. 생각해보니 내 몸값보다 훨씬 비싼 놈이었다. 열심히 살아야지.

입장 시간이 가장 짧은 것 중에 하나를 골라 갔더니 버스를 타고 사파리 공원을 둘러보는 어트랙션이었다. 사자, 하이에나, 호랑이, 곰을 봤는데, 곰이 가장 인상적이었다. 네 발로 있을 땐 몰랐는데 갑자기 두 발로 서니 버스와 키가 똑같았다. 바로 창밖에 개 거대한 곰이 우뚝 서 있는데 눈이 잠깐 마주쳤다. 미세하게 오줌을 지릴 뻔 했다. 얘가 앞발로 대충 후려 버리면 유리는 와장창 박살이 날거고, 내 머리는 아마 삭

제가 되지 않을까? 그렇게 강력한 힘을 가지고도 인간의 즐거움을 위해 봉사하는 모습을 보니 에버랜드가 얼마나 무시무시한 존재인지 깨닫게 됐다. 존나 짱 쎈 그리즐리 베어도 그저 에버랜드의 돈 앞에서는 한낱 테디베어일 뿐이다. 얘들은 생존전략을 아주 잘 짰다는 생각도 들었다. 현 지구의 먹이사슬에서 정점에 있는 인간에게 붙어 몇 번의 쇼를 하는 것만으로도 쾌적한 주거환경과 질 높은 식사를 평생 얻을 수 있으니까. 원래 살던 산이나 초원 같은 곳에서 살아봤자 약아빠진 하이에나에게 레이드를 당해 죽거나 길 가던 밀렵꾼에게 샷건으로 처맞고 아무 저항도 못한 채 가죽과 고기를 내어주게 될 것이다. 따지

내가 봤던 곰의 인상.jpg
끓어오르는 야성을 간신히 참고 있는 느낌이었다

　　　　　　　　　　　　　　　　　1인분의 삶

고 보니 같은 동물계에서 이놈들만큼 팔자 좋은 애들도 없었다.

그 다음은 고만고만한 놀이기구를 탔다. 이름이 아마존 익스프레스였나? 후룸라이드 비슷한 8인승짜리 리프팅 어트랙션이었다. 겁나 내타입이었다. 어딜 막 급하게 떨어지지도 않고, 나 말고도 사람들이 많이 타서 그렇게 무섭지도 않았다. 물위를 둥둥 떠다니는 느낌이 묘했다. 최대한 아마존 강의 느낌을 잘 살리려고 노력한 것 같았다. 코스 중간 중간에 악어 모형 같은 게 있었는데 좀 잘 만들었다. 역시 사람을 감동시키는 데에는 디테일만한 것이 없다. 그래서 나도 글을 디테일하게 쓴다. 어, 좀 다른가?

좀 더 둘러보니 개위험할 것 같은 나무 롤러코스터가 보였다. 저게 T-익스프레스구나. 나는 시발 롤러코스터가 싫다. 온갖 안전장치에 묶여서 쩔겅쩔겅 올라가다가 갑자기 떨어지는 게 뭐가 재미있는 건지도 모르겠고, 떨어지기 직전에 아무 발악도 할 수 없는 비참함이 너무 고통스럽게 느껴진달까… 난 이미 인생에서 비슷한 추락을 경험해 봤기 때문에, 굳이 롤러코스터를 타서 한 번 더 떨어지고 싶지 않았다. 그래서 다른 사람들이 T-익스프레스를 타는 동안 나는 혼자 에버랜드를 둘러봤다. 좀 걷다보니 오락실 비슷한 시설이 나왔다. 농구오락기가 있어서 농구를 했다. 3라운드까지 갔는데 점수가 잘 나와서 기분이 좋았다.

에버랜드에 매년 수백만 명이 방문하긴 하지만, 에버랜드가 원래 테마파크가 아니라 자연농원이었다는 사실을 아는 사람은 그리 많지

롤러코스터라고…?

않을 것 같다. 나도 가기 전에 이것저것 검색해 보고서야 알았기 때문이다. 원래 자연농원이라 그런지 에버랜드 곳곳에 있는 꽃밭과 식물들이 아주 신선해보였다. 테마파크로 변한지 20년이나 지났음에도 불구하고 식물을 기르는 기술이나 노하우는 전혀 사라지지 않은 모양이다. 삼성 이 무서운 새끼들…

　밥을 사먹는데 무진장 비쌌다. 그래도 놀러왔으니 쓸 땐 쓰자 싶어서 꽤 많이 사먹었다. 사실 평소에는 집에만 처박혀있어서 돈 쓸 일도 따로 없기 때문이다. 츄러스 존나 맛있다. 사실상 놀이공원의 상징이 되어버린 간식거리. 집에 오면 빵집 가서 존나 사다놓고 먹으려고 했는데 집에 오자마자 까먹었다. 이거 다 쓰고 빵집 가야겠다. 어쨌든, 점심을 먹으려고 야외 테이블에 앉았는데 내 자리에 갑자기 벌이 내려와 앉았다. 이런 시발?

벌… 영어로 Bee… Bee가 나에게 비수를 꽂았다. 당시 나는 모자를 쓰고 있었는데, 모자로 쫓아내면 될 것을 모기 쫓듯 왼손으로 휘휘 젓다가 손가락에 쏘이고 만 것이다. 진심 개 아팠다. 물론 손으로 쫓아내려고 한 내가 병신이긴 한데, 에버랜드의 관리부족도 있다고 생각한다. 계절이 여름인데다 원래 자연농원이라 곳곳에 꽃을 심어놨으니 벌이 있는 것은 당연했다. 그럼 세스코를 불러서 전기 덫 같은 거라도 설치를 해놨어야 하는 것 아닌가. 얼마 전까지 나는 환상의 나라 에버랜드에 있었는데 그땐 그냥 꿀벌대소동이었다. 나보다 만 배는 작은 벌 때문에 밥도 못 먹고, 의무실에 가서 약을 처방받고 얼음찜질까지 했다. 한 번 쏘이고 나니까 트라우마가 생겨서 그 이후로는 벌만 보면 식겁을 한다. 부탁하건대 벌 좀 잘 잡아줬으면 좋겠다. 난 진짜 아팠다. 벌에 쏘인 손가락 붓기가 가라앉는데 일주일이나 걸렸다. 덕분에 앞으로 도르트문트 경기나 샬럿 호네츠 경기는 거들떠도 안 볼 것같다.

여하튼 벌 때문에 갑자기 환상의 지옥으로 갔다 오긴 했지만, 통증은 점차 가라앉았고 밤이 되니 에버랜드 곳곳에 불이 켜지는 데 꽤 아름답다고 생각했다. 가까운 곳에 이런 테마파크가 있다니… 돈 많이 벌어서 자주 와야겠다는 생각이 들었다. 10시가 다 되어 에버랜드에서 빠져나오는데 뒤에서 불꽃놀이를 하고 있었다. 이 정도면 진짜 환

바쁜 벌꿀은 　　　　　　　　　죽여야 한다

상의 나라가 아닌가. 물론 몇 년 후에 화성시 유니버설 스튜디오 코리아나 춘천의 레고랜드 코리아가 완공되면 이곳은 환상의 나라가 아니라 환상의 지방자치단체가 되겠지만….

　역으로 향하는 셔틀버스를 다시 타고 돌아가면서, 에버랜드를 진정한 환상의 나라로 만든 건 다름 아닌 에버랜드의 수많은 직원 분들이라고 생각했다. 아무리 일이라지만 하루에 수천 수만 명을 행복하게 해주기 위해서 웃는 모습을 잃지 않는 건 정말 어려운 일이니까. 누군가를 마법에 걸릴 만큼 행복하게 해줄 수 있다는 것은 얼마나 멋진 일인가. 나는 진심으로 에버랜드의 모든 직원 분들이 충분한 보상을 받았으면 좋겠다고 생각했다. 되새겨보면 에버랜드가 내게 전해준 가장 큰 환상은 최대 77도로 낙하한다는 T-익스프레스도, 한 마리에 몇 억씩 하는 곰이나 라이거도, 밤하늘을 수놓는 멋진 불꽃놀이와 화려한 꽃밭도 아니었다. 어딜 가든 친절하게 웃으며 입장객을 대해주는 에버랜드의 사람들이었다. 나는 에버랜드의 마법에 걸린 채로 서울로 다시 향했다. 한참을 달려 버스에서 내리니 사람들이 무표정하게 제 갈 길을 오가는 강남역이었다.

택배

우리가 어떤 민족인가? 좀 광고 같은 멘트긴 하지만, 우리나라에서 '배송'은 그냥 '물건을 A에서 B로 대신 옮겨주는 일'로만 얘기할 수 있는 건 아닌 것 같다. 물론 기본은 이게 맞는데, 우리나라에서 물건을 배달한다는 건 좀 더 영혼이 담긴 작업이다. 우리나라는 존나 좁아터졌고, 그중의 절반정도가 수도권에 빽빽하게 모여 사는데, 이걸 직접 가져다주기가 너무 바빠 택배를 부친다. 너무 바쁘면 퀵서비스나 심부름센터를 쓸 수도 있다. 돈이 있다는 가정 하에서, 우리나라는 전 세계에서 배송 시스템이 잘 짜여있는 곳이다. 마땅한 비교대상을 찾을 수조차 없다. 당장 사람들이 '우와! 물건이 제 시간에 도착했는데 내용물도 멀쩡해!'라는 반응보단 '(엄격)내용물은 멀쩡하긴 한

데… (진지)배송이 하루나 지연 됐네ㅋ 배송 느리다고 후기 남겨야겠다'라는 반응이 더 일반적인 곳이다. 당장 알고 있는 택배회사 이름을 아무거나 인터넷 검색창에 쳐보면 십중팔구는 '(검색한 택배 회사명) 존나 쓰레기네요' '(검색한 택배 회사명) 최악. 무섭습니다' 라는 말이 웹 1면에 제일 먼저 뜰 것이다. 우리나라에서 욕 안 먹는 택배회사는 우체국 택배를 제외하면 없다고 봐도 무방하다.

만약 해외의 일반적인 택배회사들, 그러니까 지역에 따라선 자전거를 타고 배달하기도 하고, 때때로는 수화물을 분실해 '잃어버렸음ㅋㅋㅋㅋ ㅅㅅㅅ; 보상해드릴 테니까 서류 작성해서 보내셈'이라는 내용의 메일을 보내는 애들이 우리나라에서 똑같이 일을 한다면 일주일도 안돼서 파멸할 확률이 높다. 더불어 본사 건물에는 '시발, 니네가 택배 회사냐!!!!', '죽어라!!!!' 같은 저주 구호와 함께 화염병과 죽창 테러가 가해질지도 모른다. 우리나라에서 택배란 무슨 일이 있어도 빠르고 안전하게 도착해야 하는 것이며 그전까지 절대 손상되어선 안 되는 신성한 존재이다.

배송되는 제품이 가구 같이 거대하거나, 배송 받을 지역이 산간도서지역이거나, 주문 날짜 이후에 주말이나 공휴일이 껴있지 않는 이상 우리나라에서 웬만한 택배는 운송장으로 넘긴 후 만 하루 정도면 거의 목적지에 도착한다. 물론 나라가 개 좁아터져서, 겁나 멀어봤자 휴전선 인근에서 마라도까지니까 가능한 면도 있다. 그런데 우리나라는 이 좁은 나라에 자그마치 5천만 명이 부대끼며 살아가고 있는, 마치 설 연휴 롯데월드 같은 인구밀도를 가진 나라라는 점을 주목해야한다. 우리나라에서 택배란 남녀노소 할 것 없이 누구나 이용하는 서비스. 명절이나 연휴라도 되면 물류가 어마어마하게 쌓여 최대 수백만 개에 이른다는데 이걸 일일이 구분해 고객의 집 앞까지 안전하고 정확하고 빠르게 배송하는 것은 언뜻 생각해봤을 땐 불가능한 일 같다. 근데 한다. 대체로, 단 하루만에.

근데 웃긴 건 많은 사람들이 그 하루를 존나 견디기 힘들어한다는 것이다. 운송장 번호를 휴대폰에 메모해놓곤 틈만 나면 운송장 조회를 한다. 그러면서 '혹시 내일(오늘) 안 오는 건 아니겠지?' 'ㅆㅂ 옥천이 대체 어디야? 왜 여기서 안 움직이지?' 하며 불안에 떤다. 택배회사가 이전에 얼마나 시달렸던 것인지 이젠 알아서 운송장 조회하면 몇 시 몇 분 몇 초에 화물이 차에 실렸는지, 어떤 터미널에 도착했는지, 집으로 배송을 시작했는지, 담당배송기사의 휴대폰 번호가 뭔지까지 알아서 다 뜬다. 어떤 택배회사는 운송장 조회를 넘어 우리 동네 담당택배 직원이 현재 어느 곳을 돌고 있는지까지 추적이 가능한 시스템을 만들었는데 이쯤되면 좀 무섭다. 이런 시스템에 적응해야 하는 택배기사들은 이제 의도치 않게 트루먼 쇼를 찍게 생겼다. 충격과 공포의 감시 사회. 실제로 나는 방금 정말 소름 돋는 장면이 머리에 떠올랐다. 바쁘게 화물차를 운전하던 택배기사가 교통사고로 인해 중상을 입고, 택배가 그 자리에서 배송을 멈췄는데 119와 구급차가 도착할 때쯤 몇몇 사람들이 동시에 도착해 말없이 자기 택배를 들고 집으로 돌아가는

1인분의 삶

장면. 에이 설마, 아무리 흉흉해졌다지만…

그렇다면 우리는 어째서 택배에 이렇게 민감하게 반응하는가? 드라마 보려고 일주일은 너끈히 기다리면서, 택배를 배송하는 하룻밤은 왜 못 기다리고 운송장 조회를 몇 번이나 해대는 것일까? 어째서 깊은 절망에 빠져있을 때도 택배만 오면 갑자기 얼굴에 혈색이 돌아오고 금방 화색이 도는가? 어쩌면 우리가 어른이 되고나서 당연히 없다고만 생각했던 산타클로스는, 이미 오래 전부터 택배기사라는 형태로 존재해온 것인지도 모른다. 물론 이 분들은 산타랑 달리 대빵 큰 화물차에 거의 일 년 내내 근무하시며 돈을 받는다는 차이가 있긴 하지만.

우리는 '매일매일이 크리스마스였으면' 하고 내심 바라고 있는 것일지도 모르겠다. 다람쥐, 햄스터, 기니피그에 생쥐가 쳇바퀴를 돌 듯 비슷하거나 똑같은 삶. 지루한 하루의 연속이 곧 지루한 한 주가 되고, 그게 쌓이고 쌓여 지루한 한 달과 어느새 지루한 한 해가 되는 느낌. 우린 그 속에서 매일 다른 선물이 기다리고 있는 크리스마스를 계속해서 만들어낸다. 택배라는 방법으로. 딱히 필요 없어도, 뭐가 됐든 간에 주문한다. 주문하고 다음 날 택배를 받아 뜯으면 잠시나마 행복해진다. 우리의 삶 전체 속에서는 작지만, 연속된 일상 속에서는 더없이 소중한 선물들. 끊임없이 반복되도록 구성된 도돌이표 사이에서 약간의 변주를 주는 셈이다.

물론 뭘 사는 게 항상 즐겁기만 한 일은 아니다. 어쩔 수 없이 사는 것들도 있다. 예컨대 대학 교재나 화장용 소모품, 고양이 화장실모래

(라벤더 향) 내지 12번들 생수통 같은 것들은 이미 너무 일상적이라 딱히 두근거리지도 않고 공과금처럼 돈만 꾸준히 처먹는 녀석들이다. 사실 내가 사고 싶은 걸 사더라도 아주 신통하진 않다. 새로운 게 모두 더 좋은 것은 아니기 때문이다. 'New'가 곧 'Better'가 되진 않는다(미안… 이쯤에서 영어 한 번 써보고 싶었음). 그런데 항상 사람들은 익숙한 것에 대해선 어느 정도 과소평가를 하는 버릇이 있는 듯하다. 이를테면, 처음 살 때 손때라도 잘못 묻을까 애지중지하던 휴대폰은 딱 반년만 쓰고 나면 침대나 소파에 휙휙 던져버릴 수 있다. 그리곤 얼마 지나지 않아 새로 출시된 플래그쉽 모델의 디자인과 스펙을 유심히 살펴보다가, 휴대폰 할부금이 아직 18개월이나 남았음을 깨닫고 크게 절망한다. 써놓고 보니 과소평가라는 말보단 만족도가 줄었다고 보는 게 맞는 표현일 수도 있겠다. 경제학에서 말하던 한계효용 체감의 법칙은 생각보다 우리 인생에 많은 영향을 끼치고 있는 듯하다.

1인분의 삶

그런데 매일매일 새로운 선물을 푸는 삶. 매일매일 색다르고 특별한 삶이라는 건 있지도 않고 딱히 좋은 것도 아니다. 사람은 주변 상황에 맞춰서 태도가 쿰척쿰척 바뀌는 동물이다. 매일 예상치 못한 일이 일어나는 삶이 계속되면 안정을 그리워하고, 규칙적이고 틀에 갇힌 일상이 계속되면 좀 더 다른 삶이 찾아오길 바란다. 달면 삼키고 쓰면 뱉는다. 네 글자로는 달삼쓰뱉… 아니, 감탄고토甘呑苦吐라고 한다. 정말 진심으로 매일 색다른 경험을 하길 원한다면 부싯돌에 정글 칼 한 자루 들고 아마존 강 유역으로 여행을 떠나는 것도 좋다. 무사히 생존이 가능하다면 한 1년 동안은 하루하루가 새로움의 연속일 것이다. 물론 그 이후에는 또다시 그곳에서의 일상이 반복되겠지. 환상의 나라 에버랜드도 1년 내내 거기서 살면 그냥 노잼의 나라다. 결국, 안정적인 삶과 재미있고 흥미로운 삶을 동시에 살고자하는 건 인간의 욕심이다.

쉼 없이 달려온 기차는 휴식을 원하고, 수십 년 째 멈춰있는 철마는 달리고 싶다. 반복적인 삶이 적성에 잘 맞는 사람도 있겠지만, 세상에는 그렇지 않은 사람 역시 많다. 변화와 평화는 고작 자음 두 개 차이지만, 이 둘은 비슷해서 끊임없이 서로를 밀어내는 N극과 N극의 자석 같다. 이런 측면에서 보면 인간에게 일생의 소원 같은 건 없다. 소원이라는 건 상수가 아니라 변수이기 때문이다. 소원을 하나 이루고 나면 얼마 안가 또 다른 소원이 생긴다. 일례로 닌텐도 DS를 사는 게 평생소원이었던 한 꼬맹이는 지금 잘 팔리는 글쟁이가 되는 게 소원이 됐다. 드래곤볼이 허구한 날 고통 받는 이유다. 신룡 좀 그만 불러라…

얘기가 길어졌지만. 확실한 건 오늘 지금 이 순간에도 택배는 수많은 소원과 소원을 전해주고 있다는 점이다. 택배 서비스가 망하는 날은 아마 인간의 욕심이 모두 없어진 다음날일 것이다. 뭐… 망할 일 없다는 뜻이다. 여기서 굳이 의미를 확장해서, 지나친 소비주의를 비판하고 그러고 싶지는 않다. 그건 건방진 소리다. 내가 돈 되면 사는 거지, 뭔 상관이냐. 빚을 내서 사든 뭘 하든 책임은 본인이 지는 거다. 가족이나 친구나 다른 주위사람에게만 피해주지 않으면 된다. 내가 쓰고 싶은 곳에 돈을 쓴다는 건 어디까지나 좋은 일이다. 그것은 마치 사막 같은 삶의 오아시스, 군부대에서 먹는 몽쉘이다. 일단 스트레스가 풀린다는 거다. 무엇보다도 돈 안 쓰고 버티는 것보단 쓸 때 쓰는 것이 내수시장 활성화에도 도움이 된다. 항상 적정선이 안 돼서 문제지.

글은 현자 흉내를 내면서 쓰긴 했지만, 나 역시 택배를 하루 동안 기다리는 게 아주 힘들 때가 더 많다. 가장 좋은 길은 주문하고 나서 잊어버리는 것. 까먹을 만하면 도착하니 리얼 선물 받는 느낌이 들어서 아주 행복해진다. 근본적으로는 내 돈 주고 산건데… 조삼모사. 이럴 때 보면 인간도 여전히 진화가 덜 된 걸까, 원숭이 같은 면이 있다.

세대 차이

세대世代. 대한민국 넘버 원 포털사이트인 네이버에 검색하면 정의가 아래와 같이 나온다. 1. 어린아이가 성장하여 부모 일을 계승할 때까지의 약 30년 정도 되는 기간. 2. 같은 시대에 살면서 공통의 의식을 가지는 비슷한 연령층의 사람 전체. 여기서 말하는 세대는 당연히 2번이다. 같은 시대에, 비슷한 나이, 비슷한 의식을 가지는 사람들을 한 세대로 일컫는다. 오늘날의 지구는 메소포타미아 문명보다는 로마 문명의 영향을 더 많이 받아 10진법이 일반적이므로, 대체로 10년Decade을 한 세대의 단위로 묶어내는 게 일반적이다. 예를 들자면 우리나라에서는 10대, 20대와 30대, 40대를 구분하고, 영미권 국가에서 역시 teenagers, twenties 같은 식으로 구분한다.

…사람은 원래 이렇게 구분하기를 좋아하는 걸까? 본능인 걸까? 아니, 동물과 식물에서 사람을 구분하고, 그 사람을 태어난 나라에 따라 국적으로 구분하고, 또 그 나라의 어느 지역에서 태어났는지를 구분하고, 소득수준이 얼마나 되는지를 구분하고, 남자와 여자를 구분하고, 더 나아가선 안경을 썼는지 안 썼는지, 꼬추 길이가 얼마나 되는지까지도 구분을 해대면서 또 이렇게 '태어나서 해를 보낸 숫자'로 세대라는 걸 구분한다는 건 정말이지 구분과 분류에 대한 인간의 집착을 보여주는 일면이라고 하겠다. 보이는 것과 느껴지는 것에 일일이 이름을 붙여야 직성이 풀리는 인간. 인간에게 이름이 붙여진다는 건 곧 인간의 기준으로 분류된다는 것을 의미한다. 그리고 원래 하나였던, 구분된 여러 개들은 정체성을 위한 싸움을 시작하는 것이다.

특히 우리나라의 세대 차이란 다른 나라들과 비교해 훨씬 복잡하고 골치 아픈 문제다. 왜냐하면 대한민국은 전 세계에서 유례없이 빠른 속도로 농업사회에서 정보사회까지 도달한 나라이기 때문이다. 불과 반세기 전만 해도 저 멀리 아프리카의 에티오피아나 케냐와 친구를 먹었던 최빈국라인에서, 전 세계에서 열 손가락 안에 꼽는 수출강국이 되기까지에는 수많은 시행착오와 갈등이 있었다(고 교과서에서 배웠다. 경험 안 해봐서 잘은 모르겠음). 다른 나라는 최소 백 년, 최대 몇 백 년에 걸쳐서 이룬 발전을 우리나라는 반세기 남짓한 기간에 다 해버렸으니 부작용이 없는 게 오히려 이상하다.

좀 뜬금없지만, 고백을 하나 하자면 나는 얼마 전에 키보드를 새로

샀다. 기존에 쓰던 키보드가 너무 더러워지기도 했고, 타자 소리가 너무 시끄러운데다 오랜 시간 글을 쓰다 보면 쉽게 손가락과 손목이 피로해졌기 때문이다. 어찌 됐든 나는 명목상 글 써서 돈 버는 인간이고, 원고를 키보드로 타이핑해야 하니 과감하게 투자를 해야 맞다고 생각해서(합리화였다) 무려 8만 원 하는 저소음 키보드를 샀다. 인생에서 가장 비싸게 주고 산 키보드였다. 펜타그래프pentagraph라는 종류인데, 주로 노트북 같은 곳에 쓰이는 방식이다. 그런데 정작 써보니 소음 적고 힘도 덜 들어서 좋은데… 평소 쓰던 키보드도 아니고 타격감도 영없다 보니 오타가 많이 나왔다. 존나 빡치고 화가 났다. 지금은 쓴지 몇 주가 되어서 괜찮아지긴 했지만, 처음에는 키와 키 사이의 간격이나 너무 작은 크기의 백스페이스, 엔터, 스페이스바가 너무 불편했다.

내가 말하고 싶은 건, 키보드 하나 바뀌어도 이렇게 사람이 빡치고 어려워하며 적응하기까지 시간이 꽤 걸리는데, 50년 전과 지금은 완전히 천지개벽 수준으로 라이프스타일이 바뀌었다는 거다. 짧은 시간 안에 세상이 너무 많이 변했다. 살아남는 방식도, 살아가는 방식도. 물론 앞으로만 가는 시간 속에서 모든 게 바뀌지 않길 바라는 건 절대 이룰 수 없는 바람이다. 그런데 문제는 너무 빨리 변했다는 것이다. 사람만 덩그러니 빼고.

사람 빼고 모든 게 바뀌었다. 먹는 것에 한정지어 보더라도 그렇다. 전쟁 직후였던 50년대에는 밥도 제대로 못 먹었고, 60년대에는 겨우 보리와 잡곡을 섞어 밥을 해먹었고, 70년대가 되어서야 겨우 쌀밥을 먹었으며, 80년대에는 좀 더 다양한 밥을 먹기 시작했다. 90년대에는 고기를 많이 먹기 시작했고, 00년대에는 식습관이 서구화되어 비만과 성인병을 우려해야 했으며, 지금은 매일 어떤 색다른 음식을 먹을지 고민하는 게 하루의 가장 큰 걱정 중 하나가 됐다. 소름이 돋을 정도의 변화다. 세대마다 겪은 의식주가 모두 다르다. 세대마다 겪은 대한민국이 모두 다르다. 비록 눈에 보이지는 않지만 메울 수 없는 차이다. 보이는 차이보다도 훨씬 깊고 넓은 '세상'의 차이. 그래서 싸운다. 세대갈등이라는 이름으로.

달력이 2015년이라고 해서 모두가 2015년을 살고 있는 건 아니다. 당장 KTX나 무궁화호, 경부선을 타도 알 수 있다. 서울에서 30분만 달려 나가면 창밖에는 건물 숲이 아니라 진짜 숲이 보인다. 사람 밭이 아니라 진짜 밭이 보인다. 우리들 대부분이 살고 있는 '도시'라는 공간은 2015년을 다 설명해주기엔 좀 부족한 답변이다. 지금도 어떤 우리나라 사람들은 밭을 갈고 있고, 소와 돼지와 닭을 기르고 있고, 장작을 때워 불을 피우고, 여름만 되면 멱을 감고 있다. 지금도 어딘가의 우리나라에서는 아직도 본인 의사가 아닌 부모님의 의지로 결혼을 하고, 여자는 학교에 보내지 않고 집안일만 시키며, 사회와 분리된 채 아무런 지식 없이 일만 하는 노예가 존재한다. 우리가 수십 년 전에나 있을 법하다고 생각하는 것들은 사실 사라지지 않았다. 단지 우리가 보는 풍경에서 격리됐을 뿐이다. 모두에게 시간이 똑같이 흐르지는 않기 때문이다.

1인분의 삶

그래서 여전히 8~90년대에 사는 어르신들과, 2010년대를 사는 젊은이들은 꼰대와 핏덩어리들의 싸움을 계속한다. 당연하다. 서로 살고 있는 시대가 다르니까. 이 세대갈등은 좌우 이념갈등과 결합되어서 더욱 민감한 문제가 됐다. '닥치고 여당 찍는 꼰대새끼들…', '고생 한 번 안 해본 핏덩어리들이 뭘 알겠어? 쯧쯧' 무조건 옛것은 고리타분하고 새 것이 멋진가? 무조건 전통이 옳고 변화는 그른가? 어느 쪽이 옳다고 할 수 없다. 간신히 이해하려고 노력만 할 수 있을 뿐이다. 그게 어렵고, 그게 힘들다. 그래서 더 복잡하다.

솔직하게 말하자면, 나 역시도 20대이고 말하자면 '요즘 젊은이'들에 속하는 입장이라 소위 말하는 꼰대들의 입장을 겨우 이해하고는 있으되 멋지다고 생각하진 않는다. '뭐… 그런 시대를 살아오신 분들이니까…'라고 머리로는 알고 있지만 어떨 땐 화가 나고 답답해 미칠 지경인 것이 사실이다. 그런데 '요즘은 이렇다구요! 이 시발 꼰대새끼!' 하고 윽박지르는 철없는 젊은이가 되고 싶지도 않다. 윗세대의 방식은 무조건 잘못됐다며 반대를 위한 반대를 하는 사람이 되고 싶지도 않다. 사실 어떻게 해야 할 지 잘 모르겠다. 어떤 세대가 지금 시대의 대표인지를 따지는 것 자체도 무의미한 일이다. 어차피 '20대 개새끼'론에 따르면 난 이유 없이 개새끼인 것이니.

7~80년대에 대학을 다녔다는 혹자는 지금의 20대가 본인 세대만큼 노력하지 않는다고 말한다. 국어국문학과에서 두보, 이백과 벗 삼지 않고, 영어영문학과에서 셰익스피어와 밀턴을 읽지 않기 때문에 지

금의 젊은이들은 틀렸다고 말한다. 이게 얼마나 어이가 털리는 말이냐면. 저땐 적어도 국어국문학과 갔다고 취업이 위태로워지거나 하던 시대가 아니었다. 영어영문학과이면서 동시에 토익, 토플, 텝스, 그리고 활발한 대외활동과 인턴경험들을 쌓지 않으면 취업을 할 수 없는 시대가 아니었다. 그러니까 셰익스피어와 밀턴 같은 걸 처읽으면서 시간을 때울 수 있었던 것이다. 근데 지금은 아니다. 대학만 나오면 기업들이 가마로 모셔가던 시대가 아니라는 거다. 당장 등록금만 해도, 그때는 많아야 한 달 월급이면 한 학기를 다닐 수 있었던 시절이었고 지금은 반 년 휴학 때린 후에 하루 12시간씩 아르바이트를 풀로 돌려도 2~3달은 일해야 한 학기 등록금이 나온다. 그것도 먹고 자고 하는 걸 빼야 2~3달이다. 이런 상황에 처한 세대에게 두보, 이백과 벗 삼지 않

1인분의 삶

는다고 태클을 거는 것 자체가 본인이 시대착오적 꼰대임을 인증하는 일이다. 그러면서 대학생들 힘들게 등록금은 왜 올렸냐며 노무현 욕은 존나게 했겠지.

애초에 강의실에서 공부하기위해 강의실 밖에서 민주주의를 부르짖어야 했던 7, 80년대의 대학과, 원하는 학교, 원하는 과에 가기 위해 12년간 끝없이 같은 훈련을 받아야 하는 지금의 대학은 명확히 다르다. 사회 지식인으로서의 권위도 다르다. 수십 년 전 민주화 세대의 대학생은 그 시절의 대한민국에서 분명한 지식인 계층이었지만 지금은 아니다. 누구나 고등교육을 받을 수 있도록 세상이 발전했고, 고등학교 졸업자의 80% 이상이 대학에 진학한다. 이제 대학생은 딱히 지식인이 아니다.

한편 꼰대들, 소위 말하는 486세대에 대한 비판 역시 터무니없는 측면이 있다. 시대를 잘 타고나서 온갖 수혜란 수혜는 다 누렸네, 가만히 있어도 돈이 들어오는 시대였네, 젊은이들한테 자리 내어줄 생각은 않고 계속 해먹네, 같은 거. 결국 어느 쪽이든 '내가 사는 세상이 옳아', '내가 제일 힘들게 살았어' 라는 자기오만에서 나오는 결론들이다.

사실 세대갈등이라는 틀에서 벗어나도 느껴진다. '내가 저 나이 때 누리지 못한 것'들을 요즘 세대가 누리는 게 배가 아프다는 노골적 시선들. 특히 우리의 생활에 완벽하게 밀착되어있던 악습들이 해소되는 과정에서 이런 경향이 심하다. 적당한 예로 고부관계가 있겠다. 시어머니가 주장하는 '집안일은 당연히 여자의 몫'이라는 거, 특히 '명절음식은 여자들만 한다'는 거, '며느리는 시어머니에게 당연히 복종해야 한다'는 거. 분명한 악습이다. 다행인 것은 시대가 변하면서 천천히 해소되고 있다는 것이다. 그런데 시어머니는 이게 싫다. 본인은 그런 부조리와 비합리에 당연한 듯 시달리면서 살아왔는데, 어째서 다음 세대는 당연하게 받아들이지 않고 반항하는지 이해할 수 없다. 이해를 한다 하더라도 싫다. 내가 겪은 고통을 내 바로 아랫세대가 '늦게 태어났다'는 이유 하나만으로 겪지 않는다는 건 배가 아프지 않은가. 나 때에는 있었던 악습을 내 바로 아랫세대에서부터 극복해 나가는 게 밉다. 나는 모든 악습의 피해자였는데, 내 아랫세대는 모든 발전과 개선의 수혜자다. 이때 할 수 있는 말은 '옛날부터 이렇게 해왔어!', '이건 원래 그런 거야!' 같은 말들뿐이다. 단, 전족과 계급제도도 이런 식이었다.

사람은 주위 환경에 따라 자신을 바꿔 적응하는 동물이다. 그렇다고 적응하지 못한 사람들이 틀린 것도 아니다. 하지만 변화와 발전을 추구하는 젊은이들을 무작정 병신으로 만들지는 않았으면 좋겠다. 세대가 누리는 피해와 수혜를 하나하나 따지기보단 나라와 인류라는 대승적 차원에서 세대 차이를 바라봐야 하지 않겠냐고. 그야말로 '옛말'에 후생가외라는 말도 있지 않았나.

내 생각에는 메소포타미아 문명을 이어받아 60진법을 쓰는 것도 좋을 것 같다. 한 세대를 10년이 아니라 60년으로 구분하면 나이가 10살짜리인 꼬맹이와 연세가 69세이신 어르신도 한 세대가 된다. 이러면 싸울 일이 없다. 세대 차이를 따지려면 공동묘지나 납골당으로 가야할 테니까. 그럼 깨닫지 않을까? 아, 꼰대든 핏덩어리든 먹고 살려고 발악하는 건 똑같다는 걸.

지미 헨드릭스
Jimi Hendrix 1942. 11. 27 ~ 1970. 9. 18

R=VD

좆 같다. 어쩌다보니 결론이 먼저 나왔는데, 진짜 좆 같다. 좆 같은 걸 좆 같다 하지 딱히 다른 말로 표현할 길이 없다. 욕 써서 미안하다. 근데 여기 이 부분 말고도 이 책에는 욕 쓴 부분이 많으니까 그것도 다 미안하다. 그래도 어쩔 수 없이 욕을 쓰긴 써야 한다. 마음 속에 있는 말을 다 내지르고 지껄이는 책인데, 욕이 없다면 진정성도 없기 때문이다.

R=VD라는 말을 안 들어본 사람보다는 들어본 사람이 더 많을 거라고 생각하지만, 일단 명목상 설명을 하자면 이지성 작가가 2007년에 출판한 『꿈꾸는 다락방』이라는 서적에서 나온 공식이다. 길게 풀어 얘기하자면 'Realization=Vivid dream'이라는 말이 된다. 다행히 나는 수

능에서 외국어 과목 3등급을 맞은 수재이기 때문에 이게 무슨 뜻인지 잘 안다. 직역하면 '구현화=생생한 꿈'이라는 뜻. 요컨대 생생하게 꿈꾸면 그게 무엇이든 현실이 된다는 얘기다. 다 알 것 같은 얘기를 이렇게 길게 설명하는 것도 참 번거로운 일인 것 같다.

어쨌든, 여기서 하고자 하는 얘기는 나는 R=VD가 너무 싫다는 거고 그래서 R=VD에 대해 온갖 저주와 비방과 경멸스러운 말들을 퍼부을 예정이다. 왜냐면 난 진짜 R=VD가 싫거든. 그러니까,『꿈꾸는 다락방』을 읽고 받은 감동과 임프레션을 잃고 싶지 않거나, 개인적으로 이지성 작가의 어마어마한 팬이거나, 혹은 이지성 작가님 본인이라면 되도록 이 아래의 글을 읽지 않길 권한다. 왠지 신경 쓰인다고 읽어볼 필요 없다. 별로 안 좋은 얘기다. 읽으면 정말이지 기분이 매우 나쁠 수도 있을 것이다. 그럼 안 쓰면 되지 않느냐고? 그건 싫다. 왜냐면 나는 이 책을 내가 하고 싶은 얘기를 하려고 낸 것이기 때문이다. 나는 분명 경고했다.

『꿈꾸는 다락방』을 가장 처음 보게 된 건 중학생 때였다. 집에 돈이 없어서 책 살 돈이 따로 없었던 나는, 점심시간만 되면 학교 도서관 구석에 퍼질러 앉아 눈에 띄는 책들을 닥치고 꺼내 읽기 시작하곤 했다. 그때『꿈꾸는 다락방』이 보였다. '청소년을 위한 추천도서 100선'이라는 목록에 꽂혀있던 그 책. 꺼내보니 꽤 낡은 상태였는데, 이미 많은 사람들이 꺼내 읽어본 듯했다. 학생이면 점심시간에 나가서 공을 차야지, 왜『꿈꾸는 다락방』같은 책을 도서관에서 빌려 보지? 병신인가?

나는 병신이라서, 어쩌다 눈길이 간 그 책을 당장 빌려 집과 학교에서 주구장창 읽기 시작했다. 존나 옛날에 읽은 거라서 자세히 생각은 안 나는데, 내가 좋아하는 배우 중 한 명인 짐 캐리 얘기와 R=VD 얘기는 지금도 기억에 남아있다. '간절히, 생생하게 바라면 이루어진다고? 시발 뭐야'라는 생각을 하면서도, 나는 어린 나이에 이걸 받아들이려고 존나게 애를 썼다. 공책에다 내가 바라는 걸 수십, 수백 번 적어댔고, 지루한 영어시간과 수학시간에 엎드려서 똑같은 것만 계속 되뇌고 되뇌었다. 그때 내가 꿈꿨던 게 뭐냐. 단순했다. 라면 말고 밥 세 끼 든든하게 챙겨먹는 거랑, 집에 가면 '갑상선 기능항진증'에 걸린 엄마가 안자고 깬 채 날 반겨주는 것. 나에게 착하게 대해주는 것. 그게 다였다.

그래서 그게 이루어졌냐고? 안 됐으니까 지금 욕을 하고 있는 거 아니겠는가. R=VD는 나를 2년 정도 동안 희망고문하다 내 머릿속에서 지워졌다. '바라면 이루어질 거야, 간절히 바라면'이라고 끝없이 생각했다. 바보같이. 책 하나만 믿고. 근데 아무것도 안됐다. 왜냐면 나는 진짜 할 수 있는 게 아무 것도 없었기 때문이다. 나는 돈도 없었고, 밥을 제대로 먹지 못해 힘도 없었다. 책을 읽기 전에는 하루 종일 했었던 게임도 다 끊었다. 어두운 방 안에서 명상하듯 계속 생각을 했다. 라면이 아닌, 나라미로 만들어서 노린내가 나는 밥이 아닌, 맛있는 음식을 세 끼 먹고 싶다고. 그리고 엄마가 빨리 병에서 나아서, 일을 시작해 아파트 관리비와 공과금을 밀리지 않고 냈으면 좋겠다고. 충분히 생생하지 않았다고 하면 거짓말이다. 충분히 간절하지 않았다고 하면 오산이다. 왜냐면 난 그 때 바라는 것 외에는 할 수 있는 게 아무 것도 없었으니까. 1년 내내 집과 학교만 왕복하면서, 방학 때에는 집에만 박혀있었다. 그때 나 같은 중학생 꼬맹이가 엄마와 단 둘이 살면서 할 수 있는 일이라곤 공부를 하거나 게임을 하거나 엄마 수발을 들거나 엄마와 싸우거나 책을 읽거나 혼자 가만히 앉아서 생각을 하는 일뿐이었다. 그래서 난 생각을 했다. 간절하게, 그리고 생생하게. 결과는, 안됐다. 내가 대학에 들어갈 때까지도 엄마는 힘들어 했고, 나도 힘들었다. 가정불화는 여전했고 상황은 전혀 나아지지 않았다.

R=VD가 주장하는 바는 간단하다. 정말 생생하고, 간절하게 꿈을 꾼다면 자연스럽게 머릿속에는 그 꿈밖에 생각나지 않게 되고, 그렇게 되면 생활 속에서 끊임없이 꿈을 위한 행동을 하나하나씩 하게 되고, 그게 쌓이고 쌓여 결국 꿈이 이뤄진다는 논리다. 양자론과 상대성이론을 연구하는 학자들에게 인정받기도 했다는데 그거랑 이게 무슨 상관이 있는지는 모르겠다. 난 문과라서 그런 건 잘 모르기 때문이다. 그런데, 적어도 내 생각에는 간절히 바라는 것만으로도 된다고 하는 건 온전한 거짓말이다. 꿈꾸는 능력이니 뭐니 해도 결국 나한테 아무것도 없으면 아무것도 할 수 없다. 새장에 갇힌 삶. 어떤 자유도 없는 삶 속에서 할 수 있는 거라곤 그저 허무하도록 생생한 상상뿐인데. 그게 다 이루어졌다면 이 세상에 자유롭지 못한 사람이라곤 찾아보기도 힘들어야 한다. 물론 R=VD의 효과를 봤다는 사람도 있겠지. 확실한 건 반례가 수천, 수만 배 이상 많았고, 안타깝게도 난 그중 하나였다.

나는 고등학생이 되고 나서 R=VD를 머릿속에서 완전히 지웠다. 집에 틀어박혀 2평 남짓한 내 방 구석에서 병신처럼 상상하는 일 대신 바깥에 나가 야구공을 존나 세게 던졌다. 살아있는 기분이었다. 나는 여전히 엄마와 허구한 날 싸워댔고 엄마는 계속 잠만 잤으며 우리 집은 여전히 돈이 없어서 나는 학교에 돈을 내야 먹을 수 있는(점심은 나라에서 지원해줬다) 저녁급식을 계속해서 굶었다. 덕분에 좋은 점은 딱 하나 있었다. 밥 먹는 대신 아무도 없는 운동장에 나가 공을 던질 수 있었다는 거. 그래서 지금도 어깨 하나는 좋다. 공 잘 던진다.

고등학교 3학년이 되었을 땐 나는 R=VD 하지 않고 공부를 했다. 아무 이유 없이. 눈 뜨면 공부하고, 공부하다가 자는 생활을 무기력하게 반복했다. 그 와중에도 상황은 여전히 똑같았다. 우리 집은 돈이 없었고… 나는 선생님과 친구들에게 문제집을 빌어서 풀었다. 좆 같았다. 좆 같음을 악물고 공부했다. 다른 놈들이 이투스 메가스터디 들을 때 난 EBS 수능특강과 다 낡아빠진 수학의 정석으로 피눈물 나도록 공부했다. 그래서 대학에 겨우 합격했다. 기어이 서울로 기어 올라왔다.

서울에 올라와서도 똑같았다. 우리 집은, 아니 나는 돈이 없었고, 때문에 온갖 처절한 일들을 겪으며 대학생 아닌 대학생으로 살았다. 그러다 운 좋게 인터넷에 올리던 글이 사람들의 관심을 받기 시작했고, 그게 미제사건 갤러리와 김리뷰가 됐고, 회사에 들어갔고, 책을 썼고, 책을 쓰고 있다. 나는 단언컨대 중학생 때든 고등학생 때든 대학생 때든 '김리뷰'가 되고 싶다고 간절하고 생생하게 바란 적 없다. 하루하루와 인생이 좆 같아서 우울증, 조울증, 정서불안 및 온갖 정신병에서 헤엄치다가 유일한 취미였던 글쓰기가 존나 우연하게 길을 터줬을 뿐이다. 이게 R=VD 덕분이었다고 얘기하고 싶다면 정말 머리에 총을 맞지 않았는지 의심을 해봤으면 좋겠다. 나는 R=VD 덕분에 중학생 시절 개떡 같은 2년을 보냈고, 그래서 지금 복수 중이다. 사실 나는 지금 좀 통쾌함을 느끼고 있다. 책으로 얻은 고통을 책으로 보복하고 있으니까. 내가 아는 한 이런 드라마도, 영화도 없다.

R=VD의 최소 기간은 10년이라고 한다. 생각해보면 존나 1만 시간의 법칙보다도 어이가 없는 말이다. 시발, 10년 동안 똑같은 짓을 하면 뭘 해도 되겠지! 근데 10년이 어디 짧은 시간인가? '그래서? 넌 10년 노력해 보지도 않았으면 지껄이지를 말든가'라고 얘기할 참이면 잘못 짚었다. 사람이 굶어죽는 데는 3주면 충분하고, 물을 마시지 못해 죽는 데에는 3일이면 충분하며, 발 헛디뎌서 한강에서 떨어지거나 오지에서 총이나 칼 맞고 뒈지는 데에는 몇 초면 떡을 친다. 그래서 10년 동안 R=VD 했는데 꿈처럼 되지 못한 사람은 어떻게 할 건데. 책임질 건가? 어떻게? 사람은 10년은커녕 1초도 되돌리지 못하는데? R=VD 해서 시간을 되돌릴 수 있나? 상대성 이론 연구학자에게도 인정받았다니 전혀 안 될 일도 아닐 것 같은데…ㅋ

과거는 존-나 쉽게 미화된다. 존나 중간에 하이픈(-)을 넣은 이유는 그만큼 미화되기가 쉽기 때문이다. 성공한 사람은 내가 고생했던 과거를 좋게 생각하려 안간힘을 쓴다. '그래도 그때의 고생이 지금의

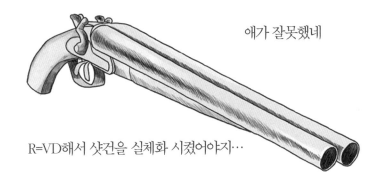

애가 잘못했네

R=VD해서 샷건을 실체화 시켰어야지…

나를 만들었어', '그때 내가 받았던 고통은 다 그럴만한 가치가 있었던 거였어', '그 시절이 없었다면 지금 난 성공하지 못했을 거야' 같은 말로. 왜냐? 앞서 말했듯 사람은 시간을 1초도 되돌릴 수 없고, 과거에 고생하느라 얻었던 정신적 스트레스와 시간낭비들을 미화하지 않고선 평생 후회로 남을 것이기 때문이다. 어쩌면 본능이다. 과거를 미화해 현재를 더 아름답게 만들고자 하는 본능. 내 지난 시간은 다 의미가 있는 시간이었다고, 합리화를 하고 싶을 뿐이다.

　그런데 난 시발 그 시절로 돌아가고 싶지 않다. 그 고생이 나를 만들었나? 그 고생이 없었으면 지금의 내가 없었나? 당연히 없었을 거다. 대신 훨씬 나았겠지. 우울증이나 정신질환도 안 겪었겠지. 자살시도도 안 했겠지. 시간을 되돌릴 수 없어서 하는 변명은 싫다. 나는 불과 몇 년 전만 하더라도 죽도록 불행하고 죽도록 고통스러웠다. 젊을 때 고생은 시발, 사서도 하는 게 아니다. 사서 해도 괜찮은 고생은 없다. 요즘 세상에 고생을 사서 하면 열정페이 호구 내지 등골브레이커일 뿐이다. 나는 고생을 사서 하는 대신, 시궁창 같은 곳에서 청소질을 하더라도 꾸역꾸역 돈을 받았다. 고생을 시발, 돈 주고 사면 좆병신이다. 왜냐면, 이 세상에는 고생이 아니더라도 돈 주고 사야 할 것들이 존나 많기 때문이다. 고생할 가치가 있는 것이라면 적어도 돈을 받고 팔아라. 목표는 결국 남들이 내 시간과 노력을 더 많은 돈을 주고 사가게 하는 것 아니냐고.

R=VD는 내가 필요할 때 날 도와주지 않았다. 난 존나 간절히 바랬다. 밥 삼시 세끼 똑바로 먹고 엄마가 건강하고 착하게 변하길. 나에게 물건을 던지지도 않고 손찌검을 하지도 않길 말이다. 노력할 상황이 안 돼도, 생생하게 상상하려 노력했는데 안됐다. R=VD는 이지성 씨에게는 아주 잘 적용되는 말이다. 이젠 꿈꾸는 다락방이 아니라 꿈꾸는 펜트하우스 아니겠는가. R=VD가 인생에 큰 도움을 준 사람도 있을 것이다. 이를 통해 꿈을 이룬 사람도 있을 것이다. 인생을 바꾼 놀라운 경험을 한 사람도 있을 것이다. 근데 그건 무안단물도 마찬가지다.

나는 그냥 R=VD가 주장하는 바가 기존의 사이비 종교와 다를 게 무엇인지를 묻고 싶다. 예를 들어 종교에 귀의한 신자가 교주에게 이렇게 묻는다. '저는 정말 오랫동안, 간절하게 신께 기도를 드렸습니다. 그런데 제 상황은 아무것도 나아지지 않았습니다. 집은 계속 가난하고, 가족들은 여전히 병에 신음하고 있습니다. 전 매일 이렇게 나와 기도를 하는데 말이죠. 도대체 왜 그런 걸까요?' 교주는 답한다. '모두 신앙이 부족하여 그렇습니다. 신께서는 당신을 계속 지켜보고 계십니다. 더 간절하게 기도하고, 더 믿음을 가지십시오. 모든 게 잘 될 것입니다. 자, 헌금 내세요'라고. R=VD도 마찬가지다. 'R=VD를 몇 년 동안 실천했는데, 제 삶은 아무 것도 변하지 않았습니다. 왜 그런 거죠?'라고 물어오면 답은 뻔하다. 'R=VD를 실천하는 방법이 잘못 되셨군요. 그렇게가 아니라 이렇게 하셨어야 합니다'. 혹은 'R=VD는 최소 기간이 10년입니다. 고작 몇 년으로는 꿈을 쉽게 이룰 수 없죠. 더 생생하고, 더 간절하게 상상하세요. 모든 게 잘 될 것입니다.『꿈꾸는 다락방 2』도 나왔으니, 그걸 읽어보면 더 도움이 될 것입니다' 정도가 될 것이다. 결국엔 이것도 모두 노력으로 결부된다. '이게 잘 안 돼요. 힘들어요'라고 말하면, 돌아오는 말은 '더 노력해야지!', '더 굳게 믿어야지!', '더 생생하게 꿈꿔야지!'라는 말이다. 우리가 못사는 이유는, 우리가 가난한 이유는, 우리가 노예로 사는 이유는 모두 노오오오오오력을 안 해서, R=VVVVVVVD가 안 돼서, 다.

까놓고 말해 김선달 대동강 물 팔듯 할 수 있는 것이 요즘의 꿈 팔이 감성 팔이다. 그중에 더 나쁜 건 꿈 팔이다. 간절히 생생히 바라기만 해서 무엇이든 됐다면 아프리카에서 굶어 죽어가는 아이들은 지금 배터지게 먹고 있어야 한다. 진짜 절박함이 뭔지, 진짜 간절함이 뭔지를 왜 본 적도 없는 사람이 함부로 재단하는가. 이지성 씨의 일화를 위시한 R=VD의 성공 후기가 '나는 이렇게 해서 로또에 당첨되었다' 하는 것과 무엇이 다른가? 이 사람들은 책을 '넥슨이 캐시 아이템 팔듯' 팔아치운다. 누구나 게임머니 10억, 20억을 벌 수 있을 것처럼 광고해

놓고는, 한정판매를 1주일이든 1달이든 걸어놓으면 그동안 수십, 수백
억을 번다. 마찬가지다. 누구나 꿈을 이룰 수 있을 것처럼 광고해서,
누구나 '나처럼' 하면 성공 할 수 있을 거라고 광고해서 팔아먹는다.
그들에게 꿈은 그냥 돈벌이다. 사람들의 간절한 꿈이란 돈을 끌어모아
주는 고마운 갈퀴인 거고. 『꿈꾸는 다락방』이 한 일은 그뿐이다. 사회
의 낙오자들에게 '생생하게 꿈꾸면 다 이루어지는 데, 넌 꿈꾸지 않았
으니까 실패한 거야'라는 말을 귀에다 속삭여주는 역할. 세상은 멀쩡
한데 니가 병신이라 실패했다고 말해주는 역할. 잘못된 사회를 '내 꿈'
과 '생생하게 꿈꾸려는 노력의 부재'라는 안대로 가려버리는 역할.

　반문할 수 있다. 그럼에도 불구하고 R=VD는 많은 사람들에게 꿈과
희망을 주지 않았냐고. 세상을 살아갈 힘을 주지 않았냐고. 내 생각은
그렇다. 다 죽어가는 사람에게 모르핀을 놔주는 건 인도적인 행동일지

언정, 옳은 행동은 아니다. 살릴 수 있든 살릴 수 없든 간에, 다 죽어가는 사람에게는 수술이 필요하다. 터져 나오는 뇌수와 피를 막을 봉합수술 말이다. 네놈들이 감히 상상할 수도 없을 만큼 가혹한 그들의 삶에서, 고통과 우울과 정서불안에 필요한 것은 의연히 버티고 극복할 수 있는 무기다. 내전 속에서 당장 죽을 위기에 처한 소년에게 필요한건 아편이 아니라 존나 쎈 샷건이다.

나는 『꿈꾸는 다락방』의 저자인 이지성씨가 싫지 않다. 단지 『꿈꾸는 다락방』이 싫고, 『꿈꾸는 다락방2』가 싫고, 『노 시크릿』이 싫을 뿐이며, 『꿈꾸는 다락방(양장)』과 『꿈꾸는 다락방(CD)』, 『청소년을 위한 꿈꾸는 다락방』, 『어린이를 위한 꿈꾸는 다락방』 그리고 『코믹 꿈꾸는 다락방1, 2, 3, 4』와 그것들이 주는 메시지들이 싫을 뿐이다. 아, 『꿈꾸는 다락방 Special edition』도 싫다. 그것 빼곤, 이지성 씨가 앞으로도 잘 사셨으면 좋겠다. 최근에 결혼도 하셨다고 들었는데, 결혼생활 역시 잘 꾸려나가실 거라고 생각한다. 각자 이 험한 세상에 태어나서, 어떻게든 살아남으려 열심히 산다는 사실은 똑같지 않은가. 결과는 다르더라도 말이다.

그리고 말해두는데, R은 시발 기체상수다. $R = 8.3144 JK^{-1}mol^{-1}$ 이다. 이상 기체 상수라고도 하며, 볼츠만 상수와 아보가드로 수를 곱한값이다. 이상 기체 상태방정식에서 비례상수로 사용되는데, 영국의 물리학자 맥스웰이 정의한 값이다. 그런데 R=VD라니… 이지성 작가님도 어쩔 수 없는 문과인 모양이다.

사과문(패러디 및 드립과 관련하여)

Chapter 1에서…

판사님, 내셔널지오그래픽, 공대생, 동성애자, 애플, 블리자드(디아블로 제작사), 라이엇게임즈(롤 제작사), 유병재, 김장훈, 공자, 전원일기, 대추나무사랑걸렸네, 리오넬 메시, 프로게이머 김구현, 대한항공, 네스퀵, 코미디빅리그, 에뛰드하우스, 엘리자베스 2세, 토리야마 아키라, 대원미디어, NASA, 맥도날드, 동아제약, 광동제약, 동아오츠카, 롯데칠성음료, 레드불, 몬스터, YG엔터테인먼트, 빅뱅의 태양, 한효주, 구하라, 배틀필드, 간손미, 카카오톡, LG, 네이버 라인, 최지룡, 국군장병 여러분, 국방부, 해병대, 공익근무요원, 넥슨, 컴파일, 베데스다, 밸브, 심영, 의사양반, 말콤 글래드웰, 론다 번, 테란 유저, 디씨인사이드,

김유식, 버거킹과 손흥민 님 모두에게 사죄의 말씀 드립니다. 책의 재미를 위해 썼을 뿐 비하나 공격의 의도가 없었음을 알아주셨으면 합니다.

Chapter 2에서…

데이비드 베컴, 스타벅스, 다이나믹 듀오, 오다 에이이치로, 코카콜라, 키시모토 마사시, 박경리, 엉덩국, 탈모갤러, 불교 신자, 억수씨, 마이클 조던, 닌텐도, 이노우에 다케히코, 한화 이글스, 한화 이글스 팬, 앨런 아이버슨, 하승진, 샤킬 오닐, 김태희, 이대호, 오리온제과, KBS 1TV, 주지스님, 롯데월드, 애슐리, 이집트 정부, 마이클 잭슨, 캡콤, 조용필, 이선희, 아이유, 빅뱅, 버벌진트, 박해일, 레오나르도 디카프리오, SpoTV, 파이락시스 게임즈, 채만식, 네이쳐리퍼블릭, 아리따움, 마블 시네마틱 유니버스, 로버트 다우니 주니어, 미원, 스윙스, 클레이튼 커쇼, 크리스토퍼 놀란, 팀 던컨, 스티브 잡스, 아스날, 박주영, 텍사스 레인저스, 박찬호, 첼시, 페르난도 토레스, 레알 마드리드, 카카, 정주영, 삽자루 선생님과 다음카카오 모두에게 진심으로 사과드립니다. 못된 마음을 품고 쓴 글이 아닌 만큼 너그러운 마음으로 용서해주시길 빕니다.

Chapter 3에서…

블락비 지코, 프로게이머 허영무, 퀸, 리처드 링클레이터, 김보성,

김두영, 인크레더블, 타블로, 지누션, SS501, 에이핑크, 걸스데이, 개코, 아이돌 마스터, 러브라이브, 라디오헤드, 크라운제과, 안드레아 피를로, 알렉산드로 델 피에로, 스테판 커리, 오승환, 파울로 코엘료, 보그, 서울대학교, 평가원, 백종원, 화나, 김훈, 이문열, 삼성전자, 미쓰비시, 예스24, 교보문고, 켄드릭 라마, 메이웨더, 에미넴, 머라이어 캐리, 산이, 최동훈, UFC, 수水시 만드신 분, 사쿠야 유아, 고영욱, 방송통신심의위원회, 여성가족부, 르브론 제임스, 세종대왕, 국립국어원 원장님, 블랙넛, 일리네어 레코즈, 김밥천국, 아웃백스테이그하우스, MLB, KBO, KBL, NBA, 유재석, 에버랜드, 박근혜 대통령, 장원준, 롯데제과와 이지성 작가님에게 모두 죄송합니다. 부디 선처를 부탁드립니다.

이 책에 영감을 준 것들
(Thanks to)

- 농심 새우탕 사발면
- 집 앞에 있는 카페 '더 엘가'의 아이스 썸머 라떼
- RHK 담당 에디터 박정훈 님의 묵언 압박
- 대입 서류 쓴다고 그림 안 그리는 일러스트 작가 노선경 씨
- Epic High 8집 〈신발장〉. 특히 'RICH (feat. 태양)'
- 악동뮤지션 1집 〈PLAY〉. 특히 '인공 잔디'
- 천재노창 〈MY NEW INSTAGRAM : MESURECHIFFON〉. 특히 '좆간지'
- Queen, 'Bohemian Rhapsody'
- 디씨인사이드 고전게임 갤러리. 힙합 갤러리. 헬조센 갤러리
- 8만 원 주고 새로 산 펜타그래프 키보드
- 경북고등학교 선배이신 갤럭시 타자 이승엽 선수
- 제주도. 특히 스페이스 닷원
- 스테판 커리의 2014-15년 크로스오버 스페셜 영상
- 내셔널지오그래픽의 우주 관련 다큐멘터리 모두
- 〈엘더스크롤5 : 스카이림〉
- 격주에 한 번씩 고기 사주시는 모씨 김봉기 대표님
- 존나 힘들게 살 때 100만 원이나 빌려준 김승환

· 이젠 좀 꼴리는 대로 살았으면 싶은 불알친구 김범준, 박정호

· 매번 함께 농구할 때마다 내 트롤질을 잘 견뎌주신 워니 작가님

· 피키캐스트.

  특히 다시 시작할 수 있게 300만 원 빌려주신 장윤석 대표님, 박 이사님

· 갤러거 형제

· 네이버 웹툰 〈가우스전자〉

· 네이버 스포츠에 연재되는 추신수의 MLB일기

· 로지텍에서 구매한 저소음 펜타그래프 키보드

· 돈이 좀 모인 저축통장

· 새로 7만 5천 원 주고 산 의자

· 새로 시작한 인스타그램

· 그 인스타그램에서 밥 좀 잘 챙겨먹으라고 날 구박했던 팔로워 자식들

· 고맙게도 매번 초고를 읽고 꼼꼼하게 피드백해준 재연이

· 나 같은 좆병신을 끝까지 믿어준 45만 명의 병신들

ㄱㅅ!